Lover wider Willen

Badboyromance

D1722672

Über das Buch

Wenn zwei Menschen nicht gut aufeinander zu sprechen sind, eigentlich so gar keine Gemeinsamkeiten haben und dennoch immer wieder aufeinandertreffen, könnte man davon ausgehen, dass das Schicksal die beiden zusammengeführt hat.

Doch sobald zwei Hitzköpfe aufeinanderprallen, die sich gegenseitig die Stirn bieten, beginnt ein kleiner Machtkampf, in dem mal der eine und mal der andere gewinnt. Menschen, die etwas füreinander empfinden, jedoch weder mitein- noch ohneeinander leben können – bei dieser besonderen Gattung spricht man von Tobias Andresen und Timo Mayer – den Lovern wider Willen!

Über das Autorenduo

Zwar stellt sich Valerie le Fiery häufig die Frage „Wer bin ich – bin ich wer?" und Frank Böhm ist mit „dem Schreiben der Zeilen, die in seinem Inneren weilen" beschäftigt – dennoch haben beide noch genug Zeit, gemeinsame Projekte in den Umlauf zu bringen.

Zu Beginn ihrer Zusammenarbeit im Jahre 2014 gab es die Idee eines gemeinsamen Kurzgeschichtenbandes. Aufgrund des Erfolges entstand eine weitere kleine Sammlung, der rasch ein erster Roman folgte. Zwischendurch wurde es zudem ab und zu sehr lyrisch.

Die Co-Autorenschaft festigte sich und neue Projekte wurden geplant. Neben weiteren kleineren Veröffentlichungen kam die Idee zu einem zweiten Roman auf. Dieser sollte etwas ganz Besonderes werden, was beiden mit „Schwarze Rosen für Oliver" nach Aussagen zufriedener Leser durchaus gelungen ist.

Valerie le Fiery und Frank Böhm - diese beiden Namen stehen für das Autorenduo, bei dem es sinnlich-erotisch oder auch besinnlich zugehen kann. Von Liebesgeschichten bis zur Kunst des Reimens ist alles vertreten. Nach wie vor verfolgen beide Autoren auch eigene Projekte, bei denen sie sich natürlich jederzeit nach dem Motto "Gemeinsam sind wir stark" tatkräftig unterstützen.

LOVER WIDER WILLEN

BADBOYROMANCE

Frank Böhm

Valerie le Fiery

Impressum

Frank Böhm
Plinkstr. 137
25337 Elmshorn
frank71boehm@yahoo.de

Valerie le Fiery
c/o mehr Service
Papenstr. 3
21335 Lüneburg
valerie.le.fiery@gmx.de

Das Autorenduo ist zusätzlich erreichbar unter
frankundvalerie@das-autorenduo.de

Autoren : Frank Böhm, Valerie le Fiery
Coverfoto: 26180824 © Nicholas Piccillo by Fotolia.com

ISBN: 978-1983876974

© 2018 Frank Böhm, Valerie le Fiery

Der Inhalt des Buches sagt nichts über die sexuelle Ausrichtung der Covermodels aus.

Die Handlung, die Namen der handelnden Personen sowie alles Weitere sind rein fiktiv und frei erfunden, Orte, Veranstaltungen und eventuelle Sehenswürdigkeiten allerdings echt. Ähnlichkeiten mit realen Personen oder Geschehnissen sind unbeabsichtigt und zufällig. Diese Aussage betrifft sowohl die Vergangenheit als auch die Gegenwart, sowohl lebende als auch bereits verstorbene Personen.

VORWORT

Welcher Leser kennt das nicht? Man hat ein Buch beendet, im besten Fall regelrecht verschlungen, da glimmt im Hinterkopf die Frage auf: Und was ist eigentlich aus dem XXX geworden? Was mit der Hautperson geschehen ist, das hat man gelesen, aber eigentlich würde man sich auch ein wenig dafür interessieren, was der idiotische Kerl, der nur am Rande erwähnt wurde, oder die blöde Trine, die lediglich als beiläufige Figur auftauchte, wohl nach ihrem Abgang aus dem Buch getrieben haben.

Im Falle unserer „Schwarzen Rosen für Oliver" gab es immerhin gleich zwei dieser „hinterbliebenen" Nebendarsteller. Und genau an der Stelle setzt dieses kurze Buch an, an dem Punkt, als ein gewisser Tobias auf einen Timo trifft und anschließend mit ihm verschwindet.

Wenn Sie beim Lesen ebenso viel Spaß haben wie wir beim Schreiben, dann lassen Sie uns das gerne wissen und nun viel Vergnügen bei

„Lover wider Willen"

Herzliche Grüße

Valerie le Fiery und Frank Böhm

P.S.:

Unsere Figuren sind rein fiktiv, deswegen dürfen sie natürlich ungehemmt und ungeschützt ihren Spaß miteinander haben, im wahren Leben jedoch gilt nach wie vor: SAFER SEX.

PROLOG

Mit wütendem Gesichtsausdruck starrt Tobias auf das Haus, in dem heute anscheinend ein Umzug abgewickelt wird. Wochenlang hat er seinen Ex Pascal und dessen neuen Stecher fast täglich observiert, selbstverständlich vorsichtig und extrem unauffällig, um nicht entdeckt zu werden. Teilweise ist er nach Dienstschluss zu Olivers Arbeitsstätte gefahren und hat sich dort in gebührendem Abstand auf die Lauer gelegt, manchmal hat er hier vor der Wohnung dieses miesen Typen, der ihm seinen untreuen Verlobten ausgespannt hat, gewartet und die beiden beim Hineingehen beobachtet, natürlich immer auf Distanz bedacht. Komischerweise ist er dabei dieses sonderbare Gefühl nicht losgeworden, dass irgendetwas in der Luft liegen könnte, und diese Ahnung hat ihn definitiv nicht getrogen. Seit heute weiß er genau, dass diese ständig miteinander knutschenden und umeinander herumscharwenzelnden Fremdficker in eine neue Wohnung wechseln werden. Möbel und Kisten wurden herausgetragen und Pascal, das Miststück, mit dem er bis vor Kurzem verlobt war und dem er eine sorgenfreie Zukunft bieten wollte, ist nun schon zum zigsten Mal mit diesem dämlichen Lieferwagen seines noch dusseligeren Blumengeschäftes weggefahren, nachdem er ihn erneut randvoll geladen hatte. Nicht einmal ein richtiges Umzugsunternehmen haben sich diese beiden Hungerleider geleistet, stattdessen fährt sein Ex dauernd hin und her.

Nachdem nun schon eine ganze Weile keiner mehr das Haus betreten oder verlassen hat, fällt Tobias plötzlich ein junger Mann ins Auge, der ein wenig unsicher wirkt, als er auf den Eingang zugeht, einen Moment lang zögert und schließlich mit gestrafften Schultern im Inneren verschwindet. Ob der einfach nur dort wohnt oder eventuell sogar etwas mit dem Miesling zu tun hat? Noch ehe Tobias diese Überlegungen komplett abschließen kann, kommt das Objekt seiner Neugier bereits wieder zum Vorschein, allerdings sieht er jetzt ziemlich mitgenommen und bedrückt aus. Der Typ ist derart durch den Wind, dass er beim Überqueren der Straße beinahe von einem Auto erfasst wird. Das wiederum lässt Tobias noch neugieriger werden, was es mit dem Heini wohl auf sich haben könnte, sodass er sich ihm quasi in den Weg stellt und ihn einfach anspricht.

„Hey, du da, hast du eventuell etwas mit diesen Typen von dem Umzug da drüben zu tun? Was ist mit dir? Sind die endlich fertig? Wolltest du helfen und darfst nicht oder warum siehst du aus, als hätte man dir dein Essen geklaut?"

Der Angesprochene schaut zu ihm hoch und scheint etwas irritiert zu sein, dann jedoch bequemt er sich zu einer Erwiderung.

„Ähmmm, ... nur mal blöd gefragt ... wer will das wissen und warum? Immerhin sind wir uns noch nie begegnet und zusammen in der Sandkiste gespielt haben wir auch nicht, also wie komme ich zu der Ehre, dass ich einfach geduzt werde?"

„Nun stell dich mal nicht so mädchenhaft an", knurrt Tobias den Kerl an, der ihn von oben bis unten mustert. „Na genug gesehen? Nun sag schon, ist Pascal auch oben?", blafft Tobias weiter, denn er wartet noch immer auf eine Antwort.

Sein Gegenüber verzieht im nächsten Augenblick verächtlich den Mund, schaut ihn – so, wie es Tobias vorkommt – irgendwie verständnislos an und schüttelt den Kopf.

„Nee, mein Gutster, das läuft nicht. Ich werde dir sicher keine Auskünfte geben über wen auch immer. Mir scheint, als hättest du dort eine Rechnung offen, doch das regel mal schön selber. Die Infos dazu bekommst du nicht von mir. Ich gebe zu, sicher nicht perfekt zu sein, aber jemanden hintergehen, das mache ich auf gar keinen Fall. So etwas hat nämlich keiner verdient … mit einer Ausnahme allerdings."

„Und die wäre?"

„DU!"

Damit entfernt sich der junge Schnösel und lässt Tobias einfach stehen. Konsterniert verharrt der einen Moment lang mit vor Empörung und Wut leicht geöffnetem Mund fassungslos an Ort und Stelle. Tobias spürt, wie er vor lauter Ärger zudem rot anläuft und überlegt, wie er diesem Wurm, der ihn derart dusselig abgefertigt hat, eins auswischen kann, da erkennt er aus dem Augenwinkel, dass Pascal in dem ihm so verhassten Lieferwagen vorfährt und zudem der Rest der Helfer ebenfalls eintrudelt. Rasch verlässt er den bisherigen Beobachtungsposten und hastet zu seinem Auto. Diesem Idioten wird er es zeigen, ihn so dermaßen abzuservieren, das geht überhaupt und ganz und gar nicht.

Wenige Sekunden später lenkt Tobias sein Fahrzeug die Straße entlang und hält mit aufmerksamen Blicken Ausschau nach dem jungen Mann, der ihn einfach hat stehen lassen. Als er zufällig mitbekommt, dass dieser einen Seitenweg entlanggeht, reißt Tobias im letzten Moment das Steuer herum und kommt kurz danach mit quietschenden Reifen neben dem Gesuchten zum Stehen.

„Was willst du denn schon wieder von mir? Lass mich endlich in Ruhe, du Spinner", keift dieser Tobias an und will sich gerade erneut von ihm abwenden, als Tobias aussteigt, um seinen Wagen herumläuft und sich direkt vor ihm aufbaut.

„Pass mal auf, Jüngelchen. Du weißt wohl nicht, mit wem du es hier zu tun hast. So einfach lasse ich dich nicht laufen, vor allem, da du mehr weißt als ich und es mir nicht verraten willst. Außerdem muss es schließlich einen Grund geben, warum du da aus diesem Haus gekommen bist – und genau den verrätst du mir jetzt!"

Missbilligend sieht der junge Mann auf Tobias und schüttelt mit wütendem Blick den Kopf.

„Ach so einer bist du. Das ist ja interessant. Genauso hab ich dich eingeschätzt. Möchtest wohl alle Leute unter deine Kontrolle bringen und über jeden erhaben sein. So haben wir nicht gewettet, du Vollpfosten. Ich werde nicht unter deiner Herde verweilen und blöken wie ein Schaf, nur weil du es gerne hättest. Also verpiss dich und geh mir aus dem Weg. Du stinkst!"

Für einen Moment hat die für Tobias noch immer namenlose Person es tatsächlich geschafft, ihn zu verunsichern. Es vergeht jedoch lediglich ein Augenblick, bis er sich erneut sammelt und den sich bereits entfernenden Typen am Hemdkragen zurückreißt.

„Sag mal, drehst du jetzt total durch?", wendet dieser sich ihm zu und kommt ihm mit seinem Gesicht derart nah, dass sich ihre Münder beinahe berühren.

„Wie heißt du?", entgegnet Tobias lediglich und kann sich kaum verkneifen, dieses volle Lippenpaar, das sich so dicht vor ihm befindet, ungefragt zu küssen.

„Idioten verrate ich meinen Namen eigentlich nicht, aber gut. Weil heute die Sonne scheint, mache ich eine Ausnahme. Mein Name ist Timo und nun verschwinde endlich, sonst wird mir noch schlecht."

„Tobias!", haucht dieser ihm darauf leise entgegen. „Ich bin Tobias", wiederholt er und kommt Timo so nah, sodass ihre Gesichter lediglich wenige Millimeter voneinander entfernt sind.

Noch immer hält Tobias Timo am Kragen fest. Sie spüren ihren Atem auf der Haut, schwer schlagende Herzen pochen einander entgegen und schließlich pressen sich ihre Lippen kurz aufeinander. Eine knappe Sekunde berühren sich die Zungen, ein minimales, aber dennoch intensives Spiel. Kurz darauf schauen sie sich tief in die Augen, Tobias zieht Timo erneut an sich, bis dieser sich losreißt und wegdreht, kurz danach wieder auf ihn zukommt und ihn ein weiteres Mal innig küsst.

„Gar nicht schlecht", raunt Timo kurz, was Tobias aufgrund dieser Aussage hämisch lächelnd und nickend bestätigt.

„Und nun sag mir endlich, was du bei diesem Umzug zu suchen hattest."

Timo verneint das kopfschüttelnd und meint, dass das nichts zu Sache täte.

„Wenn du nicht so süß wärst, würde ich es aus dir herausprügeln, doch stattdessen werde ich mich jetzt ein weiteres Mal dorthin begeben und das muntere Treiben noch ein wenig beobachten. Na komm! Sei kein Feigling und steig ein."

Timo nimmt stumm auf dem Beifahrersitz des Autos Platz und Tobias fährt hochtourig an den Ort des Geschehens zurück. Dort angekommen steigt er aus, geht ein Stück nach vorn, um besser sehen zu können, und starrt mit Argusaugen auf die Wohnung, bis schließlich jemand zur Haustür herauskommt.

„Muss diese fette Kuh mich hier jetzt zu guter Letzt doch noch entdecken? Die steckt ihre bescheuerte Nase auch wirklich überall rein. Na, mal gucken, was die Alte mir zu sagen hat", nuschelt er und schaut Lissy mit eiskaltem Blick an.

„Nun komm, Junge. Mach jetzt einmal einen Abflug. Du hast genug versaut. Wird Zeit, dass dir mal jemand gehörig die Meinung sagt. Hier gibt es nichts zu gucken. Also setz dich in dein Auto und verschwinde – und diesen Typen ...", damit zeigt Lissy auf Timo „... den kannst du mitnehmen. Der hat hier ebenfalls nichts zu suchen. Und bei der Gelegenheit möchte ich dir noch einmal kurz sagen, dass du dich in meinem Laden auch nicht mehr blicken zu lassen brauchst. Und nun ab mit dir. Kleine Kinder müssen schlafen."

Ohne zu antworten, dreht sich Tobias um, entert sein Fahrzeug und braust mit Timo von dannen.

„Wer war das denn?", fragt Timo neugierig.

„Das ist so eine Bioladentusse. Ist völlig nebensächlich. Hat sich sowieso erledigt. Komm, erzähl mal lieber, was du heute noch vorhast – außer Leute zu stalken. Vielleicht Bock dazu, mit mir nach Hause zu kommen?"

Zunächst antwortet Timo nicht, sondern verdreht lediglich die Augen. Irgendwann schaut Tobias zu ihm hinüber.

„Was ist denn nu?", fügt er dem hinzu, worauf Timo nur fragt, ob sie nicht bald dort wären.

MISTKERL TOBIAS

Mit kurzen, wendigen Zügen parkt Tobias sein Fahrzeug auf dem dafür vorgesehenen Platz ein und deutet mit einer Handbewegung auf das Haus, in dem sich seine Wohnung befindet.

„Hier lebst du also? Protziger geht's wohl nicht. War mir eigentlich schon klar, als ich dich vorhin gesehen habe. Du musst wahrscheinlich allen Menschen zeigen, wie toll du bist und was du in deinem Leben bereits erreicht hast. Aber gut, ich komme mit hinein und hoffe, dass du wenigstens etwas zu trinken für mich hast", keift Timo Tobias an, während er aus dem Auto aussteigt und lautstark die Tür zuknallt.

Tobias ignoriert Timos Anmerkung, stattdessen schiebt er ihn unsanft in Richtung Eingang und letztendlich in seine Wohnung.

„Deine Jacke kannst du dort aufhängen", gibt Tobias kurz darauf von sich, holt eine Flasche Wasser aus dem Kühlschrank und stellt sie zusammen mit zwei Gläsern auf den Tisch im Wohnzimmer.

Timo schaut sich unterdessen interessiert in den Räumen um, sieht sich einige Bilder an, die an den Wänden hängen, und verharrt für einen Moment bei dem Foto, das in der Vitrine steht und Tobias gemeinsam mit dessen Ex-Freund Pascal zeigt.

Schäbig grinsend sieht er zu Tobias hinüber.

„Er hat sich wahrscheinlich von dir getrennt, oder? Warst also mit dem Typen aus dem Lieferwagen zusammen. Na ja, das ist wirklich kein Wunder. Wenn du immer so drauf bist wie heute, hält es niemand lange bei dir aus."

„Moment mal. Allem Anschein nach bin ja nicht nur ich verlassen worden, sondern du ebenso. Denn mein Ex ist wohl mit deinem Verflossenen zusammen und die beiden sind gerade damit beschäftigt, in eine gemeinsame …"

„STOP!", unterbricht Timo Tobias' Ausführungen. „Anders herum wird ein Schuh draus. ICH habe die Beziehung zu Oliver beendet – und in der Wohnung war ich lediglich, weil ich mich getäuscht hatte, denn eigentlich habe ich falsch gehandelt, doch nun ist es zu spät und das akzeptiere ich – ganz im Gegensatz zu dir. DU bist nämlich besitzergreifend und egoistisch. Eigentlich weiß ich gar nicht, weshalb ich überhaupt hier bin, ich glaube, es ist besser, wenn ich verschwinde."

Timo leert den Inhalt des Glases, ohne es nur einmal abzusetzen. Kurz darauf geht er auf den Flur hinaus, um nach seiner Jacke zu greifen, wird jedoch von Tobias durch einen Griff am Arm zurückgehalten.

„Ich mag es, wenn du so wütend bist, du kleiner Schleimscheißer. Außerdem weiß ich, dass du eigentlich gar nicht abhauen willst, also komm her!"

Mit diesen Worten zieht er Timo von der Garderobe weg und lässt ihn direkt in seine Fänge gleiten, wobei sich ihre Gesichter ein weiteres Mal verdächtig nahe kommen.

„Lass mich los!", haucht Timo Tobias entgegen und versucht, sich aus dem festen Griff zu befreien, was ihm jedoch nicht gelingt.

„Warum sollte ich?", entgegnet Tobias und drückt dabei seinen Mund ein weiteres Mal auf Timos Lippen, der den geforderten Kuss augenblicklich heftig erwidert.

„Du Mistkerl! Nutzt mich total aus, nur weil du kräftiger bist als ich", flüstert Timo weiter und gewährt Tobias' Zunge erneut Einlass in seine Mundhöhle.

Für einen Augenblick hört man lediglich Knutschgeräusche. Noch immer hat Tobias Timos Arm fest im Griff, seine andere Hand ist mittlerweile damit beschäftigt, dessen Hemd aufzuknöpfen.

„Lass mich jetzt endlich los, du Arsch", raunt Timo wenig später und bemerkt dabei, dass sich die Finger um seinen Oberarm lösen, aber lediglich aus dem Grund, um ihm das geöffnete Oberteil ruckartig vom Körper zu ziehen. Geistesgegenwärtig nimmt Timo das zum Anlass, Tobias' Kinn mit der rechten Hand etwas hochzudrücken und mit seiner linken das Hemd dieses eigenartigen Kerles aufzureißen.

„Hey!", beschwert sich dieser. „Das Teil war teuer!"

„Ist mir scheißegal!", wispert Timo weiter und nutzt die Gelegenheit der leichten Verwirrung, um Tobias ins Wohnzimmer zurückzuschieben und auf das Sofa zu werfen.

Timo legt sich auf Tobias und ein weiteres Mal spielen ihre Zungen ein wirres, jedoch geiles Spiel, bei dem es weder Gewinner noch Verlierer gibt. Während sie sich die Schuhe von den Füßen streifen, lassen sie ihre Hände über die unbedeckten Körperteile wandern, zeitweise rutschen Tobias' Finger unter Timos Hosenbund, bis sie schließlich Knopf und Reißverschluss öffnen, um die Jeans letztendlich völlig zu entfernen.

„Jetzt bin ich dran", legt Timo fest, löst sich ein wenig aus Tobias' Fängen und entfernt dessen Hose ebenfalls, und zwar gemeinsam mit der sich darunter befindlichen Shorts, sodass der Wohnungsbesitzer nun im Adamskostüm vor ihm liegt.

„Okay!", nickt Timo anerkennend. „Normalerweise haben die Leute, die sich im Straßenverkehr profilieren müssen, einen kleinen Schwanz, doch in diesem Fall scheinst du wohl tatsächlich eine Ausnahme darzustellen."

„Und nun wirst du spüren, was dieses Ding alles kann", reagiert Tobias auf Timos Ausführungen und drückt dessen Gesicht in Richtung seines Lustzentrums, sodass diesem nichts anderes übrigbleibt, als die männliche Pracht, die ihm dargeboten wird, in Gänze zu schlucken.

„Suck me, du Bitch! Ja, genauso ist es gut. Nimm ihn tief rein", keucht Tobias und bewegt dabei sein Becken leicht auf und ab, bis er sich kurzerhand aus Timos Mund zurückzieht, ihn erneut packt, Timos Shorts ebenso hinunterreißt, nur um kurz danach dessen Hölleneinlass zu befeuchten und anschließend dort einzudringen.

Mit heftigen Stößen tobt sich Tobias in Timo aus, was dieser mit lautem Stöhnen – teils aus Schmerz, aber auch vor Lust – zu beantworten weiß.

„Ich ficke dich in den siebten Himmel. So bist du wahrscheinlich in deinem Leben nie zuvor rangenommen worden, oder? Und gleich wirst du einen Höhepunkt erleben, den du niemals vergessen wirst", fügt Tobias seinem Treiben mit rauer Stimme hinzu und greift kurzerhand nach Timos Prügel, um diesen mit wenigen Zügen zum Spritzen zu bewegen.

Fast zeitgleich fallen sowohl Tobias als auch Timo über die Klippe der Lust, liegen schwer atmend und schwitzend übereinander und brauchen einen Moment, um erneut einen klaren Gedanken fassen zu können.

„Wo wohnst du eigentlich?", haucht Tobias Timo irgendwann ins Ohr.

„Ich habe momentan keine eigene Bleibe. Bin schließlich erst vor kurzem aus den Staaten zurückgekommen und übernachte derzeit bei meinen Eltern."

„Ich wusste es! Du bist eben ein Schnösel, ein Muttersöhnchen und alles andere als reif für diese Welt. Sofern du möchtest, bleib heute Nacht hier, mein Bett ist groß genug – und falls du Hunger hast, der Kühlschrank ist voll."

„Bist du jetzt der barmherzige Samariter, oder was?", entgegnet Timo und sucht dabei nach seiner Unterhose, die Tobias jedoch eher zu fassen bekommt und in eine Ecke schleudert.

„Bleib nackt! So gefällst du mir besser. Diese Shorts ist sowieso hässlich und macht dich unerotisch."

Timo verdreht die Augen und merkt an, dass er nun in die Küche geht, um Tobias' Angebot in Bezug auf etwas Essbares anzunehmen.

„Aber nichts dreckig machen!", ruft Tobias ihm noch hinterher und legt sich bequem auf der Couch zurück.

Als Timo das Wohnzimmer wieder betritt, trifft er seine neue Bekanntschaft schlafend auf dem Sofa an. Voller Genuss beißt er in sein Sandwich, schüttelt den Kopf und setzt sich in einen Sessel, wobei er Tobias ein weiteres Mal anschaut.

„Versager! Nach dem Vögeln einzuschlafen ist mehr als unerotisch", flüstert er und grinst dabei hämisch.

ZWEIFEL UND WUT

Geraume Zeit später zuckt Timo zusammen. Er ist anscheinend für einige Stunden in seinem Sessel eingenickt, denn der Himmel ist mittlerweile stockdunkel. Nicht einmal der Mond scheint, nur eine einsame Straßenlaterne schickt ein schwaches Licht in Tobias' Wohnzimmer.

Vorsichtig setzt er sich auf und betrachtet den leise vor sich hin schnarchenden Tobias aufmerksam. Eigentlich sieht der Typ wirklich gut aus. Nicht eben klein, gut definierte Figur, seidenweiche Haare, ein schmales Becken mit einem knackigen Po, dazu ein Schwanz, der sich wirklich nicht zu verstecken braucht und den er, wie Timo ja mittlerweile erfahren durfte, perfekt einzusetzen weiß. Ficken kann er, das muss der Neid ihm lassen. Schade, dass dieser Heini derart von sich eingenommen ist und dass er denkt, er wäre Gottes Geschenk an die schwulen Männer auf diesem Planeten.

Timo kommt ins Grübeln und lässt den Tag noch einmal Revue passieren. Inzwischen sieht er ein, dass er eigentlich nicht erwarten konnte, dass Oliver ihm über Monate hinweg nachtrauern und ihn somit mit offenen Armen empfangen würde. Nicht nach dieser bescheuerten und völlig übereilten Aktion mit den schwarzen Rosen. Im Grunde genommen müsste er sich selbst eine reinhauen für diese mehr als dämliche Idee. Warum hat er in den Staaten nicht einfach seinem Verlangen nach Sex nachgegeben und eine Weile Spaß gehabt? Oliver hätte davon schließlich niemals etwas erfahren. Aber nein, er musste ja unbedingt reinen Tisch machen und die Beziehung beenden. Schön blöd. Die heiße und ziemlich heftige Affäre mit Matthew schien ihm wirklich für eine Weile das Hirn vernebelt zu haben – oder besser gesagt, Matt hatte es ihm wohl eher rausgevögelt.

Bei dem Gedanken an den geilen Ex-Lover überkommt Timo eine leichte Erregung, sein Körper beginnt zu kribbeln und auch der bis dahin schlaff daliegende Schwanz erhebt sich langsam. Mit einem Blick auf den weiterhin seelenruhig schlummernden Tobias umschließt er seine Männlichkeit mit einer Hand und ruft sich auf der einen Seite Matt, auf der anderen jedoch den heißen Ritt des frühen Abends ins Gedächtnis zurück. Schnell reibt er die rasch praller werdende Latte, packt ständig fester zu und bereits nach ziemlich kurzer Zeit erreicht er das angestrebte Ziel. In hohem Bogen schießt das Sperma aus ihm heraus und landet direkt auf seinem Bauch, wobei er Mühe hat, ein lautes Stöhnen zu unterdrücken, um Tobias nicht zu wecken.

Schwer atmend liegt Timo im Sessel und plötzlich will er nur noch weg. Raus aus dieser Wohnung, fort von diesem Typen, der zwar göttlich vögeln kann, aber dennoch ein Arsch der ganz besonders miesen Art ist. Was Timo nämlich auf den Tod nicht ausstehen kann, sind Menschen, die anderen hinterherspionieren oder sie gar stalken. Er selbst hat sich zwar sicher nicht gerade perfekt benommen und fremdgevögelt, aber im umgekehrten Fall Oliver nachzustellen oder ihm ständig zu folgen und ihn heimlich zu beobachten, das wäre ihm nie in den Sinn gekommen. Oliver und er hatten sich vertraut, ein Seitensprung wäre allerdings auch kein Weltuntergang gewesen, zumindest nicht von seiner Seite aus.

'Was soll's, Treue wird ohnehin von den meisten Kerlen überbewertet', schießt es Timo durch den Kopf. *'Wo hat dieser großkotzige Spinner eigentlich meine Shorts hingeworfen?'*

Suchend schaut er sich in dem für ihn unbekannten und fast stockdunklen Zimmer um. Er entdeckt das gesuchte Teil schließlich in der Ecke am Sideboard, neben dem Tisch findet sich das ziemlich zerknüllte Hemd an und etwas weiter in Richtung Sofa auch seine Jeans, die glücklicherweise direkt auf den Schuhen liegt. Rasch greift er leise nach den Kleidungsstücken, schleicht sich rückwärts aus dem Zimmer, wobei er Tobias fest im Blick behält, und atmet auf, als er im Flur steht. Dort wirft er sich förmlich in seine Klamotten, öffnet vorsichtig die Wohnungstür, tritt hinaus, zieht diese leise hinter sich zu, schlüpft erst jetzt in seine Slipper und stürzt anschließend davon, als hätte man ihn gerade eben zum Teufel gejagt.

*

Schlaftrunken schlägt Tobias die Augen auf und knipst die kleine Lampe neben dem Sofa an, um nachzusehen, wo sein Gast wohl abgeblieben ist. Leicht irritiert schaut er sich im Zimmer um. Dabei wandert sein Blick in die Ecke, in die er Timos Unterhose vor ein paar Stunden im Eifer des Gefechts gefeuert hat. Kopfschüttelnd und verwundert erhebt er sich, greift nach der Wasserflasche, die nach wie vor auf dem Tisch steht, nimmt einen tiefen Schluck und platziert diese kurz darauf in der Küche.

„So mein Freund!", meckert er vor sich hin. „Falls du dich jetzt einfach in mein Bett gelegt haben solltest, ohne mich vorher zu wecken, dann Gnade dir Gott. Wahrscheinlich muss ich dir erst einmal Manieren beibringen, sich einfach in fremde Federn zu ..."

Abrupt beendet er seine Schimpfkanonade, denn das Schlafzimmer ist leer. Lediglich eine Motte tanzt an der Fensterscheibe und wartet darauf, in die Freiheit entlassen zu werden.

„Was bildet sich dieser Rotzlöffel eigentlich ein? Mir nichts dir nichts die Flatter zu machen ist definitiv weitaus schlimmer als sich einfach hierherzulegen. Der meint wohl, dass er unwiderstehlich ist und tun und lassen kann, was er will. Sich nach dem Vögeln einfach wortlos und heimlich zu verdünnisieren – das ist unterste Schublade. Der braucht hier nicht wieder anzutanzen. Und ich Blödmann biete ihm auch noch etwas zu essen an. Wahrscheinlich ist mein Kühlschrank jetzt komplett leer. Wäre ja kein Wunder, der weiß schließlich gar nicht, was all die Sachen so kosten, denn er lebt immerhin bei seiner Mama. Bestimmt muss er zu einer bestimmten Uhrzeit zu Hause sein. Oh Mann, sofern dieser Oliver – oder wie auch immer der heißt – genauso drauf ist wie dieser Vollpfosten, dann hat Pascal sicherlich kein Glück mit ihm. Ach was soll's? Wieso rege ich mich eigentlich über solche belanglosen Dinge auf? Der Fick war geil, mehr wollte ich sowieso nicht. Oder denkt der etwa, dass er mir mit seinem Abflug eins ausgewischt hat? Im Gegenteil! Es amüsiert mich eher. Besser, er ist von selbst gegangen, bevor ich ihn rausschmeißen musste."

Während Tobias seine Klamotten vom Boden zusammensucht und diese in die Wäschekammer bringt, schimpft er unaufhörlich weiter vor sich hin.

„Wenn der mir noch einmal über den Weg läuft, werde ich ihm definitiv ein paar passende Takte erzählen. Weshalb nehme ich mir solche Leute eigentlich erst mit nach Hause? Ich konnte ihn ohnehin nicht leiden. Ich hätte ihm einfach eins in die Fresse hauen sollen, obwohl diese gar nicht mal so hässlich ist. Ich muss leider Gottes zugeben, dass er hübsche Augen hat. Dieses sinnliche Blau und die vollen Lippen – all das hat mich schon ein wenig angemacht."

Tobias verschwindet kurz im Bad, putzt sich die Zähne und spült sich mehrmals kaltes Wasser ins Gesicht. Während er dieses in einem Handtuch vergräbt, macht er weiter seiner schlechten Laune Luft.

„Ich darf halt nicht ständig mit dem Schwanz denken. Auf diese Weise hole ich mir nur Scheißkerle ins Haus. Typen, die ich nicht ausstehen kann, und zu guter Letzt zu allem Überfluss noch den Verflossenen des neuen Kerls meines Ex-Pascals. Dafür könnte ich mich in den Arsch beißen. Ach, ist doch scheißegal. War sowieso eine einmalige Sache. Bei mir braucht er sich auf keinen Fall mehr blicken zu lassen."

Mit hastigen Bewegungen verlässt Tobias die Nasszelle, legt sich in sein Bett und knipst das Licht aus. Hektisch bewegt er sich immer wieder hin und her. Dabei taucht in regelmäßigen Abständen das Gesicht des Mannes auf, der sich vor geraumer Zeit klammheimlich aus der Wohnung verabschiedet hat. Das lässt Tobias nicht ganz kalt. Sein Schwanz ist zu beachtlicher Größe herangewachsen und verlangt nach Aufmerksamkeit, die ihm wenig später durch die Hände des Besitzers auch zuteil wird.

Schwer stöhnend gibt Tobias dem erwachten Trieb Raum und nachdem er seinen Höhepunkt erreicht hat, siegt der Ärger über den vergangenen Abend ein weiteres Mal.

„Die sollen alle bleiben, wo der Maurer das Loch gelassen hat. Das Mamasöhnchen, Pascal mit seinem Blumenspielzeugladen und vor allem diese bescheuerte Kuh, die meint, dass sie nur gesunde Sachen verkaufen würde. Ich brauche diese Leute nicht!"

Eine ganze Weile nuschelt Tobias noch Schimpfworte vor sich hin, bis er schließlich erneut in einen unruhigen Schlaf fällt.

VERFLIXT UND ZUGENÄHT

Leise vor sich hin grummelnd hastet Timo durch die leeren, stockdunklen Straßen. Immerhin liegt die Wohnung seiner Eltern mehr als eine halbe Stunde Fußmarsch vom Domizil dieses arroganten Schnösels entfernt und es hat leicht zu nieseln begonnen, wenngleich es dabei relativ warm ist. Die Luft wird immer schwüler und es scheint ein Gewitter im Anzug zu sein.

Dieses entlädt sich tatsächlich kurze Zeit später, allerdings anders, als Timo es erwartet hat. Kaum hat er die Wohnungstür leise hinter sich zugedrückt, da ertönt die Stimme seiner Mutter aus dem Wohnzimmer.

„Bist du doch endlich da? Sag mal, was fällt dir eigentlich ein, erst mitten in der Nacht nach Hause zu kommen? Du weißt genau, dass ich nicht richtig schlafen kann, so lange du noch nicht da bist. So was Rücksichtsloses, hast du das in Amerika gelernt? Überhaupt, das war die blödeste Idee, die du je hattest. Reine Zeitverschwendung war das und deinen Freund bist du ebenfalls los. Aber du musstest ja unbedingt mit ihm Schluss machen, dabei war der Oliver echt ein feiner Kerl. Ist dir eigentlich klar, dass es mittlerweile halb vier ist? Na los, sag was oder verstehst du nur noch englisch?"

Timo seufzt leise auf und schließt für einen Moment die Augen. Es war wohl nicht die schlaueste Idee, seiner Mutter das mit Oliver auf die Nase zu binden, nichtsdestotrotz geht es überhaupt nicht, ihn abzukanzeln wie einen Fünftklässler, immerhin ist er inzwischen dreiundzwanzig. Es wird definitiv allerhöchste Eisenbahn, dass er hier wieder herauskommt, selbst wenn er erst wenige Tage zurück ist. Gleich morgen wird er nach einer kleinen Wohnung oder besser nach einer WG suchen, in der noch ein Zimmer frei ist, das er beziehen kann. Das Zusammenleben mit seiner alten Dame hat er gar nicht derart stressig in Erinnerung gehabt, allerdings hat er früher den überwiegenden Teil seiner studienfreien Zeit bei Oliver verbracht. Wenigstens sein Vater macht ihm keine Vorwürfe und freut sich einfach, den Sohn wieder im Hause zu haben.

„Mama, bitte, ich bin bereits eine ganze Weile erwachsen, meinst du nicht, dass ich selbst entscheiden kann, wann ich heimkommen möchte? Und meinetwegen musst du wirklich nicht wachbleiben, weißt du, ich bin schließlich schon groß und kann mir die Tür ganz allein aufschließen. Also lass das bitte und geh einfach ins Bett, wenn du müde bist. Apropos müde, ich für meinen Teil werde mich jetzt hinlegen, gute Nacht, Mama."

Damit dreht er sich um und ignoriert das leise Meckern seiner Erzeugerin, die immer weiter vor sich hin schimpft, während sie ins elterliche Schlafzimmer schlurft und sich dort mit einem deutlich hörbaren Geräusch ins Bett fallen lässt.

Timo begibt sich zunächst ins Bad, wo er sich die Zähne putzt und den Kopf einmal kurz unter den Wasserhahn hält. Als er sich die Haare abtrocknet, fällt sein Blick in den Spiegel. Er schüttelt sein nasses Haupt und murmelt plötzlich ebenfalls leise vor sich hin.

„Sag mal, Mister Vollidiot, du hast wirklich nicht mehr alle Steine auf der Schleuder. Zunächst denkst du ernsthaft, dass dein Verflossener zur Feier deiner Rückkehr das Gleichnis vom verlorenen Sohn nachspielt, dann lässt du dich von einem Blödmann namens Tobias anquatschen und mitnehmen. Und zu guter Letzt legst du es relativ deutlich darauf an, von ihm gevögelt zu werden. Mensch, Timo Mayer, du bist doch sonst keine Schleppschlampe. Obwohl der Herr Tobias definitiv klasse aussieht, das steht mal fest. Wenn er nur nicht so fürchterlich aufgeblasen wäre, denn vom Ficken versteht er was und eigentlich hätte ich mich in diesem süßen Arsch auch zu gern einmal versenkt. Ist aber trotzdem besser, dass ich gegangen bin, der ist sicher ein wenig Psycho, so wie der seinen Ex verfolgt. Wer da wohl Schluss gemacht hat? Ach, was soll's, ich werde Oliver am besten eine SMS schicken, mich entschuldigen und zudem seine Kreise nicht mehr stören – und von dem Vollpfosten mit dem Hammerschwanz halte ich mich fern, das steht mal fest. Wo zum Henker ist denn bloß dieses verfickte Handy abgeblieben? Vor Olivers Wohnung hatte ich es noch, daran erinnere ich mich, weil ich die Uhrzeit wissen wollte."

Hastig tastet Timo sämtliche Taschen seiner Kleidung ab, das vermisste Teil kommt dabei jedoch leider nicht zum Vorschein.

„Shit", knurrt er wütend, „ich werde es doch wohl nicht unterwegs verloren haben? Nein, kurz vor der Vögelei hat es leise vibriert, da steckte es also noch in der Hosentasche. Bleibt also nur eine Möglichkeit übrig. Was für ne Scheiße, ich muss das bei Mister Ach-was-bin-ich-toll verloren haben. Soll ich morgen wirklich ein weiteres Mal dahin müssen oder verzichte ich dankend auf ein neues Zusammentreffen? Nee, ich brauche das leider. Erstens sind da eine ganze Menge Nummern drauf, die ich sonst nirgendwo gespeichert habe, und zweitens will ich nicht, dass der Knallkopp eventuell darin herumfummelt und meine Nachrichten liest oder so. Mist, also morgen, nee eigentlich ja schon heute, noch einmal auf in die Höhle des Löwen. Am besten erst am Abend, denn tagsüber wird selbst der Typ arbeiten müssen. Komisch, dass der Umzug mitten in der Woche stattgefunden hat, aber okay, die werden wohl ihre Gründe dafür gehabt haben. Na denn, ich hau mich jetzt hin und heute Abend hole ich mir mein Telefon ab und wehe, er rückt es nicht raus. Immerhin habe ich mal Judo gemacht, mal sehen, wie viel ich davon noch weiß. Hätte ich das bloß vor ein paar Stunden schon einmal angewendet."

Nachdem er seine Klamotten achtlos auf den Boden hat fallen lassen, plumpst Timo mit einem leisen Stöhnen ins Bett. Bereits kurze Zeit später hört man ein leises Schnarchen. Durch seine etwas krausen Träume geistert dabei ein Mann mit einem großen Schwanz, der ihn wieder und wieder in den Himmel vögelt und dessen Gesicht eine auffallende Ähnlichkeit mit einem gewissen Tobias hat.

DER NÄCHSTE TAG IST AUCH NICHT BESSER

Es ist sieben Uhr morgens, als der Wecker Tobias unsanft aus dem Schlaf reißt. Völlig übernächtigt steigt er aus den Federn, tapert in die Küche, stellt die Kaffeemaschine an und stößt sich auf dem Weg in die Nasszelle seiner Wohnung an der Türzarge zum Bad den kleinen, linken Zeh.

„Verdammter Scheißdreck!", schimpft er mit schmerzverzerrtem Gesicht. „Seit ich hier wohne ist mir so etwas noch nie passiert. Das liegt nur an diesem Mamasöhnchen, der hat nicht nur meinen kompletten Alltag durcheinandergebracht, sondern auch die Frechheit besessen, in der Wohnung ein absolutes Chaos anzurichten. Was für ein Vollpfosten. Taucht ohne Vorwarnung in meinem Leben auf, fühlt sich hier zuhause und haut zum guten Schluss einfach ab. Kein Wunder, dass man unachtsam wird. Mist, was tut das weh."

Tobias setzt sich auf den Rand der Badewanne und reibt sich den Fuß. Unterdessen meckert er ununterbrochen, bis er sich schließlich dazu durchringt, eine schnelle Dusche zu nehmen, die Zähne zu putzen und sich zu rasieren.

Zurück in der Küche holt Tobias eine Tasse aus dem Schrank, gießt sich ein wenig von dem frisch gebrühten Wachmacher ein, flucht kurz darüber, dass das Getränk viel zu heiß ist, kippt die Hälfte des Inhalts in die Spüle und kleidet sich anschließend an.

„Wo zum Teufel ist meine rote Krawatte? Hat der Idiot mich etwa bestohlen, oder ... ach, da ist sie ja. Mann ey, zum Friseur könnte ich auch bald mal wieder. Nichts schafft man mehr. Eigentlich wollte ich gestern bereits dorthin, wenn da nur nicht dieser Spacken aufgetaucht wäre. Ach egal, so wichtig ist der nun auch nicht. Ich fahre jetzt ins Büro. Frühstück kann mir schließlich unsere Auszubildende besorgen, dann tut sie mal was Sinnvolles."

Schnellen Schrittes und mit sichtlich schlechter Laune, die wohl dem kleinen, frühmorgendlichen Missgeschick geschuldet ist, geht Tobias zu seinem Fahrzeug und rauscht mit Vollgas von dannen.

Gegen acht erreicht er seinen Arbeitsplatz, stellt den Rechner an und beginnt damit, die ersten Vorgänge zu sichten. Dabei stellt er fest, dass es ihm ein wenig an Konzentration mangelt. Ständig kreist die vorabendliche Begegnung in seinem Kopf herum. Am liebsten würde er diese sofort aus seinen Erinnerungen verbannen, doch so sehr er sich auch anstrengt, es will ihm einfach nicht gelingen.

„Das darf ja wohl nicht wahr sein. Ich lasse es nicht zu, dass dieser Typ in meinen Gedanken derart präsent ist. So gut war er schließlich nicht. Ein Scheißkerl sozusagen", murmelt er vor sich hin, ruft die Auszubildende Tatjana herein, gibt ihr den Auftrag, ihm zwei Brötchen zu besorgen, und telefoniert anschließend mit einem Kollegen, um über einen schwierigen Sachverhalt zu diskutieren.

Mittlerweile sendet die Sonne ihre wärmenden Strahlen direkt durch Tobias' Fenster und heizt das Büro mächtig auf. Tobias zieht sein Sakko aus und hängt dieses über die Stuhllehne. Währenddessen schaut er kurz in den Spiegel, der direkt neben der Eingangstür hängt. Dabei entringt sich ihm ein süffisantes Lächeln.

„Pascal trägt die alleinige Schuld, dass wir nicht mehr zusammen sind", beginnt er leise zu philosophieren. „Für ihn zählte nur dieser beschissene Blumenladen und seine fette Freundin. Da sollte wirklich jeder verstehen, dass ich mir das nicht habe gefallen lassen und ihm Paroli geboten habe. Dieses Pflanzenspielzeug hat von vornherein kein Geld gebracht, mal ganz abgesehen von den übermäßigen Arbeitsstunden. Er jedoch sah das wohl anders, obwohl er es hätte besser haben können. Und dann tritt diese Dumpfbacke in sein Leben und verdreht ihm den Kopf. Ach, soll er doch bei diesem Vogel versauern und sich von ihm durchficken lassen. Irgendwann wird er es bereuen und wieder bei mir angekrochen kommen. Dessen bin ich mir sicher. Nachher werde ich mir trotz allem bei Tine ein Bierchen gönnen. Von dort kann ich sein komisches Geschäft noch einmal in Augenschein nehmen und die Bioladentusse kurz beobachten. Mal gucken, ob er glücklich wirkt. Bestimmt nicht, aber damit muss ER nun leben – nicht ich."

Gleich nach Feierabend fährt Tobias zu besagter Lokalität und bestellt sich ein Hefeweizen. Da es am späten Nachmittag noch angenehm warm ist, setzt er sich nach draußen, und zwar auf einen Platz, der vom gegenüberliegenden Blumenladen nicht gut einsehbar ist, doch von dem aus man durch die Bäume einen guten Blick auf die Geschäftszeile hat. Tobias wendet den Kopf nicht eine Sekunde von der anderen Straßenseite. Während er einen großen Schluck aus seinem Glas nimmt, kann er sehen, dass Oliver das „Spielzeug" seines Ex betritt und geraume Zeit später auch Lissy aus ihrem Biotop hinübergeht. Kurz darauf vernimmt er das herzliche Lachen der drei Personen, die an der Eingangstür stehen und sehr viel Spaß miteinander zu haben scheinen.

Mit einer Riesenportion Wut im Bauch bezahlt er, verlässt das Bistro und steigt kopfschüttelnd in sein Auto. Während er das Gaspedal bis zum Anschlag durchtritt, haut er sich mehrmals mit der flachen Hand gegen die Stirn und beginnt abermals, lautstark mit sich selbst zu reden.

„Da scheinen sich ja die richtigen Drei gefunden zu haben. Sollen die doch in ihrer kleinbürgerlichen Welt verrotten. Mir können die gestohlen bleiben. Dieser neue Fuzzi von Pascal sowieso – und der Typ von gestern erst recht. Ich brauche die alle nicht, komme allein eh viel besser klar. Zum Ficken bekomme ich sowieso sofort einen Kerl, immerhin bin ich attraktiv genug. Aber nach der Vögelei soll jeder umgehend wieder aus meinem Leben verschwinden."

Nicht minder schlecht gelaunt als am Vormittag, stellt Tobias das Fahrzeug erneut auf dem dafür vorgesehenen Parkplatz ab und hastet mit seiner Aktentasche unter dem Arm in Richtung Wohnungseingang. Nach einem kurzen Blick in den Postkasten schließt er die Tür auf, sortiert die Werbung aus, schmeißt ein paar Briefe ungeöffnet auf den kleinen Schrank im Flur und tritt aus seinen Schuhen. Mit einem leichten Seufzer lässt er sich aufs Sofa fallen und starrt einen Moment lang die Decke an.

„Mich braucht heute niemand mehr zu stören", flüstert er leise und schließt kurz die Augen.

Kurz darauf greift er zu seinem Mobiltelefon und bestellt sich bei einem Lieferdienst eine Pizza sowie eine Flasche Roséwein. Während er auf das Abendessen wartet, zieht er sich etwas Bequemeres an und macht sich ein wenig frisch. Zwischenzeitlich erwischt er sich dabei, dass er immer wieder nach einem Stück Schokolade greift.

„Tobias, iss nicht so viel Süßes! Du wirst sonst noch fett", ruft er sich selbst zur Ordnung und legt den soeben in die Hand genommenen Riegel wieder zur Seite, da läutet es auch schon an seiner Tür.

SCHWANZGESTEUERT

Kaum hat Timo am nächsten Morgen die Augen geöffnet, dringt sofort eine leicht nörgelnde Stimme in sein Bewusstsein. Seine alte Dame scheint zu telefonieren, er versteht Wortfetzen wie „so kann das mit dem Studium ja nichts werden", „den ganzen Tag herumgammeln und erst mitten in der Nacht nach Hause kommen" und auch „was habe ich bloß falsch gemacht, dass er so geworden ist?" und schüttelt ungläubig den Kopf. Was soll das denn nun? Vor seinem Amerikaaufenthalt hatte seine Mutter stets behauptet, stolz auf ihren Einzigen zu sein und plötzlich ist sie es nicht mehr? Es wird wirklich Zeit, auf eigenen Füßen zu stehen, glücklicherweise gibt es in diesem Land BAföG. Wenn er sich zusätzlich noch einen kleinen Nebenjob besorgen würde, sollte er wohl über die Runden kommen, andere schafften das schließlich auch.

Nach einer erfrischenden Dusche, einer schnellen Tasse Kaffee im Stehen und einer kurzen, jedoch umso heftigeren Diskussion mit seiner Mutter, verlässt Timo türenknallend die elterliche Wohnung und tritt hinaus auf die in der Sonne liegende Straße. Das nächtliche Gewitter hat die Luft erfrischt, es ist nicht mehr so schwül, aber dennoch angenehm warm. Die Temperaturen scheinen sich bereits im Bereich um die fünfundzwanzig Grad zu befinden, was für diesen Monat eigentlich eher eine Ausnahme darstellt.

Rasch begibt er sich zum nächsten Internetcafé, denn zu Hause gibt es leider keine Möglichkeit, online nach entsprechenden Wohnungen oder WGs zu suchen. Und dass er von Zuhause wegmuss, ist ihm heute endgültig klargeworden. Was ihm allerdings auf der Seele liegt, ist der bevorstehende Besuch bei diesem eingebildeten Lackaffen, denn ohne sein Handy kann er nicht einmal bei interessanten Offerten anrufen. Also muss er wohl oder übel in den sauren Apfel beißen und wird Herrn Obermacho nach achtzehn Uhr aufsuchen, kurz sein Anliegen schildern, sich das hoffentlich dort liegende Mobiltelefon schnappen und auf dem Absatz umdrehen. Alles in allem sollte das nicht mehr als fünf Minuten dauern.

Nachdem sich Timo einige Zeit mit dem Studium des Wohnungsmarktes beschäftigt und auch ein paar viel versprechende Angebote entdeckt hat, bei denen er spätestens am nächsten Morgen nachhaken will, verbringt er den restlichen Tag mit bummeln, essen, spazieren gehen und dem Verscheuchen der ständig wiederkehrenden Bilder des letzten Abends. Leider reagiert sein Körper selbst bei den bloßen Gedanken daran mit einer gewissen Erregung, sein Schwanz zuckt gelegentlich in der eng anliegenden Jeans und er spürt trotz allem Ärger, wie sich alle Muskeln anspannen und es heftig in seiner Mitte zu kribbeln beginnt.

Endlich ist es spät genug und Timo macht sich auf den Weg zu dem Zweifamilienhaus, in dem der ach so großartige Herr Tobias residiert. Beim Blick auf das Klingelschild muss Timo unwillkürlich lachen.

„Na so was“, kichert er in sich hinein, „Mister Supertoll ist wirklich eine irre Nummer. Da hat der doch tatsächlich neben dem Namen sogar seinen Titel aufs Schild gravieren lassen. Diplom-Fachwirt ist er also, der Herr Tobias Andresen. So so, kein Wunder, dass er sich für den lieben Gott persönlich hält. Na dann mach mal auf, Machoman, ich hab nicht ewig Zeit.“

Bei den letzten Worten parkt Timo seinen Daumen auf der Klingel und lauscht amüsiert dem Gezeter aus dem Flur.

„Na sag mal, du kleiner Wicht, haben sie dich als Kind zu heiß gebadet oder stand die Schaukel zu dicht an der Wand? Dir werd ich helfen, mich hier zu …"

Noch während Tobias diese Worte von sich gibt, reißt er schwungvoll die Tür auf und vergisst vor Erstaunen, seinen Satz zu vollenden, was ihn allerdings nicht daran hindert, gleich darauf erneut loszufauchen.

„Duuuuu? Was zum Teufel treibt dich hierher? Dass du es überhaupt wagst, mir, nach allem, was du dir geleistet hast, noch einmal unter die Augen zu treten, das ist ja wirklich der Gipfel der Frechheit."

Damit will Tobias das Gespräch augenscheinlich sofort wieder beenden und Timo draußen stehen lassen, der das irgendwie vorausgesehen und seinen Fuß so platziert hat, dass an ein Schließen der Tür nicht im Entferntesten zu denken ist. Mit einer derart schnellen Reaktion hat Tobias in dem Moment überhaupt nicht gerechnet.

„Nun hör mir mal gut zu, mein ungehobelter Freund. Ich habe lediglich geklingelt und das leider nicht ganz freiwillig. Deinetwegen wäre ich ganz sicher nicht wiedergekommen, bloß ich vermisse seit gestern Nacht mein Handy. Ist es dir zufällig beim Aufräumen in die Hände gefallen? Dann würde ich es nämlich gerne zurückhaben."

„Und nun hörst du mir mal zu, du ungezogenes Miststück. Hier ist kein Handy und damit Basta. Also nimm deinen Fuß da weg, sonst tut das gleich weh, wollen wir wetten?"

„Mensch, nun mach mal halblang. Könntest du jetzt mal bitte den Zutritt freigeben, dann suche ich selber nach meinem Telefon."

Mit diesen Worten drückt Timo den überraschten Tobias so weit zu Seite, dass er in den Flur huschen kann, und macht sich auf den direkten Weg ins Wohnzimmer.

„Na sag mal, du verweichlichtes Muttersöhnchen, dich sticht ja wohl der Hafer. Das ist Hausfriedensbruch und …"

„Ich breche hier schon mal gar nicht und nun lass mich bitte gucken, ob ich das Teil irgendwo finde", fällt Timo dem immer noch zwischen Wut und uneingestandener Bewunderung für ein solch forsches Verhalten schwankenden Tobias ins Wort und will sich eben gerade auf alle viere herablassen, als Tobias ihn unsanft hochreißt.

„Wenn in dieser Wohnung einer herumkrabbelt, bin ich das, verstanden?"

„Wie du meinst Herr Diplomfachwirt, dann mach mal. Soll ich dir Licht anmachen oder so?", kommt es grinsend von Timo, der jetzt mit verschränkten Armen zusieht, wie sich Tobias etwas steif auf den Boden kniet, wobei er Timo unabsichtlich sein wohl geformtes Hinterteil in der engen Jeans präsentiert, was bei diesem umgehend ein leises Stöhnen auslöst. Noch ehe Timo nachdenken kann, hat er bereits seine rechte Hand erhoben und lässt diese mit einem lauten Klatschen auf Tobias' Hintern niedersausen. Wie von der Tarantel gestochen fährt dieser herum und funkelt Timo mit blitzenden, aber auch erste Erregung zeigenden Augen an.

„Samma, bist du jetzt von allen guten Geistern verlassen?"

„Wenn du mich so fragst, ja! Nun such schön weiter!", kommt es von Timo in befehlendem Ton, doch schon im selben Moment wird er von Tobias zu Boden gerissen.

Soeben will sich dieser auf Timo setzen und zeigen, wer wohl der „Herr im Haus" ist, da wendet Timo einen vor langer Zeit gelernten Griff an und dreht den Spieß um. Nun liegt Tobias unter ihm und schaut ihm weiter wütend jedoch gleichzeitig wollüstig ins Gesicht.

„Wo hast du das denn gelernt?", haucht er Timo entgegen.

„Das ist mein Geheimnis. Immerhin muss der Fachwirt nicht über jeden Sachverhalt informiert werden."

Im nächsten Augenblick zieht Tobias Timo mit seiner freien Hand weiter zu sich. Schließlich berühren sich ihre Lippen und vereinigen sich zu einem kurzen, aber heftigen Kuss.

Erneut schauen sich beide Männer schwer atmend in die Augen, bis ihre Münder ein weiteres Mal zueinanderfinden. Währenddessen reißen sie sich förmlich die Kleidung vom Leib, doch diesmal ist es Timo, der die Oberhand behält. Mit gekonnten Fingern entfernt er Tobias' Hose mit einem Ruck, streift ihm das Oberteil vom Körper und entledigt sich selbst seines Beinkleides, nachdem es Tobias zwischenzeitlich gelungen ist, Timos T-Shirt zu entfernen.

Wild küssend rollen sich die beiden über den Teppich und stoßen dabei an den Wohnzimmertisch, sodass der darauf befindliche Kerzenständer umkippt und zu Boden fällt. Das beachten sie jedoch nicht, vielmehr liegen sie hochgradig aufgeheizt und erwartungsvoll abwechselnd aufeinander, bis sie schließlich das letzte Stückchen Stoff von ihren Lenden gezogen haben. Ihre Erregung kann keiner von beiden verleugnen – harte Schwänze berühren sich und verlangen nach Aufmerksamkeit. Mit heftigen Bewegungen reibt Timo den Prügel des Hausherrn und lässt Tobias laut aufstöhnen. Nun bewegt sich Timo leckend weiter nach unten, knetet dabei Tobias' Brust, bis er schließlich mit seinem Mund an dessen Zentrum der Lust angelangt ist und dieses zwischen den Lippen verschwinden lässt. Vor Geilheit keuchend bäumt sich Tobias auf und beginnt, Timo in den Rachen zu ficken, was dieser jedoch nach einer kurzen Weile unterbindet, indem er den Kopf zurückzieht.

„Was'n nu? Mach einfach weiter!", flüstert Tobias fordernd und streckt ihm sein Becken erneut entgegen, doch in derselben Sekunde packt Timo ihn an den Seiten und dreht ihn ohne Vorwarnung um. Tobias ist völlig überrascht und es ist ihm nicht möglich, sich nur ansatzweise dagegen zu wehren.

„Nee, so nicht!", kontert Timo. „Gestern hast du mir die Seele aus dem Leib gevögelt und heute revanchiere ich mich dafür. Ich werde dir jetzt mal zeigen, wer das Mamasöhnchen ist."

Timo hebt Tobias' Becken an, befeuchtet dessen Hintereingang mit ein wenig Spucke und versenkt sich kurzerhand in diesem, was Tobias abermals lustvoll aufschreien lässt. Mit gekonnten Stößen fickt er ihn und zwirbelt dabei mehrfach Tobias' Nippel. Immer tiefer dringt er in ihn ein, von Minute zu Minute werden die Bewegungen heftiger und schneller, doch kurz bevor Timo dem Höhepunkt nahe ist, zieht er sein Teil heraus, dreht Tobias abermals um und beginnt, ihn und sich selbst mit schnellen Zügen zu wichsen, bis beide Männer in hohem Bogen abspritzen und laut atmend aufeinanderliegen.

Als sie wieder einigermaßen zur Besinnung gekommen sind, küssen sie sich ein weiteres Mal eindringlich, beißen sich dabei leicht auf die Lippen und ertasten für eine Weile ihre heißen Körper. Dabei rollen sie sich weiter über den Boden, bis Timo durch einen zufälligen Blick ein silberfarbenes Teil unter dem Sofa entdeckt.

„Da ist es ja!", flüstert er und greift nach dem Mobilfunkgerät.

„Was ist wo?", entgegnet Tobias und schaut in die Richtung, in die Timos Hand geht.

„Du Dussel!", kontert Timo. „Mein Handy natürlich. Das ist immerhin der Grund, weshalb ich überhaupt hierhergekommen bin."

„Na dann nimm doch das Teil und hau ab", faucht Tobias und im selben Augenblick gelingt es ihm, sich aus Timos Fängen zu befreien.

„Öhm, nö! Eigentlich hätte ich sogar Lust auf ne zweite Nummer. Nicht sofort, aber gleich, oder kannst du nur einmal am Tag?"

Erneut blitzen Tobias' Augen auf.

„Ich werde dir noch zeigen, wie häufig ich in der Lage bin, dich zu ficken. Zunächst werde ich mir jedoch etwas zu trinken holen. Vielleicht möchtest du auch ein Bier, oder darfst du das noch nicht?"

Timo antwortet darauf lediglich mit einem Grinsen und beobachtet den Hausherrn dabei, wie er das Wohnzimmer verlässt, um zum Kühlschrank zu gehen.

Gerade in dem Augenblick, als Tobias den Raum abermals betritt, können beide die Türglocke vernehmen.

Timo liegt mit dem Rücken an der Sofakante und deutet mit der Hand in Richtung Eingang. Dabei zieht er lächelnd eine Augenbraue hoch.

„Na, dann mach mal schnell auf! Bekommst du etwa Besuch?"

„Quatsch. Ich habe mir etwas zu essen bestellt. Ist das etwa verboten?"

In Windeseile zieht sich Tobias einen Morgenmantel über und verschwindet zur Haustür. Timo schüttelt dabei leicht grinsend den Kopf.

Als er zurückkehrt, hat Tobias einen Pizzakarton und die geordnete Weinflasche in der Hand, stellt beides auf dem Tisch ab und holt sich Besteck aus der Küche.

„Was ist denn da drauf?", fragt Timo und hebt dabei eine Ecke der Verpackung leicht an.

„Finger weg!", faucht Tobias ihn daraufhin an, setzt sich auf das Sofa und will gerade zu essen beginnen, als er wieder in das Polster zurückgedrückt wird.

„Na wer wird denn seinen Gästen gegenüber derart unfreundlich sein? Ein kleines Stückchen wirst du wohl für mich übrig haben, oder etwa nicht?"

Im Nu sind sich ihre Münder erneut verdächtig nahe und verschmelzen abermals zu einem Kuss. Timo streift Tobias dabei den Bademantel ab und tatsächlich kann man bei beiden Herren erneut eine mehr als deutliche Erregung erkennen, die sie jedoch in diesen Sekunden ignorieren.

„Sofern du danach endlich Ruhe gibst und mich essen lässt, bekommst du ein Viertel davon. Ein Glas Wein kannst du ebenfalls haben. Und ja – von mir aus kannst du über Nacht bleiben. Aber wehe, du bist morgen früh wieder einfach weg, dann kannst dich ein für alle Mal gehackt legen. Verstehst du, was ich meine? So etwas kann ich nämlich nicht leiden."

Timo nickt zustimmend, während Tobias die Pizza in vier gleichmäßige Teile zerschneidet, greift nach einem Stück, beißt genüsslich davon ab und zwinkert seinem nicht ganz freiwilligen Gastgeber anschließend zu.

„Na, habe ich den Herrn Diplom-Andresen, den großen Mister Unwiderstehlich endlich geknackt?"

„Blödmann, halt den Mund und iss!"

FRAGEN UND ANTWORTEN

Timo blinzelt träge, als ein Weckerklingeln ihn aus dem Schlaf reißt. Irgendwie kann er sich gar nicht daran erinnern, diesen überhaupt gestellt zu haben und der Ton des lärmenden Teils kommt ihm auch nicht wirklich bekannt vor. Doch bevor er sich darüber weitere Gedanken machen kann, erklingt eine Stimme direkt an seinem Ohr.

„Na Faulpelz, biste endlich wach? Ja, da staunst du, was? Die arbeitende Bevölkerung muss zu Zeiten aufstehen, da denkt der eine oder andere Student gerade mal daran, ins Bett zu gehen. Ich für meinen Teil werde mich jetzt unter die Dusche begeben, du könntest in der Zwischenzeit für ein kleines Frühstück sorgen. Wo der entsprechende Raum dafür ist, wirst du hoffentlich noch wissen. Also, was ist?"

Timo, der die Augen im ersten Moment reflexartig wieder geschlossen hat, schüttelt innerlich den Kopf. Wie kann man bereits am frühen Morgen und ohne einen Kaffee derart redselig sein? Dann realisiert er die letzten Sätze, die Tobias da vom Stapel gelassen hat, und grunzt los.

„Samma, sagst du niemals Guten Morgen oder etwas in der Art? Und überhaupt, ich meine wegen bedienen und so – habe ich etwa ein Schürzchen um und ein weißes Häubchen auf dem Kopf? Na also, ich bin wohl also doch kein Dienstmädchen."

„Herr Student macht auf zickig, auch gut. Ich werde meinen hinreißenden Alabasterkörper jetzt jedenfalls ins Bad schwingen. Entweder du gehst in Küche oder du lässt es. Kannst du halten wie ein Dachdecker. Ich bekomme Kaffee und Brötchen sicher im Büro, es gibt dort

Menschen, die sich nicht derart mädchenhaft anstellen. Also bis gleich oder adios Amigo, ganz wie du willst."

Tobias zuckt die Schultern, verschwindet in Richtung der Andresenschen Nasszelle und Timo bleibt verblüfft noch einen Augenblick liegen, bevor er sich mit einem Seufzer ebenfalls erhebt, seine Sachen zusammensucht und sich hastig anzieht. Warum nur muss dieser Oberstiesel eigentlich jedes Mal so wahnsinnig unfreundlich daherkommen? Wenn er nur hin und wieder herzlich lachen würde, wäre er definitiv ein Kerl, in den man sich verlieben könnte. Einen Moment lang hält Timo inne, der Fuß, über den er eben einen Socken ziehen wollte, schwebt in der Luft. Verlieben? Hat er das wirklich gerade eben gedacht? Ob dieser Dämlack überhaupt weiß, wie man Liebe buchstabiert? Und lohnt es den Aufwand, da weiter am Ball zu bleiben oder soll er sich besser auf Französisch empfehlen, so wie bereits das Mal zuvor?

Nein, kneifen wird er nicht und außerdem hat er Kaffeedurst, mal sehen, ob es in diesem Diplomhaushalt eine anständige Maschine dafür gibt und eventuell noch etwas von dem Sandwichbrot da ist, das er schon probieren durfte.

Leicht knurrend beendet Timo seine Ankleideprozedur und tappt in die Küche. Mit ein paar Handgriffen befüllt er den Apparat, der den geliebten Wachmacher zubereiten soll, und glücklicherweise ist auch ein ausreichender Rest des gemahlenen Pulvers vorhanden. Anschließend klaubt er Wurst und Käse sowie Butter aus dem Kühlschrank und drapiert alles auf dem Tisch. Brot findet sich ebenfalls an und die passenden Teller entdeckt er in einem der Schränke. Kaum hat er alles abgestellt, da hört er hinter sich ein leises Lachen.

„Na guck an, geht ja doch."

„Okay, fangen wir einfach noch einmal von vorn an. Guten Morgen, Herr Diplomfachwirt. Haben Sie wohl geruht?"

Eine gewisse Ironie in Timos Stimme ist nicht zu überhören, selbst Tobias scheint das zu merken und zuckt abermals die Schultern.

„Na schön! Guten Morgen, Herr Student. Sag mal, was studierst du eigentlich? Und wie lange noch? Ach ja, ist der Kaffee durch? Ich trinke ihn übrigens schwarz wie die Nacht, dafür heiß wie die Hölle."

Timo reicht Tobias einen Becher mit dem dampfenden Heißgetränk und grinst.

„Na bitte, du kannst es also doch. Ich studiere übrigens Bauingenieurwesen. Sechs Semester brauche ich noch bis zum Master."

Tobias beginnt leise zu lachen.

„Was ist?", kommt es irritiert und etwas undeutlich von Timo, der gerade in ein belegtes Brot gebissen hat. „Hab ich 'nen Keks auf dem Kopf oder was?"

„Nö, eher Krümel am Mund. Finde ich lustig, was du studierst. Ich bin nämlich im gleichen Bereich tätig, wenn auch im Bauamt dieser Stadt."

Tobias verlässt anschließend kurz den Frühstückstisch und holt sich die Tageszeitung aus dem Briefkasten. Ohne jegliche weitere Kommunikation blättert er diese durch, faltet sie hinterher sorgfältig zusammen und legt sie auf den Küchentresen.

„So, nun mach mal langsam hin. Ich muss los", fügt er dem hinzu und tänzelt mit zwei Fingern auf der Tischkante herum.

„War's das jetzt oder ...?", fragt Timo daraufhin leicht verunsichert.

„Hmmm, vielleicht ja, andererseits auch wieder nein. Hast 'nen geilen Arsch, bist definitiv nicht ganz doof, also, wenn du willst, sei am Samstag um Punkt zwölf hier, dann kannst du mitkommen zum See, da will ich nämlich hin. Allerdings warte ich maximal fünf Minuten, sonst düse ich los. Also entweder bist du da oder nicht, mehr Auswahl gibt's nicht. Und nun marsch, ich bin leider knapp in der Zeit."

„Okay, alles klar. Ich überleg's mir. Bis denne."

Während der letzten Sätze schnappt sich Tobias seinen Schlüssel, Timo kontrolliert, ob er dieses Mal das Handy dabeihat, dann trennen sich ihre Wege. Tobias steigt in seinen Wagen und Timo strebt der Bushaltestelle zu. Beide befinden sich jedoch unabhängig voneinander mit ihren Gedanken in der vergangenen Nacht, in der sie noch mehrfach ihre Lust miteinander geteilt haben.

*

Innerlich leicht aufgeregt steht Timo am Samstag an der Haltestelle und sieht nervös zur Uhr. Hoffentlich hat der Bus keine Verspätung, sonst kann er tatsächlich nicht pünktlich bei Tobias erscheinen – und so, wie er den kennengelernt hat, ahnt er, dass der Herr mit dem Diplom in der Tasche wahrscheinlich wirklich nicht eine Minute länger als die angesagten fünf warten wird. Zum seinem Glück erreicht er sein Ziel jedoch sogar eine Viertelstunde vor der Zeit. Um jedoch Tobias den Wind aus den Segeln zu nehmen, dass Timo vielleicht zu früh wäre, verweilt er noch ein paar Minuten in einer Bäckerei und genehmigt sich einen kleinen Kaffee. Dabei fragt er sich mehrmals, weshalb er gerade heute derart aufgewühlt ist. Hat ihm dieser eingebildete Vogel wirklich den Kopf verdreht oder etwas in der Art? Diesen Gedanken verdrängt er jedoch noch im selben Moment, stellt die Tasse ordnungsgemäß zurück, verabschiedet sich mit einem netten Wochenendgruß von der freundlichen Bedienung, sprintet rasch auf die andere Straßenseite und betätigt exakt um High Noon den Klingelknopf. Schwungvoll reißt Tobias die Tür auf und grinst kurz über beide Wangen, wird jedoch augenblicklich wieder ernst.

„Alle Achtung, Sir!", gibt er mit einem anerkennenden Kopfnicken von sich. „Das nenn ich Soldatenmanier. Auf die Sekunde pünktlich. Donnerwetter, das hätte ich nicht erwartet."

„Ebenfalls einen schönen guten Tag, Herr von und zu Andresen. Immerhin sehe ich meinen eigenen Vorteil darin, denn ich habe echt Bock auf Schwimmen. Und mit den öffentlichen Verkehrsmitteln zum See zu gelangen, ist beinahe unmöglich. Außerdem dachte ich mir, dass es nicht ganz so schlecht sein kann, Begleitung dabeizuhaben."

„Das habe ich jetzt einfach mal überhört. Sonst wäre das nämlich ein Grund, dich aus meinem Auto auszusperren. Du begleitest mich und nicht andersherum. Und nun komm, sonst gibt's dort keine Parkplätze mehr."

Timo rollt leicht mit den Augen, belächelt schließlich Tobias' Aussage und lässt sich auf den Beifahrersitz fallen.

„Ey, die Sitze sind teuer!", meckert Tobias ihn sofort an und stupst ihn leicht an die Schulter, was Timo lediglich mit einem kurzen „Tschuldigung" kommentiert.

Nach ungefähr einer halben Stunde Autofahrt erreichen die beiden den Baggersee. Zum Glück ist es bislang nicht ganz so voll, sodass Tobias auf Anhieb eine passende und zudem schattige Stelle für sein frisch poliertes Fahrzeug findet.

„Erde an den Studenten. Wir sind da. Aussteigen!"

„Meinst du etwa, das sehe ich nicht?", kontert Timo Tobias' Aufforderung.

„Na, wer weiß, was in einem Kopf wie deinem alles so vor sich geht. Ich hoffe, du hast vorzeigbare Badebekleidung dabei, ich möchte mich nicht fremdschämen müssen."

„Nun mach mal halblang. Ich weiß sehr gut, was mir steht und was nicht. Und nun Butter bei die Fische. Immerhin möchte ich sehen, ob du schwimmen kannst oder ich dich zum guten Schluss sogar retten muss."

Schnellen Schrittes eilen Timo und Tobias dem See entgegen, kleiden sich rasch um, breiten Handtücher und Decken aus und springen in die Fluten. Aus einer zunächst harmlosen Planscherei wird ein Wettschwimmen. Dabei versucht jeder dem anderen seine Grenzen aufzuzeigen, indem sie sich gegenseitig kleine Fallen stellen, in die Bahn des anderen eintauchen und dabei immer wieder unter Wasser ziehen.

Völlig außer Atem entern sie nach gut zwanzig Minuten erneut ihren Platz und legen sich gänzlich erschöpft in die Sonne.

„Du gibst niemals auf, oder?", kommt es irgendwann von Timo.

Tobias hat den linken Arm auf die Stirn gelegt und schüttelt, ohne etwas zu sagen, den Kopf.

„Warum sollte ich auch?", entgegnet er schließlich nach einer kleinen Pause. „Endlich gibt es mal jemanden, der es mit mir aufnehmen kann. Das reizt mich natürlich. Sofern du von Beginn an nachgegeben hättest, wäre ich längst nicht mehr interessiert. Übrigens hätte es dann auch kein Treffen dieser Art gegeben."

„War dein Ex denn ähnlich gestrickt wie du? Ich meine, immerhin ist der nun mit meinem Verflossenen zusammen. Und Oliver ist eigentlich nicht so drauf.

Nicht, dass ich wissbegierig wäre, aber das interessiert mich dennoch."

„Ah, Mister Neugier meldet sich zu Wort. Okay, also eigentlich wollte ich nicht darüber reden und schon gar nicht mit dir."

„Das habe ich mir fast gedacht", nickt Timo schmunzelnd.

„Da du jedoch aller Wahrscheinlichkeit nach sowieso nicht lockerlässt, erzähle ich es dir", fährt Tobias fort, worauf Timo den Kopf verneinend bewegt. „Falls du jedoch irgendjemandem auch nur ein Wort darüber erzählst, dann war's das. Mein Ex hat leider diesen bescheuerten Blumenladen und den habe ich gehasst wie die Pest. Doch er hat sich das nicht nehmen lassen und ich habe mit ihm deswegen ständig Theater gehabt. Irgendwann bekam er den Auftrag, deinem Ex-Typen schwarze Rosen zu liefern und da haben sie sich wohl ineinander verliebt – oder sie glauben das zumindest. Genau weiß ich das aber nicht und ehrlich gesagt, war es mir viel zu blöd, um nachzufragen. Sollen die doch bleiben, wo der Pfeffer wächst."

Plötzlich ist Timo ernst und schaut ziemlich nervös hin und her.

„Was ist denn? Hast du eben zu viel Wasser geschluckt oder was?"

„Das ist aber mal ein eigenartiger Zufall!", gibt Timo leicht verstört zur Antwort.

„Ich verstehe nicht ganz."

„Als ich in Amerika war, habe ich mich in einen anderen Kerl verknallt und auf diesem Wege mit Oliver Schluss gemacht. Fünfzehn schwarze Rosen waren das. Für genau eineinviertel Jahr Beziehung."

Völlig entrüstet springt Tobias von seiner Decke hoch.

„Wie krank bist du denn? Du beendest eine Beziehung mit Blumen? Moment mal. Letztendlich bist du kleiner Wicht dafür verantwortlich, dass sich Pascal und Oliver kennengelernt haben? Du? Nee, mein Freund, das geht gar nicht. Sorry, aber mit dir möchte ich nichts mehr zu tun haben. Verschwinde aus meinem Leben und lass mich in Ruhe. Ich habe den Auftraggeber verflucht, der hat einen Keil zwischen uns getrieben hat und nun liege ich mit dem am Badesee. Never, Sir, damit kann ich nicht umgehen. Ich haue jetzt ab, schönes Leben noch."

Augenblicklich kleidet sich Tobias an, rafft eilig seine Sachen zusammen und verlässt wutentbrannt die Liegewiese. Timo versucht noch, hinter ihm herzulaufen, doch ehe er sich versieht, braust Tobias mit durchdrehenden Reifen vom Parkplatz und lässt Timo in einer aufgewirbelten Staubwolke zurück.

DER KANN MICH MAL

Nach Tobias' überstürztem Aufbruch steht Timo eine ganze Weile fassungslos dort, wo noch vor wenigen Minuten das Auto geparkt hat. Er schüttelt immer wieder den Kopf und murmelt dabei leise vor sich hin.

„Was zum Henker soll das denn jetzt? Der kann mich doch nicht einfach hier so stehen lassen, was bildet der sich denn ein, dieser Arsch? Aber ich bin wohl selbst schuld, ich stehe ja nun mal auf Ärsche. Mein Gott, als hätte ich Oliver und diesen ominösen Blumenmenschen höchstpersönlich zusammen ins Bett gesteckt. Ich konnte nun wirklich nicht wissen, wer die Rosen liefern würde, dass der zufällig schwul ist und sich zu allem Überfluss auch noch prompt in Oliver verguckt. Immerhin habe ich mir deswegen bei meinem Ex schließlich ebenfalls eine Abfuhr eingehandelt, aber mache ich deswegen solch ein Theater? Wenn etwas vorbei ist, ist es nun mal aus, that's life. Andere Mütter haben auch schöne Söhne, und genau deswegen werde ich ab sofort weder meinem Verflossenen noch diesem Oberbaufuzzi eine einzige Träne nachweinen.

Nee, mein lieber Herr Superarsch, ich komme bestimmt nicht angekrochen, obwohl du im Bett wirklich klasse bist. Bis jetzt habe ich noch zwei gesunde Hände und was Nettes zum Vögeln findet sich sicher, sobald ich eine eigene Bude habe oder zumindest ein Zimmer in einer WG. Gleich morgen, jedoch spätestens am Montag, kümmere ich mich darum, doch nun muss ich erst einmal sehen, wie ich aus dieser Einöde wegkomme. Zu blöd, dass samstags die Busse derart grottig und selten fahren, der nächste kommt erst in vier Stunden und der Spaß am Baden ist mir gerade völlig vergangen."

Knurrig schmeißt Timo, nachdem er sich vollständig bekleidet hat, alle auf dem Boden herumliegenden Sachen in seine Tasche, schultert diese und macht sich zu Fuß auf den Weg in die Stadt. Eine Weile marschiert er die staubige Landstraße hinunter, als er hinter sich ein Auto hört, sich daraufhin umdreht und mit herausgehaltenem Daumen versucht, dieses zum Anhalten zu bewegen. Leider ignoriert der Fahrer ihn komplett und hüllt ihn stattdessen zum zweiten Mal an diesem Tag in eine dichte Staubwolke, sodass seine Haut beinahe wie gezuckert aussieht.

Seufzend tapert er weiter und endlich, nach einer weiteren halben Stunde, sind erneut Motorengeräusche zu vernehmen. Bevor Timo handeln kann, stoppt der Wagen, drei fröhliche Gesichter schauen aus den weit geöffneten Fenstern und die Stimme der jungen Frau hinter dem Steuer lädt ihn freundlich ein, einzusteigen. Das lässt sich Timo nicht zweimal sagen und so kommt es, dass er sich zu einer weiteren Dame auf den Rücksitz quetscht, wo er sich zunächst vorstellt.

„Ich bin der Timo und euch zutiefst dankbar, dass ihr mir den restlichen Fußmarsch von noch mal gut zwei Stunden erspart habt."

„Keine Ursache. Wieso hast du denn nicht auf den Bus gewartet?", fragt die Fahrerin und ergänzt gleich darauf: „Ich heiße übrigens Julia, der Herr neben mir hört auf den schönen Namen Benjamin und deine Sitznachbarin wurde auf Luisa getauft. Wir wohnen alle zusammen in einer WG, studieren brav, waren schwimmen und unser Hobby ist es, Männer auf endlosen, staubigen Straßen einzusammeln."

Mit diesen flapsigen Worten sorgt Julia im Handumdrehen dafür, dass Timo sich im Kreis der drei jungen Leute sofort wohlfühlt.

„Warum ich nicht warten mochte? Das ist eine lange und ziemlich blöde Geschichte, hat sich allerdings mittlerweile erledigt. Sagt mal, kennt ihr zufällig eine WG, in der eventuell ein Zimmerchen frei wäre, habt ihr da vielleicht etwas gehört, bei euren Kommilitonen oder so? Ich bin erst vor wenigen Tagen vom Auslandssemester aus den Staaten zurückgekommen und zunächst bei meinen Eltern untergeschlüpft, doch nun stelle ich fest, dass ich da ganz dringend ausziehen muss. Nichts gegen meine Familie, bloß im Hotel Mama werde ich irgendwie behandelt wie ein Kindergartenkind, das nervt."

„Na da hast du aber echt Glück. Bei uns wäre nämlich tatsächlich ein Zimmer zu vergeben. Der Mann, der es haben wollte, ist gestern abgesprungen und wir wollten es übermorgen am schwarzen Brett aushängen. Wenn du magst, schau es dir einfach unverbindlich an. Küche und Bad teilen wir uns alle und sauber ist es bei uns auch."

Wieder ist es Julia, die Timo antwortet und ihn dabei neugierig im Rückspiegel mustert. Der ist einen Moment lang verblüfft, dann jedoch erkundigt er sich nach dem Preis und weiteren Einzelheiten, nickt zufrieden, als er sie erfährt, und bekundet erneut sein Interesse.

Bereits eine Viertelstunde später besichtigt er den Raum, der ihm angeboten wird. Da ihm dieser ausnehmend gut gefällt, sagt er sofort zu, am kommenden Montag bezüglich der Formalitäten den Vermieter aufzusuchen. Anschließend trinkt mit seinen wahrscheinlich künftigen Mitbewohnern noch eine Tasse Kaffee und begibt sich gegen Abend nach Hause zu seinen Eltern, die er über die gerade getroffene Entscheidung auch umgehend in Kenntnis setzt. Timos Mutter beginnt unverzüglich zu zetern, während sein Vater mit einem resignierten Seitenblick auf seine lautstark meckernde bessere Hälfte verstehend nickt und dem Sohn aufmunternd zuzwinkert.

Als Timo später die Tasche mit den Badesachen auspackt, fällt ihm ein T-Shirt in die Hände, das ihm völlig unbekannt ist. Hat Tobias tatsächlich so viele Wechselklamotten zum Baden mitgeschleppt? Ganz schön bekloppt dieser Mistkerl. Zunächst will Timo das Kleidungsstück wutentbrannt in den Müll werfen, überlegt es sich jedoch anders und hängt es über die Stuhllehne. Während des ganzen restlichen Abends blickt er immer wieder zu dem hellblauen Teil mit dem eingestickten Logo, das es als ziemlich teures Designerstück ausweist. Warum nur zwickt es in seinem Inneren plötzlich, wenn ihm dieser aufgeblasene Idiot in den Sinn kommt? Nein, er hat sich nicht verliebt, nicht in einen solchen Spinner. Never! Wirklich nicht, absolut ausgeschlossen. Vielleicht ein bisschen verknallt, aber das war es dann auch schon.

Spät in der Nacht wacht Timo noch einmal auf und starrt im Halbdunkel erneut auf das Shirt. Aus einem unerklärlichen Grund steht er auf, holt sich das Teil ins Bett und legt den Kopf darauf. Mit einem Kloß im Hals schläft er schließlich ein. In seinen wirren Träumen sieht er sich, wie er eben jenes Kleidungsstück, das ihm als Kopfkissen dient, dem Besitzer desselben vom Leib reißt, dieser wütend wird und eben diese zornige Erregung dazu beiträgt, dass sie eine weitere heiße und heftige Nacht miteinander verbringen.

Wie zugesagt kümmert sich Timo gleich am Anfang der Woche darum, das ihm angebotene Zimmer zu erhalten. Der Vermieter hat glücklicherweise keine Einwände gegen ihn, die Miete ist erschwinglich und so steht einem Umzug nichts mehr im Wege. Innerhalb der nächsten Tage halten die Sachen aus dem Zimmer, das er zu Hause von Geburt an bewohnt hat, nach und nach Einzug im neuen Reich und am Freitagabend kann er sich endlich voller Stolz in seiner ersten eigenen Bude umsehen, in der alles einen Platz gefunden hat. Timos alter Herr hat ihn bei allem tatkräftig unterstützt und sogar seiner keifenden Frau Paroli geboten, sodass auch sie irgendwann Ruhe gegeben hat und den gemeinsamen Sohn in Frieden ziehen ließ.

Timos Blick fällt auf das Bett und das T-Shirt, das er wie jeden Tag auf das Kopfkissen gelegt hat. Zum Teufel, warum geht ihm dieser Typ eigentlich nicht aus dem Sinn? Der hat nun wirklich nicht alle Steine auf der Schleuder und doch vermisst er das Gekabbel, diese launigen, nicht ganz ernst gemeinten Streitereien und vor allem den direkten, unverblümten Sex. Im Gegensatz zu Oliver ist Tobias heftig und nicht so soft. Timo kann sich mit ihm in allen Bereichen messen und auch mal wütende Energie in Wollust umsetzen, etwas, was mit Oliver nicht möglich war, dazu war der zu friedfertig. Vielleicht sollte er das Shirt endlich entsorgen oder …

Nein, er wird es ihm bringen. Ein letztes Mal will er versuchen, mit diesem Vollpfosten ein vernünftiges Gespräch zu führen. Gleich am nächsten Tag wird er das in Angriff nehmen.

*

Am Samstagvormittag packt Timo das teure Kleidungsstück ein und macht sich auf den Weg zu Tobias' Wohnung. Kaum ist er dort angekommen, verlässt ihn jedoch kurzzeitig der Mut und er beschließt, sich in der Konditorei gegenüber – wie bereits am letzten Samstag – einen Kaffee zu genehmigen und sich erst hinterher in die Höhle des Löwen zu stürzen.

Mit dem dampfenden Becher setzt er sich in eine Ecke und will gerade den ersten Schluck zu sich nehmen, als ihm beinahe die Tasse aus der Hand fällt. Tobias ist gegenüber aus dem Haus getreten und steuert geradewegs auf die Bäckerei zu.

EIN ARSCH JAGT DEN NÄCHSTEN

Wutentbrannt donnert Tobias die ewig lange Landstraße hinunter und wettert pausenlos vor sich hin.
Selbst die eine oder andere Geschwindigkeitsbegrenzung ignoriert er, obwohl ihm durchaus bewusst ist, dass
auf dieser Strecke regelmäßige Kontrollen stattfinden.
Als zu seinem Glück noch das Lieblingslied seines Verflossenen im Radio ertönt, rastet er völlig aus.

„Will mich jetzt etwa die gesamte Welt veräppeln?
Können die nicht was anderes spielen? Meine Fresse,
was für ein Scheißdreck."

Hastig sucht Tobias nach einem anderen Sender und
schaltet das Radio schließlich aus, da er nichts findet,
was ihm gefällt. Wenig später kommt ihm jedoch die
zündende Idee, dass sich doch eine von diesen Hard-
rock-CDs im Handschuhfach befindet. Die hat er immerhin länger nicht gehört und zu seiner Stimmung passt sie
allemal.

Mit der rechten Hand kramt er nach dem Tonträger,
schaut einen Moment lang nicht auf die Straße und wird
prompt von einem Blitzer erfasst. Lediglich das kurze
Aufleuchten des kleinen roten Lämpchens registriert er
aus dem Augenwinkel und somit ist seine Laune an diesem Tag endgültig im Keller.

„Das Strafmandat kann dieser bekloppte Student
bezahlen. Immerhin ist der dafür verantwortlich. Sollte
dieser Idiot mir in meinem Leben noch einmal über den
Weg laufen, halte ich ihm den Wisch unter die Nase und
werde ihm klarmachen, dass er ganz allein die Schuld daran trägt. Ich hoffe nicht, dass mein Lappen jetzt auf Urlaub geht, das wäre eine absolute Katastrophe. Erst haut
mein Kerl ab zu diesem Weichei, kurz darauf tritt dieser

Hirni in mein Leben, erzählt mir von irgendwelchen verfickten Blumen und sorgt zu guter Letzt dafür, dass ich wahrscheinlich bald für eine gewisse Zeit Fußgänger bin."

Mit hohem Tempo biegt Tobias um die letzte Kurve und erreicht schließlich seinen Parkplatz. Lautstark knallt er die Fahrzeugtür zu, entlädt das Auto und geht schnellen Schrittes zum Eingang seines Domizils.

„Sollte sich heute noch irgendein Arsch bei mir verlaufen oder auch nur ansatzweise versuchen, zu klingeln, werde ich zum Stier. Ich brauche und will meine Ruhe und möchte niemanden mehr sehen", gibt er miesepetrig knurrend von sich, bevor er sich endgültig in die Wohnung zurückzieht.

Dort lässt er sich aufs Sofa fallen und schließt kurz die Augen. Am liebsten würde er schlafen, jedoch das Adrenalin, das ihm unaufhörlich durch die Adern fließt, verhindert das. Ständig schießen ihm krude Gedanken durch den Kopf. Zwei Gesichter tauchen in regelmäßigen Abständen vor seinem geistigen Auge auf. Das eine gehört einem Blumenhändler und das andere ist dem Studenten zuzuordnen, den er eben am Badesee hat stehenlassen.

Plötzlich schreckt Tobias hoch. Irgendwann muss ihn doch der Schlaf übermannt haben, denn augenblicklich stellt er fest, dass es draußen mittlerweile stockfinster ist. Er öffnet ein Fenster und sieht in die warme Nacht hinaus. Zwar hat er keinerlei Ahnung, wie spät es sein mag, aber das ist Tobias in diesem Moment völlig einerlei. Zum ersten Mal wird ihm richtig bewusst, dass tatsächlich niemand mehr auch nur ansatzweise versucht hat, zu klingeln. Noch nicht einmal eine Nachricht auf dem Handy hat er erhalten. Er stellt sich plötzlich leise und irgendwie einsichtig die Frage, ob vielleicht sogar er der Arsch ist und nicht ständig alle anderen ihm – dem großen Meister des Bauamtes – etwas Böses wollen. Mit einem leicht melancholischen Gefühl schüttelt er den Kopf.

„Pascal hat MICH verlassen und nicht ich ihn. ER wollte nicht, dass ich für ihn sorge und nicht andersherum. ER ist der Arsch und nicht ich!", murmelt er leise, doch sein inneres Gefühl sagt ihm etwas völlig anderes.

„Sollte ich vielleicht ein weiteres Mal versuchen, mit Pascal zu reden? Vielleicht bei ihm im Laden?"

An diesem kaum hörbar vor sich hingesprochenen Satz hängt er eine Weile und entscheidet sich schließlich entschlossen dagegen.

„Nein! Ich werde ihn in Ruhe lassen. Niemandem werde ich nachlaufen. Auch ihm nicht. Wer weiß, wozu es gut ist. Und da ich jetzt – in diesem Moment – damit abschließen möchte, werde ich alle Dinge, die mich an ihn erinnern, ein für alle Mal wegschmeißen."

Tobias schließt das Fenster wieder, geht in die Küche und holt einen blauen Müllsack hervor. Jede noch so kleine Ecke wird inspiziert, damit er auch bloß nichts, was mit Pascal in Verbindung steht, übersieht. Einige Zierstücke entsorgt er, dann Fotos aus einem gemeinsamen Urlaub und zum guten Schluss fliegt die ausgeprägte Teesammlung aus der Küche in den Abfall.

„Ich trinke dieses scheußliche Zeug sowieso nicht. Also weg damit. Sobald mir allein dieser abscheuliche Gestank in die Nase steigt, wird mir ganz schlecht. Nur gut, dass zumindest dieser komische Student Kaffee getrunken hat."

Bei diesem Gedanken legt sich ein kleines, wenn auch kurzes Lächeln auf Tobias' Lippen.

„Wie der wohl nach Hause gekommen ist? Zumindest habe ich ihm gezeigt, wer bei uns das Sagen hat. Richtig gegeben habe ich es ihm. Obwohl er eigentlich kein Schlechter ist. Und irgendwie hat es mir eine Menge Spaß gemacht, mich mit ihm zu streiten – von unserer Vögelei mal ganz abgesehen. Selbst wenn der sonst nichts auf die Reihe bekommt und bei Mama und Papa wohnt – dazu ist er in der Lage. Meinen Hintern spüre ich heute noch.“

Mit dem blauen Sack in der Hand steht Tobias etwas ratlos in der Küche. Schließlich bindet er diesen zu und stellt ihn kurz darauf im Flur ab. Während er noch immer seinen Gedanken nachhängt, legt er sich zurück auf das Sofa, stellt den Fernseher an und sinkt binnen weniger Minuten erneut in den Schlaf.

Sonntagmorgen blickt Tobias schlaftrunken hinaus und sieht nichts anderes als graue Wolken. Es ist nicht unbedingt ein Tag, an dem man draußen etwas unternehmen könnte – deshalb beschließt er, es sich in der nahegelegenen Sauna gemütlich zu machen, um den Kopf freizubekommen. Vergessen möchte er. Mit der Vergangenheit abschließen, nach vorn blicken und vielleicht – sofern es ihm gelingen würde – nicht mehr ganz so viel Arsch sein.

Das letzte Vorhaben verläuft jedoch gleich Montagfrüh im Sande, als seine Auszubildende ihm versehentlich den Morgenkaffee über die Hose kippt.

„Samma, kannst du noch etwas anderes, als nur schusselig sein? Der Anzug hat eine Menge Geld gekostet und du bist so blöd und kannst nicht einmal eine Tasse festhalten. Der Fleck geht niemals wieder raus und außerdem war das heiß. Die Reinigung zahlst du.“

Zum Glück hat Tobias an diesem Tag genügend Zeit, um rasch nach Hause zu fahren und sich umzuziehen. Ein weiteres Mal philosophiert er über sein Verhalten und geht mit sich selbst ins Gericht. Irgendwie tut die Kleine ihm bereits jetzt wieder leid. Deutlich sichtbare Tränen haben in ihren Augen gestanden, als er sie so angepflaumt hat.

Etwa eine Stunde später betritt Tobias erneut das Büro. Mit traurigem Blick und noch immer leicht gerötet schaut ihn das junge Mädchen an.

„Also, ich habe da eben ein wenig überreagiert. Natürlich kann das jedem passieren und ich weiß, dass du das nicht absichtlich gemacht hast. Tut mir leid", spricht er sie an und erntet dafür ein leichtes Lächeln.

Plötzlich fühlt sich Tobias wohler. Vielleicht sollte er öfter mal das Wort „Sorry" benutzen statt dieses ständigen „Sowieso alles Ärsche", dann könnte sogar das mit der besseren Laune irgendwann klappen.

Die restliche Woche verläuft ohne spektakuläre Ereignisse. Abgesehen davon, dass Tobias in ein großes Bauvorhaben involviert ist, das mehr als die reguläre Arbeitszeit in Anspruch nimmt, vergeht diese wie im Flug und ehe er sich versieht, steht das Wochenende vor der Tür und dieses soll mit einer Menge Entspannung gefüllt werden. Tobias hat bereits am Mittwoch geplant, wieder einmal eine Gaybar zu besuchen, vielleicht findet sich dort der nächste Arsch. Bei diesem Gedanken schüttelt er über sich selbst den Kopf.

Am Samstagmorgen beschließt Tobias zunächst, sich mit einem leckeren Frühstück für die mühselige Arbeit der vergangenen Tage zu belohnen. Er hat es noch nicht einmal geschafft, den Müllsack mit den ausrangierten Dingen nach draußen zu bringen. Vom Einkaufen mal ganz zu schweigen.

„Ich brauche auf jeden Fall eine Menge Aufschnitt und Käse. Getränke habe ich ebenfalls keine mehr. Aber jetzt hole ich erst einmal Brötchen. Am besten belegte."

Mit diesem Satz greift er nach dem blauen Teil im Flur, öffnet die Tür, schmeißt den Abfall in die dafür vorgesehene graue Tonne und strebt der Bäckerei entgegen, die auf der gegenüberliegenden Straßenseite liegt, um seine Gelüste nach einem ausgedehnten Frühstück zu befriedigen.

SCHON WIEDER ODER IMMER NOCH DU?

Timo duckt sich zunächst in die Ecke, denn auf eine spontane und verfrühte Begegnung mit Tobias ist er noch nicht eingestellt. Zudem hatte er bislang keinen Kaffee, weswegen er diesen ja schließlich hier vorab genießen wollte. Andererseits ist es vielleicht gar nicht so verkehrt, wenn er Tobias auf öffentlichem Grund und Boden anspricht, da muss sich selbst der studierte Herr ein wenig zusammenreißen und kann nicht einfach so losbrüllen. Ohne lange zu überlegen, nimmt Timo einen Schluck des heißen Getränks, atmet anschließend tief durch und räuspert sich schließlich laut und vernehmlich.

Tobias fährt herum, als wäre er vom wilden Affen gebissen worden. Er schaut Timo einen Moment lang verblüfft an und seine Augen blitzen einmal kurz auf, bevor sich seine Stirn umwölkt.

„Was machst du denn hier? Stalkst du jetzt MICH oder was wird das, wenn es fertig ist? Ich hab's ja gewusst, mit dir hab ich nichts als Ärger."

Timo lächelt Tobias freundlich an, das unbewusste und nicht zu missdeutende Funkeln ist ihm nicht entgangen. Auch wenn Tobias jetzt einen auf Mister Cool macht, es scheint ihm dennoch nicht ganz gleichgültig zu sein, Timo in diesem Moment vor sich zu sehen.

„Nee Meister, jemanden zu verfolgen habe ich nun wirklich nicht nötig, das können andere wesentlich besser, stimmt's?"

Unwillkürlich zuckt Tobias bei den letzten Worten zusammen und will wie gewohnt aufbegehren, da gelingt es ihm mit einem inneren Kraftakt, leise bis drei zu zählen und lediglich zu nicken.

„Okay, und was willst du nun hier? Hat Mama dir keinen Kaffee gemacht, ist das Wetter in diesem Stadtteil besser oder warum sonst sitzt du ausgerechnet bei diesem Bäcker?"

„Nun, sagen wir mal so: Ich habe in meiner neuen Bude noch keine Maschine und die in der Gemeinschaftsküche ist leider gerade kaputt. Zum anderen wollte ich eigentlich bloß nett sein und dir etwas vorbeibringen, was du sicher schon vermisst. Aber mal ne blöde Frage … müssen wir uns wirklich wie die kleinen Kinder im Sandkasten über die Distanz hinweg unterhalten? Komm, sei friedlich und lass uns einen Kaffee zusammen trinken. Meinst du, du könntest dich mit dir selbst dahingehend einigen und wir unterhalten uns ein einziges Mal wie zivilisierte Leute?"

Timo sieht, wie es in Tobias' Zügen arbeitet und er eigentlich, wie bisher jedes Mal geschehen, aufbrausen will, sich jedoch eines Besseren besinnt, ebenfalls ein Heißgetränk ordert und sich schließlich ihm gegenüber auf dem Stuhl platziert.

„Nun sag bloß, du bist zu Hause ausgezogen? Woher dieser Sinneswandel, du Rosenjüngling? Hat Mama dich rausgeworfen oder wolltest du das selbst?"

„Jetzt hör mir bitte nur ein einziges Mal genau zu", zischt Timo plötzlich auffallend leise, „ich habe es ernst gemeint, als ich von einer Unterhaltung unter Erwachsenen sprach. Wenn du das nicht kannst oder willst, lass mich das jetzt wissen, in dem Fall können wir uns nämlich jedes weitere Wort sparen. Ich bin nicht länger willens, mich von dir beleidigen oder sonst wie schräg anmachen zu lassen. Immerhin habe ich mir definitiv nichts vorzuwerfen, höchstens, dass ich überstürzt mit Oliver Schluss gemacht habe, aber damit habe ich lediglich mir selbst geschadet. Alles andere ist ein nicht berechenbarer Zufall gewesen. Wenn du einmal ganz in Ruhe nachdenkst, wirst du mir recht geben müssen. Habe ich mich deutlich genug ausgedrückt?"

Für einen Moment herrscht Ruhe, dann seufzt Tobias leise auf und stimmt mit einer eindeutigen Kopfbewegung zu.

„Donnerwetter, du bist ja in den letzten Tagen richtig erwachsen geworden. Okay, ich mach dir jetzt mal ein Friedensangebot. Wir holen ein paar Brötchen, huschen schnell zum Supermarkt und kaufen alles Nötige ein, was in meinem Kühlschrank fehlt, und quatschen anschließend ganz in Ruhe bei mir drüben. Das Wetter scheint zu halten, also können wir sogar auf der Terrasse frühstücken. Deal?"

Einen kleinen Augenblick lang lässt Timo Tobias im Ungewissen und amüsiert sich innerlich über dessen – ihm wohl selbst völlig unbewussten – hoffenden Blick, der mehr verrät, als er garantiert ausdrücken will. Ein leichtes Lächeln umspielt Timos Mundwinkel und er nickt nach Tobias' letzten Worten.

„Abgemacht. Ich kabbele mich wirklich ganz gerne, bloß herabwürdigen und demütigen mag ich gar nicht. Das ist wie beim Sex – etwas härter ist völlig in Ordnung und macht definitiv ziemlich viel Spaß, Gewalt geht allerdings überhaupt nicht. Aber sag mal, willst du eigentlich gar nicht wissen, was ich in meiner Tüte habe und dir geben wollte?"

„Hast gewonnen", kommt es von Tobias. Zum ersten Mal an diesem Tag verzieht sich auch sein Mund und ein leises Grinsen lässt ihn fast ein wenig schelmisch dreinblicken. „Was ist es denn nun, das da in deinem geheimnisvollen Behältnis?"

„Vermisst du nicht eventuell eines deiner T-Shirts? Ich meine, seit letztem Samstag?"

„Schon, aber ... nee oder? Du hast es? Wie ... ich meine ...?"

„Du bist so schnell verschwunden, dass du es tatsächlich vergessen hast, mein Handtuch hat es wohl ein wenig verdeckt."

„Und ich fürchtete schon, das wäre mir das irgendwie aus der Tasche gerutscht. Dann muss ich mich wohl bei dir bedanken, wie? Na okay, ich revanchiere mich jetzt mit dem Frühstück, aber nun lass uns, sonst haben wir Mittag. Hopp, Herr Student, beweg deinen Hintern und komm endlich."

„Nun mal langsam, Herr Diplomdingsbums, austrinken werde ich wohl noch dürfen, oder?"

„Ausnahmsweise. Sag mal, wie hast du das mit dem härteren Sex eigentlich gemeint?"

„Meinst du nicht, das sollten wir besser unter vier Augen klären?", kommt es amüsiert von Timo, der genau sieht, wie sich erste kleine Teufelchen in Tobias' Augen zeigen.

„Na denn los, auf zum Supermarkt, je eher kommen wir dazu."

Schnell ordert Tobias sechs knusprige Brötchen, bezahlt – und dann verlassen die beiden Männer die Bäckerei in Richtung Einkaufsmeile.

Schwer bepackt erreichen Tobias und Timo nach gut einer halben Stunde die Wohnung. Die Augen schienen bei den zwei Herren im Supermarkt größer gewesen zu sein als ihr Magen, denn die Mengen, die sie gekauft haben, gleichen einer Großinvestition in Sachen Lebensmittel.

„Also sofern wir das heute alles essen wollen, rollen wir uns hinterher durch die Räume, von gehen kann danach zumindest keine Rede mehr sein", kommt es von

Timo, als er die ersten Sachen auspackt und auf dem Terrassentisch platziert.

„Mach mal halblang", kontert Tobias. „Mir fehlte innerhalb der Woche schlichtweg die Zeit zum Einkaufen. Folglich fühlt sich mein Kühlschrank seit Tagen mehr als einsam und braucht unbedingt ein paar Dinge, die ich da hineinstellen kann."

„Ach so! Hat der also keine Liaison mit dem Elektroherd, sozusagen eine heißkalte Beziehung?"

Grinsend schüttelt Tobias den Kopf.

„Nein! Zumindest nicht in der Zeit, in der ich zuhause bin. Was die Dinger sonst machen, davon bekomme ich ja leider nichts mit."

„So gefällst du mir viel besser", gibt Timo daraufhin offen zu. „Wir machen uns mal nicht sofort an und beschimpfen uns gegenseitig, sondern können tatsächlich Spaß miteinander haben."

Mit einem leichten Grinsen schaut Tobias seinem Gegenüber ins Gesicht.

„Spaß? Den hatte ich von Beginn an. Ich kann jetzt noch nicht einmal richtig sitzen."

Mit einem lustvoll verhangenen Blick bereitet Timo seine Antwort vor.

„Darauf werde ich definitiv auch weiterhin keine Rücksicht nehmen. Es ist mir relativ egal, ob du die gesamte nächste Woche über in deinem Büro stehen musst, weil dir dein Hintern wehtut. Doch jetzt lass uns essen. Ich sterbe fast vor Hunger."

In Vorfreude darauf, was ihn nach der gemeinsamen Mahlzeit erwartet, greift Tobias nach einem Brötchen, schneidet es auf, belegt es mit verschiedenen Käsesorten, beißt genüsslich davon ab und spült seinen Mundinhalt mit einem großen Schluck Kaffee hinunter. Timo langt ebenfalls ordentlich zu, fast so, als wollte er sich für das, was dieser Mahlzeit folgen soll, stärken. Während beide Männer herzhaft schlemmen und der Tisch sich langsam leert, nehmen sie immer wieder Blickkontakt zueinander auf.

Die Spannung zwischen ihnen steigt von Minute zu Minute, bis sich diese schließlich in einem ersten Kuss entlädt. Ohne Vorwarnung zieht Timo Tobias am Hemdkragen zu sich heran und drückt ihm seine vollen Lippen auf den Mund. Tobias legt ihm daraufhin die Hand auf den Hinterkopf, damit sich Timo nicht mehr aus seinen Fängen befreien kann, sondern förmlich dazu getrieben wird, sich dem Zungenspiel völlig hinzugeben, was dazu führt, dass sich bei beiden eine deutliche Beule in der Hose bildet.

Irgendwann gelingt es Timo, sich vom Stuhl zu erheben und sofort drückt er Tobias von der Terrasse zurück ins Wohnzimmer, wo er ihn auf einen Sessel drapiert. Mit lüsternem Blick zieht er ihm zunächst die Schuhe, kurz darauf die Socken und die Hose aus, wobei Tobias sich das gern gefallen lässt. Die sichtbare Erregung in seiner Shorts kann und will er nicht verstecken, sondern Timo vielmehr präsentieren. Mit ein paar gekonnten Handbewegungen fasst Timo Tobias an die Knie und drückt dessen Schenkel auseinander, anschließend greift er seitlich unter die Underwear, bis er Tobias' steife Männlichkeit in der Hand hat, diese von überflüssigem Stoff befreit und schließlich den Kopf in Tobias' Schoß versenkt, was diesen wohlwollend aufstöhnen lässt.

Unterdessen lässt Tobias die Hände wandern, reißt ruckartig Timos T-Shirt hoch und kratzt ihm mehrfach über den Rücken, sodass leichte Streifen zurückbleiben. Das scheint Timo ausnehmend gut zu gefallen, denn er legt sofort an Geschwindigkeit zu.

Nach einer Weile kommt Timo erneut hoch, entledigt sich endgültig seines Oberteils sowie der übrigen Klamotten, bis er schließlich völlig nackt vor Tobias steht, was dieser mit einem anerkennenden Blick zur Kenntnis nimmt.

„Dreh dich um", flüstert er Tobias zu. „Ich gebe dir jetzt das, was du brauchst und wahrscheinlich die Woche über vermisst hast."

Tobias schüttelt den Kopf und kontert, dass Timo es sich eigentlich erobern müsste und er nicht alles machen würde, was man ihm sagte. Daraufhin zieht Timo Tobias mit einem beherzten Griff vom Sessel, nimmt Tobias' Beine, legt diese auf seine Schultern, hebt dessen Becken an und dringt zunächst langsam, kurz darauf jedoch zur Gänze in ihn ein. Immer heftiger werden die Stöße, was Tobias' Schwanz deutlich wippen und pulsieren lässt. Dieser will an sich selbst dabei Hand anlegen, wird jedoch augenblicklich von Timo daran gehindert. Erst als dieser sich in Tobias entladen hat, drückt Timo ihn zurück und lässt Tobias' Schwanz abermals in seinem Mund verschwinden.

„Ich möchte es dir bis zum Schluss machen", keucht Timo zwischendurch. Unablässig knetet er dabei Tobias' pralle Bälle, bis dieser schließlich nicht mehr an sich halten kann und ihm eine große Ladung weißes Gold in den Rachen spritzt.

Wenig später liegen die Männer wild küssend aufeinander und rollen sich auf dem Teppich hin und her. Dabei experimentieren ihre Hände, sie streicheln sich gegenseitig, geben sich dabei ab und zu einen kleinen Klaps auf den Hintern oder kneifen sich in die Nippel. Ihre Lippen lassen unterdessen jedoch nicht voneinander.

Schwer atmend beendet Tobias schließlich das Spielchen und bekundet den Wunsch, duschen zu wollen. Timo belächelt das und wirft ein, dass es ihn ebenfalls nach einer Abkühlung gelüstet und ehe er sich versieht, steht er mit seinem Gastgeber gemeinsam unter dem prickelnden Nass.

Nachdem sie sich gegenseitig eingeseift und mit weiteren Streicheleinheiten verwöhnt haben, greift Timo nach einem Handtuch, das sich in dem Regal rechts neben der Brause befindet, und rubbelt Tobias nicht gerade sanft die Tropfen vom Rücken, was sich dieser gern gefallen lässt.

„Und was fangen wir nun mit dem restlichen Tag an, Herr Oberbaurat?", wirft Timo anschließend fragend ein, während er sich die Haare modelliert.

„Also eigentlich wollte ich heute Abend in diese neue Gay-Bar, die vor kurzem eröffnet hat. Doch da du ja jetzt bei mir bist, könnten wir auch getrost hierbleiben. Langweilig wird es mit dir schließlich nicht", kommt es von Tobias und er klatscht ein letztes Mal leicht auf Timos linke Hinterbacke, was dieser mit einem leisen „Au" kommentiert.

„Meinst du diesen Club an der Steinstraße?", hakt Timo nach.

„Den kennst du?"

„Ich weiß, dass es ihn gibt, aber drin war ich bisher nicht", fügt Timo seiner Aussage hinzu.

„Weil sie dich nicht reingelassen haben, oder …"

„Tobias! Bitte!"

„Ist ja schon gut."

Für einen Moment verstummt das Gespräch. Beide Herren schaffen ein wenig Ordnung in der Wohnung und kleiden sich an. Nachdem Timo den Tisch auf der Terrasse abgewischt und den Lappen in die Spüle zurückgelegt hat, ruft er nach Tobias, der daraufhin prompt die Küche betritt.

„Was gibt's denn? Hast du den Kühlschrank beim Seitensprung erwischt?"

Lächelnd gibt Timo ein „Nein" zur Antwort. „Wir können heute Abend in diese Bar gehen. Aber wir erscheinen dort zusammen. Verstehst du, was ich meine?", fügt er dem hinzu.

„Kannst du mir das eventuell näher erklären? Ich steh ein bisschen auf dem Schlauch."

„Sicher! Ich habe keine Lust darauf, ein weiteres Mal von dir stehengelassen zu werden. Das war alles andere als lustig, allerdings wurde es für mich irgendwo zur Glücksache, denn auf diese Weise habe ich meine neuen WG-Mitbewohner kennengelernt. Aber mehr dazu später. Ich finde, wir sollten dort als Paar auftauchen – und nicht zum Baggern hineingehen."

Tobias wölbt seine Lippen ein wenig vor und nickt zustimmend.

„Das könnten wir zumindest versuchen. Ich hoffe nicht, dass ich noch eine Überraschung mit dir erlebe, die mich zerplatzen lässt."

„Wer weiß? Vielleicht bin ich ja ein Labyrinth, aber ich glaube, dass du den Eingang sowie den Ausgang bereits gefunden hast. Ein paar Abzweigungen sind dir zwar bisher verborgen geblieben, doch das ist nicht schlimm. Lass uns einfach all die Unannehmlichkeiten vergessen und das Geile als Grundstock nehmen. Dann wird es mit uns klappen."

Tobias hält einen Moment lang inne.

„Eine Bedingung!", fügt er seinem Schweigen letztendlich hinzu.

„Und die wäre?", fragt Timo neugierig.

„Du wirst niemals aufhören, mich so zu ficken und ich werde der einzige sein, der dich auf diese Art und Weise vögelt."

„Das sind zwei Bedingungen!", kontert Timo.

„Blödmann! Unverbesserlich."

Timo nickt.

„Ich bin eben ein Labyrinth."

Gegen zehn Uhr abends verlassen ein Diplomfach-wirt und ein Student frisch gestylt die Wohnung und streben Hand in Hand dem quer eingeparkten Fahrzeug entgegen.

HERBSTSONNTAG

Unruhig rennt Timo in Tobias' Wohnung auf und ab. Eigentlich hatten sie sich vorgenommen, den regnerischen Sonntag gemeinsam auf dem Sofa zu verbringen, um sich ein wenig von der Hektik des Alltags zu erholen, Timo findet jedoch keine Ruhe – zu gern würde er den alljährlichen Herbstmarkt in der Stadt besuchen und dieses mit einer kleinen Shoppingtour verbinden – doch wie nur soll er das Tobias beibringen? Dieser verdreht bereits jetzt angenervt die Augen.

„Sag mal, hast du irgendwie Hummeln im Hintern oder liegt es an den blauen Flecken, die du in der letzten Nacht davongetragen hast, nachdem ich dich so richtig rangenommen habe, dass du hier herumläufst, als wärst du von einer Tarantel gestochen worden?", fragt Tobias, nachdem er Timo kopfschüttelnd eine Weile bei seinem Treiben zugesehen hat.

„Weder noch, der Herr! Ich kann im Gegensatz zu dir sehr gut auf meinem Allerwertesten sitzen, denn ich stelle mich schließlich nicht so mimosenhaft an wie du, falls es mal ein wenig härter zur Sache geht. Aber darauf möchte ich jetzt gar nicht hinaus. Vielmehr hätte ich Lust, ein wenig vor die Tür zu gehen. Ich würde gern kurz in die Stadt und mir den Markt …"

„Kommt gar nicht infrage", unterbricht Tobias die Ausführungen Timos. „Ich hatte eine harte Woche und wir wollten heute definitiv hierbleiben. Sofern dir langweilig ist, kann ich dich gern ein wenig vögeln oder andere geile Dinge mit dir machen, und zwar so lange, bis du völlig erschöpft bist und dir diese Marktgelüste bei strömendem Regen vergangen sind."

„Du kannst auch nur ans Ficken denken und an deinen ach so wichtigen Job. Ich habe Bock darauf, mir eine leckere Currywurst am Stand vor dem Warenhaus zu kaufen und anschließend ein paar Sachen anzusehen. Außerdem nieselt es lediglich ein wenig oder ist der Herr Diplomfachwirt eventuell aus Zucker?"

Lächelnd erhebt sich Tobias von seinem Sofa, gibt Timo einen Klaps auf den Hintern, was dieser mit einem spontan hervorgestoßenen „Aua" sowie einem Zusammenzucken beantwortet, zieht sich Schuhe an, streift seine Jacke über, greift nach einem Regenschirm und beendet sein Handeln mit einem leicht harschen: „Nun komm, bevor ich es mir anders überlege."

Ohne zu zögern nimmt auch Timo seinen Blouson von der Garderobe und schon befinden sich beide Herren auf dem Weg, ihr Vorhaben in die Tat umzusetzen. Als Tobias jedoch auf direktem Weg zu seinem Auto gehen will, fasst Timo ihn leicht am Arm, um dieses zu verhindern.

„Ich dachte, wir gehen das kurze Stück zu Fuß. Vor Ort wirst du sowieso keinen Parkplatz bekommen", fügt er dem hinzu.

„Also ich glaube, du hast nicht alle Tassen im Schrank. Zuerst holst du mich vom Sofa und dann soll ich mit dir noch spazieren gehen, wie ein altes Ehepaar es zu tun pflegt. Wahrscheinlich sogar noch händchenhaltend. Nee, Meister! Einsteigen! Sonst gehe ich sofort wieder rein."

Da Timo genau weiß, dass Tobias seine letzte Ankündigung wahr machen würde, falls er sich nicht ins Auto setzt, gibt er sich hinsichtlich dieser Konsequenz geschlagen und schwingt sich auf die Beifahrerseite des Fahrzeugs, das Sekunden später mit Vollgas vom Hof prescht.

Auf der Fahrt läuft die Musik in voller Lautstärke, erst direkt vor dem Ziel stellt Tobias den Ton aus.

„Wir parken an der Schule, da ist sonntags immer etwas frei."

Timo nickt leicht und denkt sich dabei seinen Teil, und siehe da, bereits wenig später hört er den Fahrer neben sich fluchen.

„Verdammte Axt! Was ist das denn für ein Blechlawinenchaos? Haben die alle kein Zuhause? Oh Mann, diese Leute sollte man allesamt noch einmal in die Fahrschule schicken – so, wie die ihre Karren hier abstellen."

„Bieg dort vorn mal links ab, in der Dreißigerzone bekommst du sicher etwas."

„Willst du mich etwa belehren? Meinst du, das weiß ich nicht? Ich habe dort drüben schon etwas gesehen, in die Lücke fahre ich hinein."

Mit wenigen Lenkbewegungen entert Tobias die Parkbucht, zieht den Schlüssel ab, fordert Timo auf, auszusteigen, verschließt das Gefährt und beide gehen den kurzen Weg an der Schule vorbei in Richtung Innenstadt, in der Timo als Erstes den Stand mit diversen Teesorten ansteuert, was Tobias die Nase rümpfen lässt. Beide haben jedoch beim Verlassen des Parkplatzes nicht bemerkt, dass genau vor ihrem Standplatz ein kleines rotes Schild mit einem blauen Kreuz angebracht ist ... mit dem Zusatz *Reserviert für Notarzt*.

„Samma, du willst nicht wirklich so ein stinkendes Zeug kaufen, oder?", schnaubt Tobias angesäuert, als Timo damit beginnt, sich durch die verschiedensten Teesorten zu schnuppern. „Du weißt, dass ich diesen Kram hasse und es deshalb auch nicht trinken werde."

„Hat irgendjemand das von dir verlangt?", kommt es seelenruhig von Timo. „Nur für den Fall, dass du es vergessen haben solltest ... ich heiße Timo und mag Tee, du bist Tobias und weißt eben nicht, was dir da entgeht. Ich glaube, ich habe da tatsächlich etwas entdeckt, was mir sehr gut munden wird. Komm, riech mal."

Rasch hält Timo ein kleines Schälchen mit einer Teeprobe unter Tobias' Nase, woraufhin dieser sofort angewidert das Gesicht verzieht.

„Nimm diesen getrockneten Mist aus meiner Reichweite. Grässliches Zeug. Da lobe ich mir definitiv einen anständigen, starken Kaffee, den ich übrigens jetzt gebrauchen könnte. Kommst du mit oder willst du hier Wurzeln schlagen? Da drüben gibt es einen ganzen Stand mit Riesenbechern voll des köstlichsten Heißgetränks, das irgendwann einmal jemand erfunden hat."

„Moment großer Meister, ich will nur schnell bezahlen. Klingt einfach oberlecker, dieser Kaktusfeigentee, den muss ich unbedingt probieren. Wusstest du eigentlich, dass man sagt, Ziegen wäre die Entdeckung der Wirkung des Kaffees zu verdanken, Herr Amtsrat?"

Leise kichernd und in sich hinein feixend schielt Timo zu Tobias hinüber, während er sein Portemonnaie zückt und ohne mit der Wimper zu zucken einen ziemlich hohen Preis für das kleine Tütchen Tee bezahlt.

„Ja nee is klar, Herr Neunmalklug. Kaffee kommt aus Arabien, das weiß doch jeder, und über die Türkei gelangte er schließlich nach Europa."

Mit triumphierendem Blick verschränkt Tobias seine Arme vor der Brust und schaut leicht hochnäsig zu Timo, der das kleine Päckchen sicher in der Innentasche seines Blousons verstaut.

„Irrtum, Mister Wiseguy, Kaffee stammt ursprünglich aus Äthiopien und dort sind es der Legende nach Ziegen gewesen, die ihre Hirten auf eben seine Spur geführt haben. Ähmmm ... Vorsicht ..."

Mit einem beherzten Schubser drückt Timo Tobias beiseite, und bereits im nächsten Moment ergießt sich ein Wasserschwall aus der tief durchhängenden Markise auf genau jene Stelle, an der Tobias eben noch gestanden hat.

„Upps … das ist ja gerade noch einmal gut gegangen. Danke Kleiner, und nun lass uns endlich das schwarze Gebräu genießen, egal, wer das erfunden hat. Darüber können wir nachher weiter diskutieren, jetzt will ich ihn bloß trinken."

„Ay, ay, Sir. Könnte ich jetzt auch gebrauchen. Den Tee gibt es später zu Hause."

„Aber nicht in meiner Wohnung, damit das mal klar ist. Du kannst ja sonst alles machen, bloß solch ein Gesöff wird nicht in meinem Domizil aufgegossen, verstanden?"

Tobias' Stimme drückt seinen ganzen Widerwillen aus, sodass Timo leicht mit den Schultern zuckt, bevor er einen schelmischen Seitenblick zu Tobias schickt.

„Ich darf also alles machen? Egal was, so lange es kein Tee ist, der seinen Duft verströmt? Nicht kneifen jetzt, Großer."

„Na ja, fast …"

„Komm, du hast ALLES gesagt. Ich hätte da nämlich ein paar Ideen und die würde ich ganz gerne mal ausprobieren."

„Hört sich aus deinem Mund jetzt irgendwie an, als hättest du da gerade eine verdammt dreckige Phantasie. Aber okay, dafür bin ich schließlich immer zu haben. Wenn es mit Ficken zu … Scheiße, was ist das denn?"

Konsterniert schaut Tobias auf den anvisierten Stand, an dem zwei Personen stehen, die ihnen allerdings den Rücken zudrehen.

„Was ist denn los? Angst vor meiner Idee oder was?"

Kichernd folgt Timo Tobias' Blick mit den Augen und wird in der folgenden Sekunde ernst.

„Holy Shit, was machen die denn hier?", krächzt er und mustert ein Paar, das eng umschlungen unter der Markise steht und sich abwechselnd mit süßen Häppchen aus einer Tüte füttert.

UNVERHOFFTES

„Ich glaube, es ist besser, wenn wir unseren Kaffee wo-
anders trinken, egal, ob er nun durch äthiopische Ziegen
oder die Osmanen ins Abendland gelangte", fügt Timo
hinzu und zerrt Tobias vom Stand weg.

Kopfschüttelnd und mit gerunzelter Stirn stimmt
Tobias Timos Vorschlag zu und somit begeben sich beide
in ein nahegelegenes Café, in dem sie sich zunächst je
einen Cappuccino und ein Stück Apfelkuchen mit Sahne
bestellen.

„Hier sitzt es sich tatsächlich besser. Ehrlich gesagt
hatte ich keinen Bock auf die Konfrontation mit den ach
so verliebten Herren, die noch nicht einmal in der Lage
sind, sich selbst ihren Süßkram in den Hals zu stecken.
Vielmehr wäre ich sowieso viel lieber zuhause geblieben
und ..."

„Du kannst aber nicht dein ganzes Leben lang vor
ihnen davonlaufen. Klar ist es machbar, ein Aufeinandertreffen so gut wie möglich zu verhindern, um etwaige
Streitgespräche zu vermeiden. Doch eines muss dir klar
sein, Tobias – wir leben nicht allzu weit von ihnen entfernt, weder du noch ich. Deshalb können sie einem immer über den Weg laufen. Ich habe mit Oliver abgeschlossen und gönne ihm seinen Lover. Zwar weiß ich
nicht, wie dir es geht, jedoch ..."

„Stopp!", unterbricht Tobias Timos Ausführungen
und stellt seine Tasse ab. „Behalte bitte dein Wort, denn
ich trauere Pascal ebenfalls nicht mehr nach. Er ist und
bleibt Vergangenheit – und das ist gut so. Wir waren sowieso viel zu verschieden. Ich habe nur die Wut bekommen, als ich die zwei gesehen habe, am liebsten hätte
ich denen die Meinung gegeigt und ihnen gezeigt, wo

der Hammer hängt. Doch ich habe Vernunft bewiesen und mich deinem Vorschlag gebeugt. Das war besser so – für alle Beteiligten. Bei einer Sache musst du mir jedoch wirklich zustimmen. Falls wir auf dem Sofa geblieben wären, hätte ich mir das nicht antun müssen und dieses dämliche Zeugs in deiner Innentasche, das du übrigens viel zu teuer bezahlt hast, wäre ebenfalls nicht Thema zwischen uns."

Grinsend und sich leicht wundernd isst Timo seinen Kuchen und nimmt einen genüsslichen Schluck von seinem Heißgetränk.

„Keine Angst! Falls du mit dem Zeugs den gut duftenden Tee meinst – den trinke ich morgen mit meinen Mitbewohnern in der WG. Ansonsten darf ich jedoch alles machen – hast du zumindest gesagt. Und glaub mir, das nutze ich nachher aus. Eigentlich hätte ich dazu jetzt schon Lust. Komm, trink aus und dann geht's ab zum Auto", kontert Timo und wirft Tobias einen funkelnden Blick aus seinen wollüstig blitzenden Augen entgegen, den dieser ebenso lüstern erwidert.

Rasch zahlen sie bei der Bedienung und verlassen die Lokalität. Unterdessen hat der Regen ebenfalls wieder an Stärke gewonnen, sodass sie sich beeilen, unter dem aufgespannten Regenschirm halbwegs trocken zum Fahrzeug zu gelangen, das jedoch beim Eintreffen der beiden nicht mehr am abgestellten Ort verweilt, was Tobias' Blutdruck augenblicklich erneut hochschnellen lässt.

„Wo in Gottes Namen ist meine Karre? Das kann ja wohl nicht wahr sein! Ist die etwa geklaut worden? Was zum Henker geht denn in dieser beschissenen Stadt vor sich? Kann man denn in diesem bekloppten Ort nicht einmal sein Auto abstellen? Bestimmt hängt das mit den beiden Typen zusammen. Die haben das Fahrzeug hier unter Garantie gesehen und wollten mir eins reinwürgen. Heilige Scheiße, wir müssen zur Polizei, Timo!", pöbelt Tobias lautstark und erzürnt über die Straße und beginnt sofort damit, die Stelle mit seinem Handy abzufotografieren.

Noch im selben Moment weist Timo ihn auf das Halteverbotsschild hin, das Tobias beim Einparken allem Anschein nach übersehen hat.

„Willst du mir etwas mit deinen blöden Gesten sagen? Da ist ein Schild! Na und?", entgegnet Tobias nicht minder wütend als zuvor.

„Ja, das bedeutet, du darfst hier nicht parken, sofern du nicht der Notarzt bist."

„Wow, Schlaumeier hat gesprochen. Warum hast du mir das eben nicht gesagt? Oh, Moment, dort drüben ist eine Politesse, die greife ich mir. Und wir beide – wir reden später!"

Damit wendet er sich von Timo ab und der jungen Frau in der Uniform zu, die sich langsam die Straße hinunterarbeitet.

„Hey, hallo Sie da, Frau Politesse, irgendetwas stimmt hier nicht, können Sie mir vielleicht behilflich sein? Ich komme nichts Böses ahnend vom Herbstmarkt zurück und mein Auto ist spurlos verschwunden."

Langsam dreht sich die Angesprochene um und mustert Tobias – der mit tropfenden Haaren und wütendem Blick vor ihr steht und soeben mit seinen diversen Ausführungen fortfahren möchte, die jedoch durch die Dame und ihre Antwort im Keim erstickt werden – mit einem leicht abschätzigen Blick von oben bis unten und wieder zurück.

„Erstens lautet mein Name nicht Politesse, sondern steht auf dem Schild an meiner Jacke, zweitens gefällt mir Ihr herablassender Tonfall ganz und gar nicht und drittens wird es sicher eine Spur geben. Wo hatten Sie Ihren Pkw denn abgestellt?"

„Nun seien Sie mal nicht gleich eingeschnappt. Mein Auto stand da drüben und nun ist es weg. Zur Sicherheit habe ich den Tatort bereits mit meinem Handy fotografiert. Es kann ja eigentlich nur gestohlen worden sein", versucht Tobias wider besseren Wissens, den Unschuldigen zu markieren, was es wiederum Timo erschwert, nicht laut loszuprusten. Glücklicherweise gelingt es ihm dennoch, ganz ernst zu bleiben und vielsagend zu Tobias' Ausführungen zu nicken.

„Meinen Sie etwa da drüben, wo der Veranstalter ein zwar vorübergehendes, aber dennoch absolutes Halteverbotszeichen mit dem Zusatz *'Reserviert für Notarzt'* angebracht hat?"

„Oh, da ist ein Schild? Das tut mir jetzt leid, das muss ich vorhin in der Eile wohl übersehen haben. Ist es denn tatsächlich so schlimm, dass ich dort für ein paar Minuten geparkt habe? Wir waren schließlich nicht einmal eine halbe Stunde auf dem …"

„Wenn da steht, dass nur der Notarzt seinen Wagen auf dem Platz abstellen darf, dürfen Sie dort nicht einmal zum Aussteigen halten. Sie sollten allerdings den Besuch eines Augenarztes in Erwägung ziehen, wenn Sie ein solch großes Verkehrszeichen nicht wahrnehmen. Eventuell sollte Ihr Begleiter besser fahren, bis Sie im Besitz einer geeigneten Sehhilfe sind."

„Da es sich um meinen Pkw handelt, werde ich ihn natürlich eigenhändig lenken, das versteht sich wohl von selbst. Zudem war ich kürzlich bei einem Sehtest, der mir volle Leistung bescheinigt hat, von daher kann ich Sie beruhigen, was das angeht. Könnten Sie mir nun bitte verraten, was mit meinem Auto geschehen ist?"

Timo, der sich während der ganzen Konversation zurückgehalten hat und immer noch gegen den aufsteigen Lachdrang ankämpfen muss, wirft mit mühsam beherrschter Stimme „der ist sicher abgeschleppt worden" ein, was ihm augenblicklich einen wütenden Blick von Tobias einträgt. Die Dame des Ordnungsamtes jedoch nickt bestätigend.

„Ihr junger Freund hat recht. Der Wagen wurde zur Verwahrstelle gebracht, dort können Sie ihn abholen. Die Rechnung für die Abschleppkosten müssen Sie vor Ort begleichen, das ist leider Vorschrift. Über die Verwaltungskosten erhalten Sie von der zuständigen Behörde einen gesonderten Bescheid, ebenso wird Ihnen die Stadt eine Ordnungswidrigkeitsanzeige wegen des Parkens auf einer dafür nicht ausgewiesenen Fläche zustellen."

„Und wie viel wird mich das alles zusammen kosten?"

Man kann Tobias' Gesicht die Verärgerung deutlich ansehen und ebenso erkennen, wie es hinter seiner Stirn arbeitet und er nur mühsam seine Wut im Zaum hält.

„Na, so alles in allem würde ich auf eine Summe zwischen zweihundert und dreihundert Euro tippen, je nachdem, wie schnell Sie den Pkw abholen und wie hoch das Verwarnungsgeld ausfallen wird. Die Adresse der Verwahrstelle steht auf dieser Karte. Einen schönen Tag noch, die Herren."

Mit diesen Worten überreicht die Dame in der blauen Uniform Tobias eine Visitenkarte, dreht sich um und lässt den konsterniert wirkenden Fahrzeughalter, der so durchnässt fast wie ein Trottel wirkt, nebst Begleitung einfach stehen.

„Zweihundert Euro?"

Völlig perplex und fassungslos starrt Tobias der Frau hinterher, während Timo trocken ergänzt: „Oder dreihundert."

Wütend dreht sich Tobias zu ihm.

„Und das ist alles deine Schuld, du und dein blöder Markt", schnauzt er Timo an, der seinem Blick jedoch ungerührt standhält.

„Nö, ICH wollte zu Fuß gehen, DU wolltest unbedingt fahren, Herr Diplomfachwirt. Schieb es also nicht auf mich. Und nun lass uns das Teil holen, sonst wird es noch teurer, als es ohnehin schon ist. Na los, vom Murren wird es definitiv nicht besser. Und nun komm endlich zurück unter den Schirm, du siehst mittlerweile aus wie ein begossener Pudel."

„Du hast gut reden, ist schließlich nicht dein Geld", knirscht Tobias zwischen seinen Zähnen hervor, lässt sich jedoch von Timo dennoch in Richtung der nächsten U-Bahnhaltestelle ziehen. „Ich fürchte, ich habe heute keine besonders gute Laune mehr. Am besten fährst du gleich nach Hause."

Mit einem Ruck zieht Timo den neben ihm gehenden Tobias zu sich herum und so dicht an seinen Körper, dass sich ihre Nasen beinahe berühren.

„Mein lieber Herr Tobias, jetzt mach mal halblang. Ich bin nicht für deine Fehler verantwortlich, nicht für deine Launen und erst recht nicht für deinen finanziellen Verlust. Wenn du mich nicht willst, dann sag es klar, aber schieb es nicht auf irgendwelche Launen, kommt das irgendwo bei dir an?"

„Ich meine ja nur, du würdest dich heute Abend besonders anstrengen müssen, um mich in eine hoffentlich bessere Stimmung zu versetzen. Ob du das kannst und schaffst?"

„Das, mein lieber Herr Bauamtsleiter oder was auch immer, lass mal meine Sorge sein. Immerhin darf ich alles machen, das war abgemacht. Und hiermit fange ich an."

Hart presst Timo seinen Mund auf Tobias' Lippen, drückt seinen Körper ungeachtet der um sie herum flutenden Menschenmassen gegen den von Tobias, lässt den Schirm fallen und greift ihm mit der rechten Hand zwischen ihren Becken direkt in den Schritt, was Tobias sofort mit einem heiseren, aber wollüstigen Stöhnen quittiert. Den weiterhin leise fallenden Regen, der sie beide mittlerweile komplett durchweicht, bemerken beide Männer nicht einmal mehr.

LUSTSPIEL

Mit wuterfülltem Blick und laut fluchend lenkt Tobias sein Auto auf den Parkplatz vor seiner Wohnung, zieht ungestüm den Schlüssel aus dem Schloss und signalisiert Timo mit einer hastigen Kopfbewegung, dass der aussteigen soll.

„Zweihundertvierundzwanzig Euro. Die haben doch nicht alle Latten am Zaun. Vor allem dieser unfreundliche Vollpfosten hinter dem Schalter. Warum der auch noch meinen Personalausweis sehen wollte, ist mir nicht klar", schimpft er weiter, während er sich mit Timo auf dem Weg zu seiner Haustür befindet.

„Er wollte nur sicherstellen, dass du die abholberechtigte Person bist. Das war lediglich zu deiner Sicherheit, mein Gutster", beschwichtigt Timo Tobias' Gefühlsausbruch.

„Papperlapapp! Wenn ich sage, dass mein Name Tobias Andresen ist, sollte das reichen. Außerdem hat diese Luftpumpe von Sesselfurzer mich nicht so von oben herab anzusehen. Am liebsten hätte ich dem heftig den Marsch geblasen, und zwar gleich zweistimmig."

Timo zieht es in diesem Moment vor, nicht darauf zu antworten, sondern die Aussage eher zu belächeln. Während der gesamten Fahrt hat sich Tobias bereits über die Machenschaften der Kraftfahrzeugverwahrstelle und deren unverschämt hohe Kosten ausgelassen, wobei Timo mit seinen Gedanken schon bei den schöneren Dingen des Lebens ist, was Tobias augenblicklich zu spüren bekommt, als die Wohnungstür ins Schloss fällt.

„Und nun komm her, du kleine Sau!", flüstert Timo ihm heiser ins Ohr und drückt Tobias dabei im Flur gegen die Wand. „Ich zeig dir jetzt, wie es dir ein echter Mann

besorgt", haucht er weiter und presst seine Lippen abermals auf Tobias' – dieses Mal wandert seine Hand jedoch
nicht nur in Richtung Schritt, sondern gleich durch den
hastig geöffneten Reißverschluss direkt in das Zentrum
der Lust.

Tobias versucht, sich ein bisschen zu wehren, jedoch
weniger wegen Nichtgefallens, sondern eher aus dem
Grund, um die Oberhand in diesem kleinen Machtkampf
zu gewinnen, was ihm jedoch nicht gelingt. Timo hat ihn
in der Zange und beginnt, mit Tobias' Körper zu spielen.
Er reißt ihm das Hemd auf, ohne dabei Rücksicht auf die
Knöpfe zu nehmen, zwirbelt Tobias' Brustwarzen, beißt
leicht hinein und streicht mehrfach mit den Händen über
dessen Rippen. Tobias hat die Augen mittlerweile geschlossen, und es scheint, als würde er sich gegenüber
Timo fallenlassen und den Moment der Hemmungslosig-
keit sowie der absoluten Hingabe genießen.

Fast nackt steht Tobias noch immer an die Wand des
Flures gelehnt. Seine Erregung kann er keinesfalls verleugnen, denn sein Schwanz reckt sich Timo steil entgegen – doch den vernachlässigt dieser zunächst. Mit mehreren kleinen Schubsern dirigiert er Tobias in dessen
Schlafzimmer und drapiert ihn rücklings auf das Bett. Die
restlichen Kleidungsstücke wie Schuhe, Socken und die
nach unten gezogene Hose entfernt Timo mit einem
Ruck. Als Tobias nur ansatzweise seine Hand bewegt, um
Timo zu berühren, wird diese sofort auf die Matratze zurückgedrückt.

„Ich werde dich jetzt in neue Welten der Lust entführen", raunt Timo. „Was du dafür tun musst, ist einfach, nämlich gar nichts. So, als wärst du gelähmt oder
zumindest gefesselt. Und wenn ich mit dir fertig bin,
wirst du an nichts anderes mehr denken können, als an
dieses Erlebnis."

Timo holt eine Flasche Massageöl aus seiner Reisetasche, benetzt tröpfchenweise diverse Stellen auf Tobias' Körper, verteilt die Flüssigkeit mit den Handinnenflächen und massiert damit einige Muskelpartien – mal zart, mal etwas härter, was Tobias zum Teil stöhnen, manchmal auch die Luft scharf einziehen lässt. Dieses wiederholt Timo mehrfach, bis es schließlich kaum noch eine Stelle auf Tobias' Haut gibt, die nicht glänzt wie ein Babypopo. Unterdessen küsst Timo ihn immer wieder, manchmal beendet er das Zungenspiel mit einem leichten Biss auf die Unterlippe, dann gibt es wiederum Momente, in denen er nur leicht mit dem Finger darüberstreicht – so, wie es ihn gerade gelüstet. Timo spürt, dass Tobias unter seinen Händen zerfließt – und das macht er sich zunutze. Nun streift auch er sich Hemd und Hose ab und legt sich auf seinen Freund. Mehrere kleine Bisse in die Nippel und in den Hals folgen, bis sich beide Männer für einen Augenblick wild knutschend hin und her bewegen.

„Eigentlich sollst du doch gar nichts machen und das führen wir nun fort", wispert Timo, steht rasch auf, holt zwei Bänder aus seinem Handgepäck und fixiert Tobias' Handgelenke locker links und rechts am Bettgestell. Kurz darauf kniet er sich vor Tobias' Beine, legt diese auf seine Schultern und rutscht mit dem Becken immer näher an das Hinterteil seines Gegenübers.

„Bist du bereit?", haucht er ihm zu.

„Ja, das bin ich, mach, was immer du willst", stöhnt Tobias heiser und zuckt bereits im nächsten Augenblick zusammen, denn mit einem leisen Klatschen ist Timos Hand auf seiner linken Pobacke gelandet und hinterlässt dort sofort einen deutlich sichtbaren Abdruck auf der ölig schimmernden Haut. Ein zweites Mal sausen Timos Finger herab und treffen dieses Mal auf die rechte Seite, was Tobias zunächst einen leisen unterdrückten Fluch entlockt, der jedoch wenige Sekunden später in ein lustvolles Wimmern übergeht, als sich Timos Schwanz seinem eingeölten Hintereingang nähert und sich ohne nennenswerten Widerstand langsam und gleichmäßig in sein Innerstes schiebt.

Mit der rechten Hand umfasst Timo den steil aus Tobias' Mitte aufragenden Schwengel und wichst ihn in dem gleichen raschen Rhythmus, in welchem er den sich mittlerweile unter ihm windenden Körper fickt. Tobias' Stöhnen wird zunehmend lauter und Timo spürt, wie sich dessen Hoden zusammenziehen und ihre Ladung abfeuern wollen. Kurzentschlossen stoppt er sämtliche Bewegungen und drückt stattdessen mit Daumen und Zeigefinger Tobias' Schwanz direkt unterhalb der Eichel kräftig zusammen, was dessen Besitzer einen leisen Schmerzenslaut ausstoßen lässt.

„What the fuck ...?"

„Schschsch ... schön ruhig bleiben. Ach, das hatte ich wohl vergessen zu erwähnen, oder? Du wirst dich nicht groß bewegen und zudem wirst du mich bitten, abspritzen zu dürfen, kapiert? Außer diesem Wunsch wirst du kein Wort sprechen. Nicken darfst du."

Eine zustimmende Kopfbewegung erfolgt, daraufhin lockert Timo seinen Klammergriff und streichelt beruhigend über Tobias' zuckende, Vorsaft absondernde Eichel. Mit stoischer Gleichmäßigkeit versenkt er sich wieder in seinem Freund und stößt stetig heftiger werdend zu, bis sich Tobias' Augen erneut verdrehen und dessen Riemen deutlich an Umfang zunimmt.

Sofort unterbricht Timo sämtliche Tätigkeiten und zum zweiten Mal drückt er Tobias' Schwanzspitze derart hart zusammen, dass dieser erschrocken die Augen aufreißt und Timo beinahe flehentlich ansieht. Es scheint, als würde er mit seinem Blick förmlich um Erlösung betteln.

Timo beugt sich ein wenig vor.

„Nun, großer Meister, willst du kommen? Oder soll ich noch ein wenig weitermachen? Ich habe Zeit ... von mir aus die ganze Nacht."

„Geil ... es ist ... so geil. Mach ... weiter", stößt Tobias abgehackt hervor und augenblicklich setzt Timo seine Bemühungen fort, doch es dauert nur mehr wenige Augenblicke, bis Tobias keuchend und leise schreiend zum dritten Mal seinem Höhepunkt entgegensteuert. Wieder erfolgen der beherzte Griff und der fragende Blick, mit dem Timo Tobias trotz seiner eigenen Geilheit aufmerksam mustert.

„Na, willst du es jetzt?"

„Ich ... ich ...", kommt es fast vor Wollust schluchzend von Tobias.

„Sag's! Sag: Ich will kommen! Mehr musst du gar nicht tun, Großer!"

„Ich ... will ... will ... kommen", stößt Tobias letztlich wimmernd hervor und bereits kurze Zeit später lässt Timo ihn über die Klippe fallen, um in das Meer der Lust einzutauchen. Mit einem kehlig röhrenden Laut schleudert Tobias sein Sperma in hohem Bogen heraus, während Timo sich mit einem rauen Keuchen in Tobias ergießt und auf ihm zusammensackt.

Minuten vergehen, bis sich der Atem der beiden einigermaßen normalisiert hat und die Herzen nicht mehr wummern, als hätten ihre Besitzer gerade einen Halbmarathon hinter sich gebracht. Tobias ist der Erste, der wieder Luft zum Sprechen hat.

„Samma, wo hast du das denn gelernt? Ich bin allerdings ziemlich überrascht, welche Abgründe sich mir da offenbaren. Übrigens könntest du mich jetzt ruhig losbinden, das da um die Gelenke hat sich ziemlich stark zugezogen."

Mit einem breiten Grinsen stützt sich Timo auf seinen Unterarm und betrachtet den nach wie vor fast wehrlosen Mann, der ihn mit einem nicht ganz klar zu deutenden Blick ansieht. Einesteils erkennt Timo Verwunderung und wohl auch eine gewisse Art der Anerkennung in Tobias' Augen, andererseits ein leichtes Unbehagen, immer noch ausgeliefert zu sein, was natürlich einem Herrn Andresen so gar nicht in den Kram passt.

„Wenn du versprichst, lieb und friedlich zu sein, könnte ich eventuell in Erwägung ziehen, die Fesseln zu lösen. Sag's! Sag: Ich werde nicht mehr meckern! Na?"

Leise knurrend und mit einem Seufzer atmet Tobias tief ein.

„Okay, du hast gewonnen. Ich werde zumindest für heute nicht mehr meckern, okay?"

„Na bitte, geht doch", schmunzelt Timo, bevor er sich vorbeugt und die Bänder an Tobias' Handgelenken löst. Kaum ist das geschehen, zieht Tobias Timo auch schon zu sich heran und verschließt ihm den Mund mit einem harten, fordernden Kuss. Ohne große Worte geht das Spiel zwischen den beiden noch eine ganze Weile weiter, bis sie endlich ausgepowert und völlig ermattet in einen tiefen Schlaf sinken. Instinktiv hat Timo seinen Kopf an Tobias' Schulter gebettet, während er von dessen Arm fest umschlungen wird.

SABINE

„Ach Tobias, ich gehe heute Abend übrigens mit meinen Mitbewohnern ins Theater. Ich hoffe, du hast nichts dagegen", murmelt Timo am frühen Samstagmorgen bereits vor dem Frühstück und schaut dabei mit verschlafenem Blick aus dem Fenster in den Dauerregen, der seit letzter Woche Sonntag als täglicher Begleiter fungiert.

Schulterzuckend dreht sich Tobias zur Seite und flüstert etwas Unverständliches in die Kissen.

„Ähm, was meintest du gerade?", hakt Timo nach.

Mit einem Satz dreht sich Tobias um und brummt ihm leicht genervt ein „Mach doch, was du willst. Wir sind schließlich nicht aneinandergekettet!" entgegen.

„Das tue ich sowieso, das solltest du wissen", entgegnet Timo und wirft die Bettdecke beiseite, um mit einem Augenzwinkern den Raum zu verlassen und sich der allmorgendlichen Körperpflege zu widmen.

Als Timo etwa eine halbe Stunde später die Nasszelle wieder verlässt, liegt Tobias weiterhin schnorchelnd in den Federn.

„Herr Bauminister, ich habe Kaffee angestellt und verschwinde jetzt mal eben zum Bäcker, Frühstück holen. Vielleicht könnten wir dieses Mahl anschließend gemeinsam einnehmen, oder haben Sie vielleicht etwas dagegen?"

„Meine Güte, es ist Samstagmorgen! Hol einfach deine bescheuerten Brötchen und lass mich erst mal richtig wach werden. Das würde der allgemeinen Stimmung enorm guttun, zumindest meiner", zischt Tobias ihm entgegen. „Wenn du gleich wiederkommst, bin ich vielleicht ansprechbar, doch bis dahin einfach eine Nuance weniger reden! Sonst bekomme ich hier definitiv einen Rappel!"

Timo hebt die Hand, zieht die Schultern hoch und wispert leise ein „wie der Herr zu wünschen beliebt" in den Flur, nimmt sich daraufhin einen Jutebeutel sowie den Haustürschlüssel von der Anrichte in der Küche und verlässt mit einem Grinsen auf den Lippen die Wohnung, um endlich die frischen Frühstücksleckereien zu besorgen.

Unterdessen krabbelt Tobias unter seiner Decke hervor und verschwindet kopfschüttelnd und leise vor sich hin fluchend im Bad. Als er eine Viertelstunde später frisch geduscht den Flur betritt, ist Timo noch nicht zurück. Um sich die Wartezeit zu verkürzen, beschließt Tobias, sich schon einmal einen Kaffee zu genehmigen. Als unverhofft die Klingel geht, verdreht er genervt die Augen und stellt die Tasse mit einem Ruck auf den Küchentisch zurück.

„Och Mann, ich habe dir mindestens eine Million Mal gesagt, dass du diesen blöden Schlüssel mitnehmen sollst, wenn du die Wohnung verlässt. Warum kannst du dir das nicht endlich hinter die Stirn schreiben? Auf diese Bimmelei habe ich einfach keinen Bock", ruft er lautstark in Richtung Haustür und reißt diese auf, unterbricht jedoch abrupt seine Meckereien, da statt des Erwarteten seine Schwester Sabine unangemeldet vor dem Eingang steht.

„Was machst du denn hier?", begrüßt er sie nicht gerade erfreut, bittet sie jedoch trotzdem herein.

„Hallo Tobi, ich war gerade in der Nähe und dachte, ich hole mir mal einen Kaffee bei dir ab. Wir haben uns immerhin ein paar Wochen nicht gesehen und deshalb bin ich ..."

„Spar dir deine Ausführungen und setz dich einfach. Ich bin noch nicht ganz wach. Der Kaffee ist frisch, du weißt ja, wo er steht", unterbricht er seine Schwester und verschwindet derweil kurz im Schlafzimmer, um seinen Morgenmantel gegen eine Jeans und ein T-Shirt zu tauschen. Sekunden später hört er Timo zur Tür hereinkommen.

„Oh, guten Morgen! Ich bin Timo", stellt sich dieser sofort bei Sabine vor und streckt ihr freundlich die Hand entgegen, was diese jedoch komplett ignoriert, sondern vielmehr ihre Stirn krauszieht und ihn mit einem abfälligen Blick mustert.

„Ähm, Entschuldigung. Wer bitte sind Sie? Timo? Und warum haben Sie einen Schlüssel zu dieser Wohnung? Ich meine, Sie platzen hier einfach so mir nichts dir nichts herein und denken, dass Sie hierhergehören. Nun! Ich glaube, wir sollten mal etwas klarstellen. Zunächst bleiben wir beim Sie. Also, ich bin Frau Andresen für Sie, damit wir das geklärt haben. Und nun stellen wir mal klar, weshalb Ihnen hier die Wohnung frei zugänglich ist. Tobi? Wer ist dieser Milchbubi? Ich hoffe nicht, dass du was mit dem angefangen hast und dich erneut in eine solche Möchtegernschwuppe verguckt hast. Ich habe keine Lust, wieder den Aufpasser zu spielen, sofern es in deinen Beziehungen – wie schon so oft – nicht funktioniert. Warum wirst du denn nicht endlich mal erw…"

„AUS!", schreit Tobias seine Schwester an und schneidet ihr somit das Wort ab. „Was glaubst du eigentlich, wer du bist? Meine Erziehungsberechtigte? Eine Sitten- und Tugendwächterin? Oder hat dich Mama etwa angespitzt, bei ihrem missratenen Sohn nach dem Rechten zu sehen und um Himmels willen zu verhindern, dass er endlich mit seinem Leben zufrieden ist?"

„Na hör mal, Tobi, ist das der Dank für alles? Es war doch wohl gut, dass ich neulich anwesend war, als dieser

Lackaffe aus dem Blumenladen dir hier die Bude leerräumen wollte, oder nicht? Schlimm genug, dass er trotzdem ziemlich viel mitgeno..."

„Schwesterherz, ich wiederhole mich nur sehr ungern, aber hör endlich auf", knurrt Tobias weiterhin sehr laut sein Gegenüber an. „Erstens war das mit Pascal etwas ganz anderes, zweitens tut es mir mittlerweile fast leid, dass ich dir von der Trennung damals überhaupt erzählt habe und drittens hast du definitiv keinerlei Recht, meinen Freund Timo zu beleidigen, eine Person, die du nicht einmal kennst. Und überhaupt kommt mir tatsächlich so ganz langsam der Verdacht, als würdest du dich partout nicht damit abfinden können, dass ich, dein Bruder Tobias, nicht hetero, sondern schwul bin. Na, wie ist es, stimmt's oder hab ich recht? Bist du vielleicht ein ganz kleines bisschen homophob?"

Timo ist der nicht eben leise geführten Unterhaltung bis dahin stumm gefolgt. Er lässt sich zwar nach außen hin nichts weiter anmerken, innerlich jedoch beginnt es ein wenig in ihm zu singen. Tobias, dieser ziemlich häufig nörgelnde, oft schlecht gelaunte und teilweise ganz schön von sich eingenommene Diplomfachwirt mit dem eingravierten Titel auf dem Türschild, verteidigt ihn. Und nicht nur das, er hat sogar anklingen lassen, dass er zufrieden ist. Es scheint also beinahe so, als wäre Timo Tobias zumindest nicht so ganz gleichgültig wie der immer tut.

Ob er den beiden Streithähnen wohl zur Beruhigung etwas von dem frischen Frühstück anbieten sollte? Noch bevor Timo diesen Gedanken ganz zu Ende gebracht hat, bricht es mit relativ schriller Stimme aus Sabine heraus.

„Homophob ist nicht ganz das richtige Wort. Ich teile nur nicht unbedingt deine Meinung, dass es richtig und normal ist, wenn ein Mann mit einem Mann zusammenlebt. Sich eine Wohnung zu teilen ist völlig okay, aber das schließt das Bett nicht zwingend mit ein. Du bist mein Bruder, deswegen muss ich es hinnehmen und kann es nicht ändern, doch ich gebe zu, es fällt mir schwer. Nenn mich altmodisch oder meinetwegen sogar konservativ, aber eine Familie sind für mich trotz allen Fortschritts Personen verschiedenen Geschlechts, die deswegen eben auch Nachwuchs produzieren können. Nichts für ungut, aber ..."

Tobias wird bei diesen Worten seiner Schwester zunächst zornrot, dann jedoch zunehmend blasser.

„Wenn du wirklich so denkst, wäre es sicher in deinem und vor allem in unserem Interesse besser, du würdest diese Wohnung verlassen und dir überlegen, was du da soeben von dir gegeben hast. Ich habe niemals verlangt, dass du meine Freunde oder eben damals Pascal freudig in deine Arme schließt, doch dass du selbst mich, deinen eigenen Bruder, lediglich tolerierst, meine Neigung nicht verstehen willst und von den Ansichten noch weit rückständiger bist als unsere Mutter, erschüttert mich, gelinde gesagt, doch ziemlich. Ich bitte dich hiermit höflich, jetzt zu gehen, bevor ich meine gute Erziehung vergesse und dich eigenhändig vor die Tür setze. Adieu Sabine und einen schönen Gruß an Mutter, der du ja vermutlich alles haarklein berichten wirst. Guten Tag."

Tobias sieht seine Schwester an und Timo vermeint, in dessen Augen nicht einmal viel Wut, sondern eher eine gewisse Traurigkeit zu erkennen, etwas, was er bislang an Tobias noch nie hat feststellen können.

Stumm blickt Sabine ein letztes Mal achselzuckend auf ihren Bruder und anschließend verächtlich auf Timo, bevor sie sich umdreht und mit einem deutlich hörbaren Knall die Tür hinter sich ins Schloss fallen lässt.

Eine Weile ist es still in der Küche. Timo beobachtet Tobias ruhig, der wie angewurzelt immer noch am selben Platz steht und in dessen Gesicht es ununterbrochen arbeitet. Spontan geht er einen Schritt auf ihn zu und zieht Tobias' Kopf gegen seine Schulter, was sich dieser überraschenderweise ohne Widerspruch gefallen lässt.

„Danke", raunt Timo Tobias ins Ohr. „Danke, dass du für mich eingetreten bist, Großer."

„Quatsch keine Opern, Kleiner, halt einfach mal die Klappe und mich fest, oder kannst du das etwa nicht?"

WEIHNACHTSMARKT

„Also, falls du mich fragst, ich könnte heute den einen oder anderen Glühwein auf dem Weihnachtsmarkt wegschlabbern. Was ist mit dir?"

Timo schaut Tobias mit erwartungsvoll großen Augen an, dieser zeigt sich jedoch zunächst alles andere als interessiert.

„Du bist tatsächlich ein richtiger Mitläufer. Machst ständig alles, was andere Menschen tun. Im Oktober geht man auf den Herbstmarkt und kauft sich selbstverständlich auch Tee, denn der soll schließlich die Abwehrkräfte stärken – so bekommt man keine Erkältung. Und jetzt möchtest du mich wieder auf eine solche Volksbelustigung schleppen – als hätte ich geahnt, dass diese Frage kommt. Eigentlich wollte ich ..."

„Vor dem Fernseher verrotten und über schräge Serien meckern? Ist es das, was du willst?", schneidet Timo Tobias das Wort ab. „Dann mach das. Ich gehe auch allein oder mit meinen Mitbewohnern dorthin, ist mir egal. Auf jeden Fall werde ich nicht das ganze Wochenende in der Bude versauern und Trash-TV schauen. Never Sir. Hab ich keinen Bock drauf. Entscheide, wie du willst, aber ..."

„Ist schon gut, ich komme ja mit. Hast mich überredet. Außerdem muss ich dir ausnahmsweise zumindest teilweise recht geben. Die gesamte Freizeit in der Wohnung zu hocken ist in der Tat uncool. Also machen wir die Glühweinbuden unsicher und kaufen Lebkuchen, den ..."

„... den du heute Abend in kleine Häppchen schneidest und mich liebevoll damit fütterst?", wirft Timo mit einem Augenzwinkern ein.

Tobias verdreht die Augen, als er Timos nicht ganz ernst gemeinte Frage vernimmt.

„Du bist doch nicht ganz bei Trost. Füttern! Hast du nicht gelernt, selbständig zu essen?"

Timo schaut Tobias leicht grinsend an.

„Das hätte doch mal was, mich von dir bedienen zu lassen. So, als wärst du mein Butler. Natürlich trägst du dabei lediglich eine knappe Schürze und von mir aus noch eine kleine Kochmütze. Was du dann alles tun musst, überlege ich mir im Laufe des Tages, aber die Vorstellung allein macht mich ganz schön heiß!"

Tobias schüttelt augenrollend den Kopf, verschwindet im Bad und verschließt die Tür. Nach gut fünf Minuten kommt er frisch gestylt wieder heraus und drückt Timo ohne Vorwarnung einen festen Kuss auf die Lippen.

„So mein Bester, ich wäre soweit", haucht er ihm entgegen.

„Was jetzt? Wo ist deine Butlerkleidung?"

„Ich meinte, dass ich fertig für den Weihnachtsmarkt bin, du Honk!"

„Und das sagst du mir mit einem solch geilen Knutscher, wo du doch ganz genau weißt, was das mit mir macht?", entgegnet Timo und deutet auf eine sichtbare Beule in seiner Hose.

„Tja, so bin ich eben. Ich weiß stets, was ich tue. Und nun komm. Der Weihnachtspunsch wartet."

Seufzend dackelt Timo Tobias hinterher, bis dieser wieder einmal in sein Auto einzusteigen gedenkt, was Timo jedoch geschickt zu verhindern weiß.

„Sofern du Notarzt bist, bekommst du auch einen Parkplatz in der Stadt. Hier steht der Wagen sicher und du musst nichts dafür bezahlen. Besser wäre wohl, wir gingen zu Fuß, oder?"

Tobias' Augen blitzen für eine Sekunde wütend auf, kurz darauf jedoch beginnt er zu lächeln und sagt, dass ein kleiner frühwinterlicher Spaziergang wohl nicht allzu schlecht sein könnte. Umgehend verriegelt er sein Fahrzeug wieder und beide Männer schlendern – nicht Händchen haltend, aber einträchtig nebeneinander - die Straße hinunter.

Bereits wenige Minuten später erreichen sie die erste Bude und bestellen gleich an Ort und Stelle einen alkoholfreien Punsch. Nachdem Tobias sich zunächst über das hohe Pfandgeld für die doch so unspektakulären Tassen echauffiert hat, ist es einen Moment später dennoch möglich, eine leidlich vernünftige Unterhaltung mit ihm zu beginnen. Timo und Tobias sprechen sich zum ersten Mal darüber, was sie wem zu Weihnachten schenken möchten. Dabei erzählt Timo von der Idee, die er für seine Eltern hat und Tobias berichtet über seine Familie und davon, dass er nach der letzten Begegnung mit seiner Schwester nicht mehr die richtige Lust auf weiteren Kontakt mit ihr verspürt.

Plötzlich jedoch rempelt ein unbekannter, leicht alkoholisierter Marktbesucher Tobias an und schüttet ihm versehentlich, aber doch schwungvoll einen Becher Glühwein über den frisch gereinigten Wintermantel, was in Tobias sofort alte Gewohnheiten aufbrechen lässt und ihn wie früher zu einer Schimpfkanonade veranlasst.

„Du bekloppter Hirni, hast du keine Augen im Kopf? Weißt du eigentlich, was das kostet, einen Mantel wie diesen reinigen zu lassen, du Saufnase?", platzt es unbeherrscht aus Tobias hervor.

„Hmmmm ... Geld?", kommt es leise kichernd von dem unsicher hin und her schwankenden Mann, der sich mittlerweile am Tresen festhält und einen immer wiederkehrenden Schluckauf zu unterdrücken versucht.

„Wie recht du hast, du … du … Schnaps…", ereifert sich Tobias weiter, woraufhin ihm Timo einfach ins Wort fällt und versucht, seinen aufgebrachten Freund zu beruhigen.

„Tobias, bitte, er hat es nicht absichtlich gemacht, das kann doch mal vorkommen. Nun beruhige dich bitte, der Herr gibt dir seine Telefonnummer beziehungsweise Adresse und dann klärt ihr das wie Erwachsene, aber erst später oder so."

„Gu … gu … gute Idee", pflichtet ihm der weiterhin fröhliche Glühweinverschütter bei, fummelt mit unsicheren Fingern eine zerknitterte Visitenkarte aus seiner Hosentasche und drückt sie Tobias in die Hand.

„Bin … bin … der Kalle, steht da … guck."

Statt Tobias nickt Timo dem Mann zu.

„Ist gut, Kalle, wir melden uns."

Wenige Augenblicke später ist Kalle in der Menge verschwunden und Tobias reibt weiterhin mit einem Papiertaschentuch an dem nicht allzu großen, aber dennoch unübersehbaren roten Fleck auf seinem Mantel herum.

„Was heißt denn eigentlich wir? Ich melde mich bei dem, nicht du oder wir, klar? Das stelle ich dem in Rechnung, so wahr ich Tobias Andresen heiße. Solche Schnapsdrosseln dürfen nun wirklich nicht so ohne weiteres draußen herumlaufen und wildfremde Menschen belästigen oder ihnen Schaden zufügen."

„Jetzt ist aber mal gut, Herr Oberbaufuzzi. Du gibst gerade einen Haufen gequirlte Scheiße von dir, ich hoffe, das merkst du selbst. Solltest du allerdings weiter mosern wollen, sag Bescheid, ich hole dich dann einfach später hier wieder ab. Ich für meinen Teil möchte nämlich den Nachmittag genießen, irgendwo ein paar Reibekuchen essen und mir zum Nachtisch ein Crêpe gönnen. Du hast die Wahl, Herr von und zu. Nun?"

Man kann Timo die Verärgerung über Tobias' Verhalten deutlich anmerken und selbst dieser erkennt, dass er wie schon des Öfteren deutlich über das Ziel hinausgeschossen ist. Knurrend lenkt er ein.

„Na los, ich habe auch Hunger. Das mit dem Mantel ärgert mich trotzdem grandios."

„Mach halblang. Du nagst nicht am Hungertuch, wirst deswegen wohl nicht gleich Privatinsolvenz anmelden müssen und außerdem hast du vom Verursacher eine Karte. Nun hör auf zu reiben, der Fleck wird sonst bloß größer. Komm, ich geh trotzdem mit dir los, du Glühweinmonster."

„Ja, ja! Lach du nur", kommt es bereits einige Nuancen freundlicher von Tobias, der seufzend alle Reinigungsversuche stoppt und hinter Timo her trottet, der seinerseits zielstrebig den nächsten Kartoffelpufferstand ansteuert.

Nachdem beide Männer ihren Appetit befriedigt und selbst den vorhandenen Süßhunger gestillt haben, widmen sie sich noch eine Weile den anderen Ständen, bevor sich Timo dem Ausgang zuwendet und somit den Weg zur Innenstadt einschlägt.

„Wo will er denn jetzt wohl hin?", murmelt Tobias halblaut, schließt sich Timo jedoch an. Irgendwie spürt er, dass er für diesen Tag genug Ärger abgelassen hat und dass Timo nicht zögern würde, ihn das restliche Wochenende allein verbringen zu lassen.

„Er will einfach ein bisschen bummeln und Schaufenster gucken. Bist du dabei?"

„Ich werde wohl müssen, oder?", kommt es fragend von Tobias.

Timo schüttelt den Kopf.

„Nein, mein Guter, du musst gar nichts. Aber ich werde es machen und würde mich freuen, wenn du mich begleiten würdest."

„Na dann komm schon, bevor ich es mir anders überlege."

Einige Minuten laufen die Männer – dieses Mal sogar Hand in Hand – die Hauptstraße hinunter, bis Timo plötzlich vor einem Geschäft stehen bleibt.

„Was ist? Warum gehst du nicht weiter?"

„Weil ich da etwas im Fenster gesehen habe, was ich zu kaufen gedenke."

Irritiert schaut Tobias auf den Namen an der Scheibe.

„In einem Sexshop? Was bitte sollte das sein?"

„Na zum Beispiel neues Massageöl. Hat dir das neulich denn nicht gefallen?"

Grinsend schaut Timo Tobias in die Augen, die urplötzlich einen lüsternen Ausdruck annehmen.

„Doch, das schon, aber ... du gehst in solche Läden?"

Kopfschüttelnd mustert Tobias nun seinerseits Timo, dessen Gesicht sein Amüsement über Tobias' Verwirrung deutlich widerspiegelt.

„Na ja, an Bäumen wächst das in der Form nicht. Die Flasche von vor ein paar Wochen stammte aus meiner Zeit in Amerika, doch die ist mittlerweile fast alle und ich brauche Nachschub. Vielleicht kann mich mein Butler damit ja mal so richtig verwöhnen."

Allein die Erwähnung dieses angedachten Spiels lässt Timos Mitte pulsieren und auch der Glanz in Tobias' Augen verstärkt sich.

„Nur – in dem Laden ist alles rosa."

Helle Empörung klingt aus Tobias' Stimme und er mustert die Auslagen im Schaufenster mit etwas abschätzigem Blick.

„Nö, nicht rosa, sondern pink. Und nun komm, ich will zudem nach einer Augenmaske, Handschellen und diesen ganz neuen Kondomen mit Geschmack gucken."

„Was willst du denn mit dem ganzen Zeug? Und wozu brauchen wir plötzlich Gummis?"

„Was will man mit Sexspielzeug? Putzen, basteln, backen. Was für eine blöde Frage. Und ich will das mit dem Geschmack einfach mal ausprobieren. Stell dir vor, ich trage einen solchen Präser, du bläst mich und das Ganze schmeckt nach Schokolade."

Ein heftiges Atmen lässt erkennen, dass in Tobias die pure Geilheit hochzukochen beginnt, was wiederum Timo ein befriedigtes Lächeln entlockt. Rasch zieht er den sich noch ein wenig zierenden Tobias in den Laden, den sie erst zwei Stunden später mit einer großen, braunen Papiertüte in der Hand wieder verlassen.

DEZEMBERTAGE

„Was in Gottes Namen hat es mit diesem Gemüse in meiner Wohnung auf sich?"

Mit genervtem Blick schaut Tobias auf den Wohnzimmertisch und ruft nach Timo, der in diesem Augenblick – nur mit einem Handtuch bekleidet – aus dem Bad kommt und mit seinen Gedanken eher bei einer Tasse Kaffee ist, statt bei Tobias' Kritik an der weihnachtlichen Verschönerung des Raumes.

„Was genau meinst du damit?", fragt Timo und tut im ersten Moment völlig unwissend, obwohl er sich mittlerweile schon darüber im Klaren ist, dass Tobias mit Gemüse das Gesteck aus Tannenzweigen meint, das Timo am frühen Sonntagmorgen eben dort platziert hat, bevor er unter die Dusche verschwunden ist.

„Na, dieses Grünzeugs hier. Was hat das hier in meinem Wohnzimmer zu suchen?"

Seelenruhig schnappt sich Timo zunächst eine Tasse, gießt sie mit Kaffee voll und sieht seinem vollends entrüsteten Freund lächelnd über die Schulter, der seit gefühlten Stunden grummelnd auf die weihnachtliche Dekoration schaut.

„Öhm, dir ist schon klar, dass wir heute den vierten Advent haben und somit in vier Tagen Heiligabend ist? Da wird man es sich doch wohl mal etwas gemütlich machen dürfen. Aber falls du das partout nicht willst, nehme ich es halt wieder weg und finde bestimmt in meiner WG ein passendes Plätzchen dafür. Immerhin möchte ich dich nicht mit meinen Angewohnheiten nerven."

Timo schlängelt sich an Tobias vorbei und ist soeben im Begriff, die festlichen Zweige zu entfernen, als Tobias rasch einlenkt und gestattet, dass der Grünschmuck von seiner Seite aus – jedoch nur, um seinem Wochenendgast einen riesigen Gefallen zu tun und nicht, weil es ihm vielleicht gefallen könnte – stehenbleiben dürfte.

„Apropos Weihnachten", lässt Timo kurz darauf verlauten und verschwindet dabei im Schlafzimmer, um sein Vorhaben, sich Hemd und Hose überzuziehen, in die Tat umzusetzen. „Meine Eltern haben uns eingeladen. Dich und mich! Zum Abendessen!"

Mit offenem Mund bleibt Tobias im Flur stehen. Er scheint seinen Ohren nicht zu trauen und fragt deshalb noch einmal nach.

„Bitte? Deine Eltern haben uns WAS?"

„Eingeladen! Zum Essen. Wir zwei bei meinen Eltern. Ganz normal. Es ist Weihnachten, Großer. Kommst du nun mit, oder möchtest du lieber bei dir auf dem Sofa auf die Rute des Weihnachtsmannes warten?"

„Sind wir hier jetzt etwa in einem Kitschfilm gelandet? Antrittsbesuch bei Mama und Papa und das auch noch zu Weihnachten? Was zum Henker hast du denen erzählt? Denken die etwa, wir würden demnächst heiraten und anschließend in Liebe und Leidenschaft bis zu unserem letzten Tag wie ein verknalltes Ehepaar zusammenglucken und gemeinsam in die Glotze starren? Nee, mein Lieber, so geht das nicht."

Betont langsam kommt Timo aus dem Schlafraum, während er sich das Hemd zuknöpft und Tobias mit einem Blick, der sowohl Verwunderung als auch ein gewisses Bedauern ausdrückt, mustert.

„Nein, Herr Baurat, davon gehen sie nicht aus. Doch du musst einer Mutter schon zugestehen, dass sie den Mann kennenlernen möchte, mit dem ihr einziger Sohn derzeit liiert ist. Keine Sorge, ich habe bislang nicht besonders viel erzählt, aber rechne es dir als Ehre an, dass sie dich gern dabeihaben will."

„Wieso Ehre? Kannte sie denn meinen Vorgänger nicht?"

„Doch sicher, allerdings hat es eine ganze Weile gedauert, bis sie danach verlangte, ihn in Augenschein zu nehmen. Komischerweise hat sie es mir dennoch ziemlich übelgenommen, dass ich mich von Oliver getrennt habe. Dabei konnte sie es anfangs nicht einmal so ganz verknusen, dass ich ihr niemals Enkelkinder in die Arme legen werde – es sei denn, ich würde einen Partner finden, der eventuell bereits Vater ist, doch mittlerweile scheint sie es wohl akzeptiert zu haben."

„Und? Schon nach einem solchen Ausschau gehalten? Ich zumindest komme dafür sicher nicht infrage, wenn du also deine Mama zur Oma machen willst, solltest du dir wohl besser jemand anderen suchen", kommt es immer noch leicht zickig von Tobias, der nach wie vor mit leicht verzerrtem Gesichtsausdruck auf das Tannengesteck starrt. Seine Stimme klingt allerdings ein wenig leiser als sonst, sodass Timo sich hinter ihn stellt, mit einer raschen Bewegung zu sich dreht und ohne Vorwarnung seine Lippen auf Tobias' Mund presst.

„Habe ich etwa jemals gesagt, ich würde Kinder wollen? Also was soll der Quatsch jetzt? Ich bin mit dir zusammen und habe nicht die Absicht das zu ändern. Du etwa?", fragt er nach einer ganzen Weile und Tobias ist lediglich in der Lage, mit einem Kopfschütteln zu antworten, da er mittels eines langen und leidenschaftlichen Kusses am Sprechen gehindert wird. Leise keuchend drückt Timo Tobias rückwärts auf das Sofa, greift ihm in den Schritt und genießt das Stöhnen, das daraufhin sofort erklingt.

„Was zum Teufel tust du da? Wir wollten doch essen gehen", presst Tobias zwischen zwei weiteren Küssen hervor.

„Nichts, absolut gar nichts, Großer. Ich überlege nur gerade, ob ich wohl immer ganz artig war oder ob ich dringend deine Rute zu spüren bekommen müsste."

*

Sichtlich nervös schaut Tobias aus dem Fenster und sieht in den leichten Nieselregen, der am Heiligen Abend statt des von vielen gewünschten Schnees vom Himmel fällt. Dabei rückt er sich ständig aufs Neue die Krawatte zurecht und nippt zwischendurch an dem heißen Gebräu in seiner Kaffeetasse.

„Oh, Herr Oberbauminister, sind Sie vielleicht etwas aufgeregt, weil es zur Familie geht?", kommt es neckisch von Timo, als dieser die Küche betritt und Tobias lächelnd an die Hüften fasst.

„Ach was!", wehrt Tobias ab. „Eigentlich habe ich gar keinen Bock auf diese Pflichtbesuche. Du kannst dir gar nicht vorstellen, wie sehr ich über meinen Schatten springe, mit dir dorthin zu gehen. Sogar Blumen habe ich besorgt, schließlich weiß ich, was sich gehört. Ich hoffe für dich, dass du das neulich angedeutete Geschenk für deine Eltern gekauft hast. Immerhin möchte ich mich nicht blamieren."

Timo zieht seine rechte Augenbraue nach oben, schaut kurz auf den weihnachtlich verpackten Strauß und hätte fast gefragt, ob Tobias diesen im Blumenladen seines Exfreundes erstanden hat, kann sich diesen Satz jedoch im letzten Moment verkneifen.

„Zunächst möchte ich dir mal etwas erklären. Ich kenne meine Eltern schon ein wenig länger als du, eigentlich – nun lass mich mal genau überlegen – bist du ihnen wahrscheinlich bisher noch niemals zuvor begegnet. Demnach wäre ich der Einzige, der sich blamieren würde. Aber keine Sorge, das wird nicht geschehen. Sofern du dich nicht durchringen kannst, mitzukommen, bleib einfach hier. Aber dann bist DU es, der sich blamiert – nicht ich."

Augenrollend, doch zeitgleich leicht grinsend, winkt Tobias ab.

„Keine Angst, ich komme ja mit. Aber schau bitte noch einmal nach meiner Krawatte. Der Binder lässt sich heute irgendwie nicht richtig fixieren."

Mit kritischem Blick beäugt Timo Tobias von oben bis unten, zupft ein paar Mal an Schlips und Sakko und nickt schließlich wohlwollend.

„Na los, es ist nur meine Familie und kein Kongress. Let's do it!"

Wenig später sitzen beide Herren in Tobias' Auto und fahren in Richtung der Wohnung von Timos Eltern. Mit langsamen, fast vorsichtigen Lenkbewegungen manövriert Tobias das Fahrzeug auf den Hof und stellt es direkt hinter dem Wagen des Hausbesitzers ab.

„Hey, Herr Baurat, Sie können ja richtig vernünftig fahren. Wollen wir vielleicht einen guten Eindruck machen?"

„Kannst du nicht einmal deinen blöden Mund halten?", entgegnet Tobias, schüttelt leicht den Kopf, steigt aus dem Auto, öffnet den Kofferraum und holt mit feuchten Händen den Blumenstrauß heraus. Timos Mutter steht bereits erwartungsvoll im Hauseingang und beobachtet das Treiben beider Herren, bevor sie ihnen lächelnd entgegensieht.

„Schön, dass ihr da seid. Kommt schnell herein, sonst werdet ihr noch ganz nass", nimmt sie die beiden Männer im Empfang.

Timo und Tobias legen ihre Mäntel ab, begrüßen zunächst die Hausherrin und folgen ihr schließlich ins Wohnzimmer, wo sie bereits von Timos Vater erwartet werden, der ihnen sofort freundlich entgegenkommt, seinen Sohn herzlich umarmt und anschließend Tobias seine Rechte hinhält.

„Frohes Fest, freut mich, Sie endlich kennenzulernen. Ich bin Timos Vater, aber das dachten Sie sich garantiert, oder? Sie sind also der Herr Andresen, wenn ich richtig informiert bin?"

„Frohe Weihnachten Herr Mayer. Stimmt, aber nennen Sie mich doch bitte Tobias."

Eine artige Verbeugung begleitet die Vorstellung, einen Augenblick später wickelt Tobias noch rasch das Papier des Straußes ab, bevor er selbigen mit einem formvollendeten Diener Timos Mutter überreicht und dabei ebenfalls ein frohes Fest wünscht, was diese mit einem freundlichen Lächeln quittiert und Timo insgeheim schmunzeln lässt. *Schau an, schau an, mein Oberbauminister kann auch brav, ja sogar fast schon bieder. Na ja, mir soll es recht sein, wenn Tobias ein bisschen Eindruck schindet, so etwas kommt zumindest bei Mama gut an und ich hab in Zukunft etwas mehr Ruhe vor ihren Fragen'*, schießt es ihm durch den Kopf, während er sich bemüht, sich seine leichte Belustigung nicht anmerken zu lassen. Tobias ist doch ständig für eine Überraschung gut.

Kurze Zeit später bittet Timos Mutter zu Tisch und im Glanze der elektrischen Kerzen am Weihnachtsbaum lassen sich alle das köstliche Menü gut schmecken.

„Sagen Sie, Tobias, was machen Sie eigentlich beruflich? Habe ich das richtig verstanden, dass Sie genau wie Timo etwas mit Bau zu tun haben?", kommt die erste neugierige Frage von Timos Mutter.

Tobias schluckt den Bissen, den er im Mund hat, hinunter und spült mit einem kleinen Schluck Wein nach, bevor er antwortet.

„Na ja, so gesehen haben Sie das richtig in Erinnerung. Ich bin Diplomfachwirt und im Bauamt dieser Stadt tätig. Als Beamter auf Lebenszeit mittlerweile. Darf ich Ihnen übrigens mein Kompliment für dieses wunderbare Essen aussprechen? Es mundet vorzüglich."

Leicht errötend lächelt Timos Mutter Tobias an und trinkt ihm mit einem Kopfnicken zu.

„Mein Mann ist ja ebenfalls Beamter. Sag doch auch mal was, Wolfgang", versucht sie, Timos Vater in die Unterhaltung miteinzubeziehen, was diesen für einen Augenblick von seinem Teller hochblicken lässt, wo er sich bislang hingebungsvoll seiner Mahlzeit gewidmet hat.

„Lass uns doch lieber später beim Kaffee in Ruhe reden, Marianne. Ich muss Tobias nämlich recht geben, du hast dich heute selbst übertroffen, was das Essen angeht."

Nach diesem kurzen Statement widmet er sich erneut seinem Menü und der Rest der Mahlzeit verläuft relativ ruhig. Das gelegentliche Klappern des Bestecks wird lediglich von wenigen Worten begleitet, die Anwesenden genießen stattdessen das exquisite Dinner. Nachdem alle satt sind, räumt Timos Mutter das Geschirr in die Küche und serviert – nachdem sie Tobias' und Timos Hilfe entrüstet abgelehnt hat – den Kaffee am inzwischen entzündeten Kaminfeuer.

Zunächst genießen alle das heiße Getränk, bevor die kleine Bescherung stattfindet. Timo übereicht seinen Eltern ein weiteres glitzerndes Kleinod für ihre mittlerweile beträchtliche Sammlung an Kristalltieren einer bekannten Manufaktur, was die beiden Beschenkten in Verzücken versetzt und sie dazu verleitet, Tobias ihre

Schätze vorzuführen und genauestens zu erklären. Timo, der das Ganze natürlich kennt, steht schmunzelnd daneben und bemüht sich redlich, ebenfalls einen interessierten Ausdruck auf sein Gesicht zu zaubern. Insgeheim ist er allerdings sehr zufrieden und sogar ein bisschen stolz auf „seinen" Tobias, der sich wirklich wacker schlägt und bei seinen Eltern einen offensichtlich positiven Eindruck hinterlässt. Ein warmes Gefühl macht sich in seinem Inneren breit und er zwinkert Tobias einmal schnell zu, als dieser seinen Blick kurz einfängt.

Gegen elf Uhr verabschieden sich die beiden jungen Männer schließlich von Timos Eltern und treten den Heimweg an. Kaum in Tobias' Wohnung angekommen, fliegt als Erstes der Schlips in die nächste Ecke.

„Endlich kann der weg. Ist definitiv ganz okay, wenn man arbeiten muss, aber in der Freizeit muss das nun echt nicht sein. Sag mal, das mit dem Eau de Toilette hast du deiner Mutter gesteckt, oder?"

„Nun, sie hat gefragt und weil ich dich mittlerweile ganz gut kenne und das zudem auch gerne riechen mag, hab ich ihr mal einen Tipp gegeben. Schlimm?", grinst Timo seinen Freund an, der stumm den Kopf schüttelt und sich ihm langsam nähert.

„So so, du schnupperst also an mir. Komm sofort her, du Nervensäge, ich finde, du bist mir jetzt mindestens einen Kuss schuldig, nachdem ich immerhin brav war, oder?"

„Du warst sogar sehr artig, teils sogar gefügig. Wenn ich es mir recht überlege, sollten wir jetzt wohl mal unsere eigene Bescherung machen, was denkst du?"

„Noch eine?", kommt es leicht irritiert von Tobias, dem Timo in der Zwischenzeit das Hemd bis zur Taille aufgeknöpft hat.

„Also, ich dachte da eher an eine heiße Bescherung der besonderen Art", raunt Timo ihm noch leise ins Ohr, bevor er seine Lippen fest auf Tobias' drückt und unzweifelhaft klarmacht, welche er meint.

FEUERWERKSGEKNISTER

Mit einem riesigen Paket in der Hand betritt Timo Tobias' Wohnung und erntet augenblicklich einen schrägen Blick von demselben.

„Was um Himmels Willen schleppst du denn nun wieder an? Du weißt doch, dass ich dieses dauernde Schmücken zu irgendwelchen Feiertagen nicht ausstehen kann."

„Ebenfalls einen wunderschönen guten Morgen, Herr Bauamtsleiter. Dieses hier...", und damit zeigt Timo auf das soeben in der Küche abgelegte Paket, „... hat nichts mit dekorativem Material zu tun. Nein! Es soll lediglich dem leiblichen Wohl dienen, denn es handelt sich dabei um Berliner. Falls du nicht weißt, was das ist, das sind kleine Gebäckstücke mit Marmelade oder Eierlikör gefüllt. Solche süßen Leckereien isst man eben zu Silvester."

Kritisch beobachtet Tobias, wie Timo mit leuchtenden, hungrigen Augen das Papier von dem großen Papptablett entfernt und somit die runden Köstlichkeiten – in den verschiedensten Farben verziert – zum Vorschein kommen.

„Und wer soll das alles essen? Etwa wir? Oder möchtest du damit durch die Nachbarschaft laufen und die Dinger an der Haustür verteilen?"

Leicht grinsend entsorgt Timo das Verpackungsmaterial in dem dafür vorgesehenen Abfallbehälter und beäugt sein Gegenüber abermals, bevor er ein ziemlich auffällig dekoriertes Teil seines Mitbringsels vom Tablett klaubt und genüsslich hineinbeißt.

„Och Tobi, nun sei doch nicht ständig so unromantisch", kontert er mit vollem Mund. „Ich möchte es uns am letzten Tag des Jahres lediglich ein wenig gemütlich machen, bevor wir heute Abend auf diese Party zu deinem Kollegen gehen. Ach übrigens, nehmen wir eigentlich ein wenig Feuerwerk mit oder haben die Gastgeber ausreichend dafür gesorgt?"

Augenblicklich zieht Tobias die Stirn kraus und geht zwei Schritte zurück.

„Also, falls du diese bekloppten Böller meinst, dafür gebe ich kein Geld aus. Never! Und auf Raketen oder was da sonst auf den Ladentischen kreucht und fleucht, kann ich ebenfalls verzichten. Sofern dort jemand knallen will, soll er das tun. Ich nicht!"

Erneut beißt Timo herzhaft in das mit Schokoladencreme gefüllte Gebäckstück, lehnt sich dabei an die Türkante und leckt sich die ausgelaufene Füllung von den Fingern.

„Spaßverderber! Also ich für meinen Teil werde schon mit ein paar Knallern das neue Jahr begrüßen. Allerdings muss ich die noch besorgen, falls du jedoch lieber mit einer miesepetrigen Stimmung an deinem Sekt herumnippen möchtest, werde ich dich nicht daran hindern. Tu es einfach."

„Warum musst du nur ständig so kindisch sein? Schieb den Pyrotechnikern doch deine Studentenkohle in den Rachen und verpeste die Luft. Glaub jedoch nicht, dass ich auch nur eine von deinen Raketen anzünde. Nö!"

„Gute Idee! Dann habe ich mehr davon. Nur zu deiner Information: Ich für meinen Teil werde jetzt noch einmal zum Supermarkt latschen und tonnenweise davon kaufen. Auf Wiedersehen, Herr Andresen."

Ohne darauf zu antworten verschwindet Tobias im Bad, während Timo zur Tür hinausgeht und diese deutlich hörbar hinter sich zuzieht.

Tobias vernimmt das Klappen zwar, zuckt jedoch lediglich mit den Schultern und stellt sich zunächst unter die Brause. Grummelnd dreht er das Wasser auf und greift nach seinem gut duftenden Duschgel.

„Soll er ruhig seinen Müll kaufen, ich brauche so etwas nicht", murmelt er knurrig und immer noch abgenervt vor sich hin. „Schön bekloppt, dafür Unsummen auszugeben, anstatt sich lieber mal ein paar ordentliche Markenjeans zuzulegen. Mein kleiner Student hat zwar in jeder Hose einen verdammt knackigen Hintern, aber ein etwas gepflegteres Exemplar von Beinkleid könnte ihm nun wahrhaftig nicht schaden, nur für den Fall, dass er sich irgendwie einmal schick machen muss. Schade, dass er manchmal so fürchterlich kindisch ist, denn irgendwie mag ich ihn schließlich. Weiß zwar nicht genau warum und weshalb, aber dennoch ist es so ... und vögeln kann er, das muss der Neid ihm lassen. So jung und dabei derart versaut. Trotzdem werde ich nicht nachgeben, es gibt für mich definitiv keine Raketen und solche blöden, stinkenden Böller erst recht nicht. Basta!"

Komplett eingeschäumt steht Tobias unter dem prasselnden Nass und allein bei dem Gedanken an die letzte Nacht, die Timo und er wie schon so oft aufs Heftigste genossen haben, schnellt sein Schwanz erwartungsvoll in die Höhe, so als wollte dieser nachsehen, ob das Objekt der körperlichen Begierde gerade anwesend wäre. „Verräter", brummelt Tobias nach einem Blick auf seine emporragende Mitte halblaut, „ständig hast du nur ficken im Sinn. Jetzt nicht, mein Freund, Timo ist nicht da und Handmaschine kommt nicht infrage."

Rasch spült Tobias die Reste des Gels ab und stellt zum Schluss den Temperaturregler auf kalt. Nach Luft schnappend dreht er das Wasser endgültig ab, betrachtet seinen kleinen General, der durch den beinahe eisigen Guss ziemlich geschrumpft ist, und nickt zufrieden.

Nachdem er sich trockengerubbelt und angekleidet hat, entert Tobias die Küche, um sich einen Kaffee aus der Thermoskanne seiner Maschine zu genehmigen. Dabei fällt sein Blick auf die Berliner, die ihn verlockend anzulächeln scheinen.

„Eigentlich könnte ich mir doch eines dieser Teile einverleiben, wenn sie nun schon mal da sind, oder?", stellt er sich selbst leise die Frage und greift im nächsten Augenblick bereits nach einem der liebevoll verzierten Gebäckstücke, um herzhaft hineinzubeißen. Genüsslich verzehrt er Bissen um Bissen der süßen Leckerei und nimmt sogar in Kauf, dass ein Klacks der Marmelade hinten aus dem runden Krapfen austritt und ihm über die Finger läuft.

Schließlich spült er den letzten Mundvoll mit einem Schluck seines Lieblingsgetränks hinunter, bevor er sich die Hände wäscht und kurz darauf ans Fenster tritt.

„Nun könnte ein Herr Timo aber langsam mal wieder hier antanzen. Ich dachte, er hätte etwas von einem gemütlichen Nachmittag gesagt, bevor er vorhin abgehauen ist", führt er sein Selbstgespräch von vorher fort. „Hoffentlich kommt er überhaupt zurück. Na das wäre ja der Hammer, falls der mich jetzt auflaufen lässt. Wie soll ich das wohl meinen Arbeitskollegen erklären, wenn ich dort allein aufschlage? Das geht auf gar keinen Fall. Aber ... okay ... vielleicht hat er sogar ein bisschen recht, man könnte ruhig ein paar Stimmungsartikel besorgen und mitnehmen. Müssen ja keine Krachmacher sein, Tischfeuerwerk, Knallbonbons und Luftschlangen tun es sicher auch. Ob ich schnell mal losrenne, so lange die Geschäfte noch aufhaben?"

Nach einem raschen Blick auf die Uhr wirft sich Tobias in seine Jacke, schlüpft in die warmen Schuhe, schnappt sich seinen Zweitschlüssel vom Brett, da Timo anscheinend den anderen eingesteckt hat, und verlässt seine Wohnung. Kaum ist er unten auf der Straße außer Sichtweite, kommt Timo mit einer vollen Einkaufstasche, die er fröhlich schwenkt, auf das Haus zu.

Überrascht sieht sich Timo einen Augenblick später in der Wohnung um, schaut in jeden Raum und ruft mehrfach nach Tobias. Als ihm jedoch niemand antwortet, stellt er leicht schulterzuckend den Plastikbeutel ab und schüttelt den Kopf.

„Möchte der Herr Baurat jetzt wieder einmal seinen Dickkopf durchsetzen oder weshalb ist der so Knall auf Fall getürmt? Ach, soll er machen, was er will, ich für meinen Teil werde hier jetzt ein wenig auf ihn warten, falls er jedoch nicht in der nächsten Stunde zurückkommt, feiere ich eben mit meinen Mitbewohnern. So ein Blödmann, haut der einfach ab, nur, weil ich ein paar Knallkörper besorgen wollte. Er wird und wird nicht schlau aus mir. Eigentlich sollte er mittlerweile wissen, dass ich – gerade weil er sich darüber mokiert hat, dass ich überhaupt das Wort Feuerwerk in den Mund genommen habe – bewusst eben solches kaufe."

Schmunzelnd betritt Timo die Küche, hängt den Wohnungsschlüssel an das dafür vorgesehene Brett und greift abermals zu den Berlinern. Während er den ersten Bissen voller Genuss verspeist, wird aus seinem leichten Lächeln ein breites Grinsen.

„Aha!", stößt Timo kopfnickend aus, „von den Dingern hat er zumindest einen vernascht. Also mag er so etwas anscheinend doch. Aber erstmal meckern, was ich denn nun schon wieder angeschleppt habe. Er ist und bleibt eben mein lieber Herr Bauamtsoberratsschimmel. Oh, verdammt! Habe ich eben gerade lieb gesagt? Ja, ohne Zweifel. Ach egal, hoffentlich kommt er wirklich wieder, denn ehrlich gesagt habe ich keinen Bock darauf, den Silvesterabend mit Kartenspielen an unserem

Küchentisch in der WG zu verbringen. Aber mir bleibt wohl nichts übrig, sofern er nicht ..."

Timo beendet seinen Satz nicht mehr, denn zum allerersten Mal fühlt er sich Tobias' wegen schlecht. Hat er ihn vielleicht ein wenig zu viel gereizt? Ist er vorhin zu weit gegangen? Irgendwie tut es Timo in diesem Moment sogar leid, dass er Tobias derart harsch abgekanzelt hat, vielleicht hat der sogar tiefergehende Gründe dafür, warum er nicht böllern mag. Er kennt Tobias eigentlich schon gut genug, um zu wissen, dass sich hinter der rauen Schale oft ein nicht ganz so harter Kern verbirgt.

Plötzlich hört Timo Schritte und bereits wenige Sekunden später hört er einen Schlüssel im Schloss der Eingangstür. Der Stein, der in diesem Moment von seinem Herzen fällt, wiegt mehr als manch ein Betondeckel und ein erleichtertes Lächeln macht sich auf seinem Gesicht breit.

„Hey!", ruft er Tobias entgegen, zieht jedoch augenblicklich die Augenbrauen kraus, als er sieht, dass dieser anscheinend lediglich unterwegs war, um selbst etwas einzukaufen.

„Tag, Herr Student!", nickt Tobias ihm zu.

„Was hast du besorgt? Fehlte dir noch etwas Brot oder ..."

„Quatsch!", fällt Tobias ihm ins Wort. „Ich habe ein wenig Tischfeuerwerk und ein paar Luftschlangen gekauft. So als Kompromiss."

Timo beginnt laut zu lachen.

„Was kreischst du denn so? Trage ich mein Hemd falsch herum oder habe ich den linken Socken auf dem rechten Fuß?"

„Weder noch!", gackert Timo weiter. „Aber schau mal hier in meine Tüte, was ich erstanden habe. Dieses Wort, das du da eben in den Mund genommen hast, hieß Kompromiss, soweit ich mich recht erinnere. Deshalb habe ich ebenfalls auf Chinaböller, Raketen und Co. verzichtet und genau die gleichen Dinge mitgenommen."

„Du bist und bleibst ein Schwachkopf, aber deine Berliner schmecken. Und nun küss mich, du kleine Sau."

Nur zu gern leistet Timo dieser Aufforderung Folge, zieht Tobias mit einem Ruck nah zu sich heran und presst seine Lippen derart fest auf Tobias' Mund, dass diesem bereits nach wenigen Augenblicken der Atem wegbleibt und er leise zu keuchen beginnt. Grinsend löst sich Timo ein wenig von ihm und sieht Tobias zwinkernd in die Augen.

„Na, was ist los, Herr von und zu Andresen, bekommen wir etwa keine Luft mehr? Der Tag hat schließlich gerade erst begonnen und bis Mitternacht dauert es ebenfalls noch eine ganze Weile. Da wirst du hoffentlich nicht jetzt schon schlappmachen wollen?"

„Von wegen, ich werd dir gleich zeigen, wer hier schlappmacht und wer es garantiert nicht ist."

„Wollen wir damit etwa andeuten, dass wir jetzt nicht erst Berliner essen und gemütlich wie ein altes Pärchen Kaffee trinken wollen?", kommt es schelmisch und mit vor Lust blitzenden Augen von Timo.

„Sind wir etwa schon im Greisenalter? Ich muss dir wohl mal zeigen, wie jung zumindest ich noch bin."

„Gut, dass wir noch eine ganze Menge Zeit haben, bis wir losmüssen. Und nun könntest du bitte aufhören zu quatschen, Herr Baurat, sonst muss ich leider andere Mittel anwenden."

Mit diesen Worten presst Timo Tobias erneut seinen Mund auf dessen Lippen, drückt ihn gegen die Küchentür und greift ihm beherzt in den Schritt, wo sich eine deutliche Beule in seine Hand schmiegt und nach weiterer Behandlung verlangt.

PARTYGEFLÜSTER

Am frühen Abend dieses Silvestertages eilt Tobias mit derart hastigen Schritten zu seinem Fahrzeug, dass Timo Mühe hat, ihm zu folgen. Zügig betätigt Tobias die automatische Zentralverriegelung, lässt sich schwungvoll auf den Fahrersitz fallen und ruft nach einem letzten Blick in den Innenspiegel, der wohl verifizieren soll, dass mit seiner Frisur alles in Ordnung ist, dass Timo sich nun ebenfalls zu beeilen habe. Dieser jedoch antwortet ihm leicht grinsend und gänzlich unbeeindruckt.

„Ich weiß, dass wir nicht ganz pünktlich losfahren. Vielleicht kommen wir daher ein wenig zu spät, Herr Bauantragsentscheider, – aber … das akademische Viertel halten wir immerhin ein."

Mit quietschenden Reifen braust Tobias vom Parkplatz und schaut mit gerunzelter Stirn stumm durch die Frontscheibe.

„Warum denn so schlecht gelaunt? Wir sind lediglich ein paar Minuten in Verzug. Aber ich wollte unser Spiel halt nicht abbrechen und dir scheint es doch ebenfalls gefallen zu haben oder irre ich mich da?"

Von einer Sekunde auf die andere verändert sich Tobias' Mimik und aus dem eben noch hektischen, eher miesgestimmten Herrn Andresen wird ein grinsender, beinahe vergnügt wirkender Mann, der mit diesem Gesichtsausdruck nicht nur viel jünger, sondern sogar um einiges besser aussieht.

„Also sofern ich keinen Spaß daran gehabt hätte, wäre ich schon in der Lage gewesen, dir das zu sagen. Ich weiß zwar nicht, wie du das anstellst, doch du bekommst es jedes Mal hin, mich dermaßen geil zu machen, dass sogar ich als Pünktlichkeitsfanatiker die Zeit vergesse.

Nun denn, wir werden heute wohl nicht die ersten Gäste sein, das ist jedoch nicht ganz so wichtig, obwohl ich mich im Stillen ein wenig darüber ärgere. Egal! Heute ist Silvester, da wird nicht mehr gemeckert. Das spare ich mir besser für das nächste Jahr auf."

Kopfnickend und schräg von der Seite auf den Fahrer schauend grinst Timo diesen an. Sein Blick verrät, dass er noch viel mehr von dem in petto hat, was Tobias derart anmacht, und dieses nach und nach preisgeben wird – damit es in dieser doch eigensinnigen Beziehung bloß nicht zu rasch eintönig oder gar langweilig wird.

„So! Wir sind da. Und denk daran Timo, ich möchte einen guten Eindruck machen. Also zeig dich bitte von deiner besten Seite, so wie ich es bei deinen Eltern hinbekommen habe."

„Ich habe nur die eine Seite – eine andere gibt's nicht. Ist sie dir nicht gut genug?"

Tobias schaut seinem Gegenüber mit ernstem Blick in die Augen.

„Schon in Ordnung. Ich strenge mich an", lenkt Timo ein und öffnet die Beifahrertür.

Kurze Zeit später werden die beiden jungen Männer bereits vom Gastgeber begrüßt und direkt ins Wohnzimmer zu den anderen Feiernden geleitet, wo sie von allen mit einem lauten „Hallo" begrüßt und insbesondere von den weiblichen Anwesenden mit deutlichem Wohlwollen gemustert werden. Sowohl Tobias als auch Timo stechen aufgrund ihres Aussehens die meisten männlichen Gäste aus, was ihnen allerdings kaum bewusst ist, den Frauen jedoch umso mehr auffällt.

Im Laufe des Abends versucht somit die eine oder andere Dame, ihre weiblichen Vorzüge in Form von zwei besonders geformten Körperteilen ins rechte Licht zu setzen, was Timo mit einem leichten Grinsen zur Kenntnis nimmt, Tobias jedoch mehr und mehr verärgert, sodass ausgerechnet der sonst immens auf gutes Benehmen bedachte Herr Diplomfachwirt seinem Freund einen Kuss auf die Lippen drückt, um endlich alle Annäherungsversuche der holden Weiblichkeit im Keim zu ersticken.

Während Tobias' Arbeitskollegen das mit einem Lächeln registrieren – immerhin kennen sie sich alle seit Jahren und Tobias verschweigt seine Neigung normalerweise nicht, wenngleich er sich natürlich kein Schild mit der Aufschrift „schwul" um den Hals hängt – bleiben den Damen beinahe die Münder offen stehen. Timo, dem das nicht verborgen bleibt, schmunzelt in sich hinein und raunt seinem Begleiter ein leises „Klasse, genau das mag ich" ins Ohr, bevor er Tobias einen weiteren, innigen Kuss schenkt, dessen Wirkung er Sekunden später bereits deutlich an einer besonders verräterischen Stelle erkennen kann.

Zu fortgeschrittener Stunde geschieht es irgendwann, dass sich eine der Damen zu ihnen gesellt und sie beide mit glasigen Augen unverhohlen mustert.

„Stimmt etwas nicht? Haben wir uns etwa bekleckert oder so?", kommt es leicht flapsig von Timo, während Tobias erneut leicht genervt mit den Augen rollt.

„Doch, doch, alles okay, nur ... ihr seid also wirklich schwul?", kommt es mit extrem piepsiger und leider ziemlich angesäuselt klingender Stimme von der blonden Frau, die ständig von einem zum anderen schaut und dabei permanent den Kopf schüttelt.

„Sind wir!", erwidert Tobias spürbar verärgert, denn solche Diskussionen, erst recht auf Feiern, hasst er wie die Pest.

„Oh, das ist ja so spannend. Ich finde das einfach toll, dass ihr auf Männer steht, das muss man sich erst mal trauen. Und was macht ihr, wenn ihr irgendwann genug davon habt und nicht mehr schwul sein wollt? Käme ich dann infrage? Oder habe ich zu kleine Titten?"

Bevor einer der Gefragten antworten kann, erscheint ein junger Mann an der Seite der leicht alkoholisierten Dame.

„Chantal, musst du jedes Mal aus der Rolle fallen? Du bist echt unmöglich, weißt du das? Warum trinkst du so viel, wenn du das doch gar nicht verträgst?"

Und zu Tobias und Timo gewandt ergänzt er: „Sorry, ich habe sie einen Augenblick aus den Augen gelassen. Bitte, nehmt ihr das nicht übel. Meine kleine Schwester kennt ihre Grenze leider oft nicht."

„Schon gut", beruhigt Timo den Typen, der mittlerweile seine Schwester untergehakt hat und mit sich fortzuziehen versucht. „Nix passiert, alles okay."

„Nichts ist okay", zischt Tobias, als er mit Timo wieder allein ist. „Was für eine hohle Nuss. Hält die Homosexualität vielleicht für etwas, das man mal ist und mal nicht? Das man wechseln kann wie Kleidung? Mein Gott, ihr Name ist echt Programm, jetzt brauche ich aber wirklich etwas zu trinken."

„Vorschlag zur Güte, damit du dich nicht länger aufregst. Erstens bekomme ich auf der Stelle einen Kuss von dir, zweitens verspreche ich dir eine definitiv heiße Nacht und drittens solltest du überlegen, ob ich nicht ausnahmsweise fahren soll. In dem Fall könntest du getrost noch einen Schnaps oder was auch immer trinken, ich habe bislang nur Kaffee und Cola intus. Nun, was meinst?"

Tobias überlegt einen Augenblick, drückt Timo daraufhin einen weiteren Schmatzer auf die Lippen und schaut ihm anschließend mit ernstem Blick in die Augen.

„Eigentlich sitze ja nur ich am Lenker meines Autos, doch heute mache ich mal eine Ausnahme, denn diese Gäste ertrage ich nur, wenn ich selbst etwas getrunken habe. Hier hast du meinen Schlüssel. Steck ihn gut weg, nicht, dass du ihn verlierst oder diese komische Truse dir den irgendwie aus der Tasche zieht und heute Nacht vielleicht sogar oben ohne bei mir auf dem Rücksitz wartet. Und nun hole ich mir einen Grappa, sofern es genehm ist."

Kurz darauf verschwindet Tobias zum Gastgeber und kommt wenige Minuten später mit einem kleinen Glas in der einen Hand und einem Teller voller appetitlicher Leckereien in der anderen zurück.

„Oh, das sieht aber gut aus. Finde ich total nett, dass du uns etwas zu essen besorgt hast. Was ist denn das dort?"

Hungrig zeigt Timo auf eine kleine Garnele und will soeben zugreifen, als er im selben Moment durch einen leichten Klaps auf den Handrücken daran gehindert wird.

„Aua!", ruft er leise und grinst Tobias dabei an.

„Finger weg! Meins! Hol dir selbst was vom Buffet. Ist ja schließlich genug da."

Sekundenbruchteile später geht Timo aufgrund dieser Antwort schlagartig eine kleine, liebgemeinte Gemeinheit durch den Kopf, die er von jetzt auf gleich in die Tat umsetzt.

„Ich könnte dich doch ein wenig füttern. Dann schmeckt es bestimmt gleich doppelt so gut."

„Kommt gar nicht infrage", lenkt Tobias ein. „Du fängst jetzt hier nicht mit diesen kleinen Sauereien an."

„Warum denn nicht? Dann haben die Weiber ein wenig mehr zu glotzen."

In einem Moment der Unachtsamkeit klaubt sich Timo etwas Brot vom Teller seines Freundes, tunkt dieses in ein wenig Aioli und führt es langsam an Tobias' Mund, wobei er leicht damit über dessen Unterlippe streicht und dort eine kleine, weiße Spur hinterlässt, die er, nachdem Tobias ebenfalls davon abgebissen hat, ganz vorsichtig ableckt. Unterdessen wandert Timos freie Hand immer weiter über Tobias' Oberschenkel, bis diese kurz dessen Schritt berührt und dort für einige Sekunden verbleibt. Dabei spürt Timo, dass in Tobias' Hose ein gewisses Körperteil deutlich nach Aufmerksamkeit verlangt und dass der Besitzer eben dieses Organs extreme Mühe hat, seine Erregung zu verstecken.

„Hör jetzt lieber damit auf. Du weißt, dass mich so etwas anmacht", flüstert Tobias Timo ins Ohr und versucht, ein wenig Abstand zu nehmen, doch dem Brot folgt eine Olive und zum guten Schluss ein kleines Stückchen Putenfleisch, das Timo gekonnt zwischen seine Zähne platziert und sich von Tobias – gepaart mit einem intensiven Kuss – aus dem Mund ziehen lässt.

Mit schweißnasser Stirn holt sich Tobias ein weiteres Getränk, ignoriert dabei die heißen Blicke der weiblichen Gäste und mischt sich – um sich den erotischen Fängen Timos ein wenig zu entziehen – unter seine Kollegen.

Wenige Augenblicke später wird jedoch die Musikanlage aufgedreht und die Gäste beginnen, ausgelassen zu tanzen. Auch Timo nähert sich erneut, packt Tobias von hinten und zerrt ihn mit rhythmischen Bewegungen in die Mitte des Zimmers.

„Nun hab mal ein wenig Spaß, Herr Bauoffizier. Schließlich ist nur einmal im Jahr Silvester und außerdem ist gleich Mitternacht. Dann möchte ich mit dir anstoßen und die guten Vorsätze besprechen", flüstert Timo dicht an Tobias' Ohr, was diesen augenblicklich wenig begeistert den Kopf schütteln lässt.

„Was ist denn nun schon wieder? Habe ich eine Knoblauchfahne oder so?"

„Nein! Aber gute Vorsätze? Solche Klischees müssen nun wirklich nicht sein", kontert Tobias und will sich wieder an den Rand stellen, wird jedoch von Timo festgehalten.

„Hiergeblieben! Mein erster Vorsatz zum neuen Jahr ist, dass ich dich im Bett noch verrückter mache als zuvor. Und das werde ich bereits in dieser Nacht umsetzen."

Während Timo leise diese Worte ausspricht, berührt sein Handrücken erneut Tobias' Mitte. Untermauert von einem langen Kuss, den die weiblichen Gäste abermals bestaunen, tanzen sie noch ein wenig, bis schließlich der Countdown zum Jahreswechsel beginnt.

„Zehn, neun, acht, sieben ...", ruft die Menge und Timo stimmt augenblicklich mit ein, „... sechs, fünf, vier, drei, zwo, eins! Ein schönes neues Jahr, Herr Baurat."

„Das wünsche ich dir auch, Herr ..."

„Na?"

„Ach, mir fällt da nichts ein. Küss mich lieber, das war schön."

Selbstvergessen verschmelzen die beiden Männer erneut miteinander, bis Tobias Timo erstaunlich sanft ein wenig von sich schiebt.

„Was hältst du davon, wenn ich mein Glas rasch austrinke und wir danach diese gastliche Stätte verlassen?", fragt er mit leicht rauer Stimme.

„Keine Einwände Euer Ehren. Lass uns nur bitte das Ende des Feuerwerks abwarten. Schließlich ist das die Hauptattraktion", raunt Timo zurück und schaut für einige Minuten in den funkelnden Himmel, während Tobias leicht amüsiert die weiblichen Gäste beobachtet, wie diese verzweifelt versuchen, das von ihm und Timo mitgebrachte Tischfeuerwerk zu verarbeiten.

Gegen ein Uhr in der Früh verabschieden sich die zwei von ihrem Gastgeber, was dieser zwar mit Bedauern zur Kenntnis nimmt, aber mit einem Zwinkern zu Timo dennoch verständnisvoll belächelt. Immerhin sind ihm die heißen Liebkosungen nicht verborgen geblieben und da Tobias in der letzten Zeit wesentlich umgänglicher war als in der Vergangenheit – was sicher der Beziehung mit Timo zuzuschreiben ist – sieht er es positiv, dass die beiden die Nacht lieber allein verbringen wollen.

Kurz darauf sitzen Tobias und Timo mit vertauschten Rollen im Auto. Umsichtig steuert Timo den Wagen aus der Parklücke und umfährt gerade vorsichtig eine umgekippte Mülltonne, als Tobias ihn anraunzt.

„Hey, sei nicht so forsch. Immer hübsch langsam mit den jungen Pferden."

„Jetzt mach mal halblang, Großer. Ob du es nun glaubst oder nicht, aber ich habe meinen Führerschein bereits ein paar Jahre und kann auf ein bislang unfall- und punktefreies Autofahrerleben zurückblicken."

„Na ja, bei den paar Kilometern, die du fährst, kein Wunder. Vorsicht, die Ampel da vorne wird gelb. Nun brems doch endlich. Mensch, nicht so hart, mit Gefühl, Herr Student", motzt Tobias weiter, während Timo mit gelassenem Gesichtsausdruck und in sich hineinschmunzelnd besonnen und ruhig das Auto weiter durch den ruhigen Verkehr lenkt. *'Warte nur ab, mein Lieblingsbeamter, ich werde dir nachher schon zeigen, was ich sonst noch alles kann. Dein Gemoser werde ich notfalls mit einem Knebel unterbinden und wenn du später unter meinen Händen zerfließt, werde ich dich Abbitte leisten lassen für diese dämlichen Bevormundungen gerade. Wie heißt es doch so schön? Rache muss man kalt genießen. Ich werde davon ein wenig abweichen, denn mein lieber Bauratsoberinspektor, es wird heiß werden, verdammt heiß.'*

Ein Lächeln umspielt seine Lippen, obwohl Tobias immer noch leise vor sich hin grantelt, wobei dem nicht einmal auffällt, dass Timo darauf mit keinem Wort eingeht.

Minuten später parkt Timo den Wagen auf dem gemieteten Platz ein und dreht den Zündschlüssel um.

„So, euer Hochwohlgeboren, wir sind zuhause. Das heißt ... wir könnten zum gemütlichen Teil übergehen."

Dabei verstärkt sich das Grinsen auf seinem Gesicht noch um einiges, was Tobias jedoch zu diesem Zeitpunkt wiederum nicht registriert.

FEUERWERK

Während Timo das Fahrzeug verschließt, steigen am Himmel noch ein paar vereinzelte Raketen empor und verleihen dem kühlen, leicht wolkenverhangenen Neujahrshimmel ein feierliches Lichterstrahlen. Bevor sich Tobias jedoch von seinem Auto in Richtung Wohnung entfernen kann, steht Timo bereits vor ihm und drückt ihn mit dem Rücken gegen die soeben geschlossene Beifahrertür. Dabei umfasst Timo Tobias' Nacken und zieht dessen Kopf ganz nah an seine Lippen. Es folgt ein heißer, inniger Kuss unter dem abklingenden, jedoch nicht minder brodelnden Feuerwerk. Zeitgleich wandert Timos freie Hand zu Tobias' Mitte und stimuliert diese derart heftig, dass die aufkommende Hitze imstande wäre, jegliches Eis zum Schmelzen zu bringen. Mit schwerem Atem berühren sich ihre Münder und verlangen nach Aufmerksamkeit. Tanzende Zungen spielen miteinander, als hätten sie die Absicht, sich niemals wieder trennen zu wollen. Lustvolle Laute entschwinden halbleise in die Nacht und verhallen im Echo der Chinaböller aus der Nachbarschaft.

„Wir sollten langsam hineingehen, nicht, dass die Leute uns hier noch sehen", haucht Tobias Timo nach einer Weile ins Ohr, als es ihm gelingt, seinen Mund von Timos Lippen zu lösen, worauf dieser jedoch zunächst nicht reagiert, sondern ungehindert weitermacht, Tobias mit seiner Hand derart zu stimulieren, dass die Beule in dessen Hose selbige fast zum Platzen bringt.

„Wir gehen rein, sobald ich es sage!", flüstert Timo zurück und drückt sein Gegenüber noch ein wenig fester an das Wagenfenster, um daraufhin seine Hand aus Tobias' Schritt zu nehmen und unter dessen Hemd verschwinden zu lassen, um die kleinen, harten Nippel darunter zu zwirbeln, was Tobias sich wiederum gern gefallen lässt und mit einem heißen Stöhnen quittiert.

Nach einigen, schier endlos scheinenden Minuten entlässt Timo den Mann seiner Begierde kurz aus den Fängen der Lust, nimmt ihn an die Hand und zieht ihn in Richtung Eingang, nur um ihn – nachdem die Haustür ins Schloss gefallen ist – auf dem Flur erneut festzusetzen. Ein weiteres Mal beginnt Timo Tobias zu küssen – willige Zungen bereiten ein Lustspiel der besonderen Art vor, bis sich ihre Münder voneinander lösen, damit Timo seine Lippen halsabwärts zum Einsatz bringen kann, um dort eine leicht feuchte Spur zu hinterlassen und sich ab und zu ein wenig in Tobias' heißer, verschwitzter Haut festzubeißen.

Timos Hände sind nahezu überall. Während er das Hemd seines Lovers mit der linken Hand aufknöpft, wandern die Finger seiner rechten gleichzeitig – leicht mit den Nägeln kratzend – über Tobias' Rücken, sodass dieser einen scharfen Zischlaut – von dem man nicht genau sagen kann, ob er nun seiner Geilheit oder einem eventuellen Lustschmerz geschuldet ist – ausstößt.

Letztendlich fliegt Tobias' Oberteil zu Boden und Timo schiebt den Besitzer desselben ins Schlafzimmer, jedoch ohne von ihm abzulassen. Mit einem leichten Schubs platziert Timo seinen Freund auf dem Bett und kniet sich augenblicklich auf dessen rechten Arm, was Tobias zunächst mit einem leicht erschreckten Blick beantwortet.

„Ich entführe dich jetzt in die Neujahrswelt der Lust. Um dorthin zu gelangen, darfst du dich jedoch nicht bewegen. Deshalb habe ich es verhindert, dass du den Arm um mich legst."

Mit diesen Worten beugt sich Timo kurz nach vorn und zieht etwas unter dem Kopfkissen hervor.

„Damit du jedoch deine Hände wirklich im Zaum hältst, kommen diese Teile heute endlich zum Einsatz", zischt er halblaut und legt das neulich gekaufte Handschellenpaar gekonnt um die Gelenke seines Gespielen.

„Und weil du nicht vorab sehen sollst, was ich alles mit dir anzustellen gedenke, habe ich in dieser Nacht etwas ganz Besonderes für dich", haucht Timo weiter und legt Tobias die Augenmaske ebenfalls an, sodass es von jetzt auf gleich dunkel um diesen wird und er lediglich leise Feuerwerkslaute aus der Ferne und das heiße Atmen seines Verwöhners vernimmt.

„Was ... was ... hast du vor?", keucht Tobias mit heiserer Stimme, als er spürt, dass Timo weiter an seiner noch übriggebliebenen Kleidung nestelt und er somit binnen weniger Sekunden nackt – und aufgrund der Fesseln ziemlich wehrlos – vor seinem Lover liegt.

„Soll man immer so neugierig sein?", kommt es in leicht amüsiert klingendem Tonfall von Timo, der den Anblick seines ihm ausgelieferten und mittlerweile hochgradig erregten Freundes genießt. „Es gilt im Übrigen das gleiche wie schon neulich. Du antwortest nur auf meine Fragen und hältst ansonsten deinen Mund, Herr Obermoserkopp. Verstanden?"

„Aber ich habe doch gar nichts ...", versucht Tobias sich zu rechtfertigen, wird jedoch sofort von Timo unterbrochen.

„Doch, du hast. Die ganze Fahrt über hast du an meinem Fahrstil herumgemeckert. Und was ist? Dein holder Wagen steht heil und unversehrt auf seinem Platz. Also ... ich denke, das muss mit einer kleinen Strafe geahndet werden. Aber vor allem hast du jetzt Sendepause, ist das angekommen? Sonst werde ich auf der Stelle nach einem Tuch suchen, das man als Knebel zweckentfremden kann. Also, wie lautet deine Antwort?"

„Ich ... ich ...", beginnt Tobias, der sich unter den ihn mittlerweile wie unabsichtlich streichelnden Fingern Timos windet.

„Hast du kapiert, Großer? Ja oder nein! Du hast die Wahl, mit oder ohne Knebel."

Timo lässt sich durch Tobias' Keuchen und Stöhnen nicht im Mindesten beeindrucken und setzt sein Spiel an dessen mittlerweile hoch aufragenden Schwanz ungerührt fort. Sorgsam ist er einerseits darauf bedacht, Tobias nicht zu sehr zu reizen, damit der nicht zu früh über die Klippe fällt – ihn andererseits jedoch derart hochzubringen, dass er sich auf einem Level befindet, auf dem er eigentlich nach Erlösung giert.

„Ja, okay, aber ... oh mein Gott, was tust du?", stößt Tobias hervor und es klingt mehr wie ein erstickter Schluchzer.

„Ruhe jetzt oder ich sorge für selbige", flüstert Timo ihm ins Ohr, bevor mit der Zungenspitze sanft Tobias' Gehörgang touchiert und sich von dort abwärts leckt, während eine seiner Hände damit beschäftigt ist, Tobias' Zentrum der Begierde konstant zu reizen und seine Erregung aufrecht zu erhalten.

Plötzlich stellt Timo abrupt alle Aktivitäten ein und erhebt sich zeitgleich vom Bett. Grinsend beobachtet er, wie Tobias irritiert den Kopf wendet und wohl gerade etwas sagen will. Im letzten Augenblick erinnert der sich jedoch daran, dass er zum Stillsein vergattert wurde, schließt somit seinen Mund und sein Gesicht nimmt einen gespannten Ausdruck an.

Leise, um Tobias nicht zu verraten, was in diesen Augenblicken passiert, kleidet sich Timo rasch aus und huscht an seine Tasche. Ohne ein Geräusch zu verursachen, entnimmt er derselben einen kleinen, heimlich von ihm besorgten Analvibrator und das Fläschchen mit dem Massageöl, bevor er sich auf leisen Sohlen erneut dem Ort der ultimativen Lust nähert.

Tobias dreht seinen Kopf mehrfach hin und her, kann aber anscheinend nicht genau lokalisieren, ob Timo nun links oder rechts von ihm steht. Ohne einen Laut von sich zu geben, öffnet Timo die kleine Flasche und lässt probeweise einen Tropfen der gut duftenden, glitschigen Substanz auf Tobias' Oberkörper fallen. Dieser zuckt im ersten Moment zusammen, dann jedoch entspannt er zusehends, erwartet er doch ein ähnliches Spiel wie vor kurzer Zeit.

Zunächst verteilt Timo die Flüssigkeit auf Tobias' Brust und zwickt selbigem dabei mehrfach in die vor Lust gereizten, steifen Nippel, sodass dieser große Mühe hat, nicht laut aufzustöhnen – was er sich jedoch lieber verkneift, da ihm schließlich der Mund verboten wurde.

Statt weiterer kleiner Tröpfchen auf seiner Haut spürt Tobias jedoch plötzlich etwas Kaltes an seinem Hintereingang. Reflexartig zieht sich sein Körper etwas zurück, entspannt sich allerdings sofort aufs Neue, da gleichzeitig zarte Fingerkuppen zum Einsatz kommen und für ein wohliges Gefühl sorgen.

„Und nun bleib ganz locker, denn jetzt wirst du völlig neue Sphären der Lust erleben", raunt Timo und lockt ein leises Keuchen aus Tobias' Mund hervor.

„Hast du etwas gesagt?", hakt er sofort nach, was Tobias augenblicklich durch ein heftiges Kopfschütteln verneint.

„Okay, ich werde das noch einmal durchgehen lassen. Glück gehabt. Deiner kleinen Bestrafung wirst du dennoch nicht entgehen können. Da du die gesamte Zeit über im Auto nur herumgenöselt hast, werde ich dir jetzt beweisen, dass ich mit technischen Geräten, die einen

Motor besitzen, perfekt umgehen kann. Sofern du wissen möchtest, was ich damit genau meine, dann sprich jetzt!"

„Ich weiß nicht. Das ist alles dermaßen …", stammelt Tobias.

„Schscht! Hör jetzt genau hin."

Im selben Moment stellt Timo den kleinen akkubetriebenen Analvibrator an und ein summendes Geräusch macht sich im Raum breit. Erneut spürt Tobias dieses kalte Gerät an seinem Höllentor, das Timo unterdessen mit ein wenig Massageöl gefügig gemacht hat. Mehr und mehr versenkt er das kleine Spielzeug in Tobias, zieht es zwischenzeitlich wieder ein Stückchen heraus und sorgt nach gewisser Zeit dafür, dass der brummende Lustspender schließlich derart weit in Tobias' Innerem verschwindet, dass dieser unter der analen Wollust fast die Besinnung verliert und sich mehrfach aufbäumt. Tobias' Schwanz ist inzwischen unter dieser Behandlung zu einer stahlharten Lanze angewachsen, die kurz vor der Explosion zu stehen scheint.

„Möchtest du jetzt vielleicht Erlösung oder willst du dich noch eine Weile in deiner Ekstase hin- und her winden? Antworte!"

Tobias ist jedoch zu keinem vernünftigen Wort mehr fähig. Er ringt förmlich nach Luft und sein Körper bebt an allen Extremitäten.

„Antworte!", ruft Timo abermals.

Unverdrossen verrichtet der kleine Vibrator seinen Dienst und summt leise vor sich hin, während Tobias weiterhin nicht in der Lage ist, kontrollierte Laute über seine Lippen zu bringen.

„Okay, also steigern wir das Ganze ruhig noch ein wenig", wirft Timo in wollüstigem Ton in den Raum. Er lässt den elektrischen Helfer brummend in Tobias' Hintereingang stecken, eilt mit wenigen Schritten in den Raum und ist bereits einen Moment später zurück bei dem sich ekstatisch windenden und vor Erregung beinahe schluchzenden Tobias.

Mit raschen Handgriffen befestigt er zwei Klemmen an Tobias' steinharten Nippeln, sodass dieser vor Schreck aufschreien möchte, was er jedoch im letzten Moment wegen des noch immer herrschenden Verbots zu verhindern weiß.

„Na Herr Baumeister, gerade noch die Kurve gekriegt, oder? Ich lasse es mal gelten, der gute Wille muss ja schließlich belohnt werden. Wie ist das nun? Soll ich die Klemmen lieber wieder lösen oder möchtest du jetzt sofort kommen? Oder gar beides? Was ist dir lieber? Willst du leiden oder brauchst du die ultimative Erlösung? Sprich!"

„Kommen ... ich will ... endlich kommen, bitte", presst Tobias unter heftigen Zuckungen hervor. „Bitte, lass mich jetzt abspritzen."

„Dein Wunsch soll erfüllt werden, immerhin warst du sehr brav", murmelt Timo leise und steuert den Vibrator jetzt in der Art und Weise, dass er genau auf die Prostata seines Lovers zielt. Dadurch wird diese derart gereizt, dass Tobias bereits wenige Sekunden später anfängt zu pumpen und mittels Handunterstützung durch Timo sein Sperma in hohem Bogen aus seinen Lenden katapultiert. In mehreren Fontänen schießt es aus ihm heraus, bevor er endlich ermattet zusammensinkt.

„Geil!", ist das einzige Wort, das er nach einigen Minuten zu sprechen imstande ist, nachdem er sich wieder in der Realität einfindet.

„Hat es dir gefallen, Herr von und zu?", kommt es fragend von Timo, während er die Vibration abschaltet.

„Du weißt schon, dass die Klemmen wieder runter müssen? Das wird gleich ein wenig ziepen."

„Bin doch kein Mädchen, also mach endlich. Und ja, es war einfach nur der Oberhammer. Ich bin bloß erstaunt, woher du das alles kennst. Mein kleiner, braver Student, da tun sich absolute Abgründe auf. Aber … es gefällt mir. Und nun nimm mir bitte diese Dinger ab und wenn es geht, die Handschellen auch gleich, Ach ja, ich denke, der Vibrator könnte jetzt auch raus, oder?"

Lächelnd greift Timo zu den Klemmen und löst sie, was einen überraschten Aufschrei von Tobias zur Folge hat.

„Fuck, das zwiebelt ja richtig. Wow, da schießt einem das Blut sofort wieder an die wichtigen Stellen. Du bist wirklich eine kleine Sau, doch gerade das mag ich ja an dir."

„Bist du nun weiterhin der Meinung, dass ich nicht mit Maschinen umgehen kann oder habe ich dir das Gegenteil bewiesen?"

Ein Grinsen in Timos Stimme untermalt diese Frage, während er das Analspielzeug entfernt und die Handschellen löst. Kaum dass er seine Hände wieder uneingeschränkt nutzen kann, zieht Tobias seinen Freund mit einem Ruck an sich.

„Und jetzt zeige ich dir mal, womit ich gut umgehen kann, du kleiner Quälgeist. Immerhin bist du bislang nicht zu deinem Recht gekommen, das geht gar nicht."

„Och, ich wollte, dass du erst mal gut ins neue Jahr kommst oder besser gesagt, als Erster kommst, ich kann warten."

„Musst du jetzt nicht mehr, gleich werde ich dafür sorgen, dass du nur noch Sterne siehst und an ein zweites Feuerwerk glaubst."

Daraufhin drückt Tobias Timo einen harten Kuss auf den Mund und dann hört man nichts mehr außer gelegentlichen Lustlauten und leisem Stöhnen, ab und zu untermalt von letzten verirrten Böllern und einigen Raketen, die draußen durch die Nacht knallen und ein glückliches neues Jahr verheißen sollen.

FRÜHJAHRSKONTROVERSEN

Mit einem Tophit aus den aktuellen Charts auf den Lippen und Brötchen sowie Croissants unter dem Arm klingelt Timo gegen neun Uhr an Tobias' Haustür. Dieser hingegen wirkt an jenem eigentlich recht warmen Frühlingsmorgen alles andere als gut gelaunt, sondern eher missgestimmt.

„Warum denn so miesepetrig, Herr Baufachwirt? Ist Ihnen eine Laus über die Leber gelaufen oder haben wir etwa in der letzten Nacht davon geträumt, wie es wäre, eine schöne Tasse frisch gebrühten Kamillentee zu trinken?"

„Ach, nun schau dir das an! Diesen Postboten, den werde ich mir greifen, sobald er mir das nächste Mal begegnet. Manchmal frage ich mich, ob ich in dieser Gegend die Verteilstelle für unzustellbare Briefe oder sogar ein Ablagepunkt für Unrat bin", entgegnet Tobias in mürrischem Ton und deutet mit der Hand auf einen kleinen Papierberg, der sich auf der Arbeitsplatte seiner Küche befindet.

Lächelnd schaut Timo auf die kleine Sammlung, die sich ihm darbietet.

„Vielleicht solltest du deinen Briefkasten ebenfalls mit einem Zusatzschild versehen, dann würdest du ..."

„Nun komm mir nicht so!", fällt Tobias ihm ins Wort. „Falls du nämlich jetzt das Wort Diplomfachwirt in den Mund nimmst oder einen deiner anderen Ausdrücke, dann ..."

Timo schüttelt grinsend den Kopf.

„Nein, ich meinte eher den Zusatz *'Keine Werbung'*."

„Ach, mir geht es eigentlich gar nicht um die Werbe-
prospekte. Vielmehr habe ich mich darüber geärgert,
dass dieser blöde Postzusteller zwei Briefe eingeschmis-
sen hat, die an Pascal gerichtet sind. Der wohnt doch
nun wirklich schon einige Monate nicht mehr bei mir,
wie wohl mittlerweile bekannt sein sollte."

Erst jetzt betrachtet Timo die Umschläge genauer,
nimmt einen davon in die Hand, legt ihn kurz darauf
leicht nickend zurück und beginnt, die mitgebrachten
Rundstücke in den dafür vorgesehenen Korb zu sortie-
ren.

„Die Briefe scheinen wichtig zu sein. Der eine kommt
sogar von einer Behörde", fügt er seinem Handeln hinzu.

„Das ist mir scheißegal. Ich habe mit dem Typen
nichts mehr zu tun und erst recht nicht mit seiner Post.
Der Bote bekommt von mir einen Satz heiße Ohren und
hinterher kann er den gesamten Müll gleich mitnehmen."

In Tobias' Blick kann man aufsteigenden Zorn erkennen. Timo jedoch schaut ihn weiterhin gelassen an.

„Ich meine, wir haben doch heute sowieso nichts
Außergewöhnliches geplant. Vielleicht sollten wir nach
dem Frühstück einen kleinen Abstecher in die Stadt wagen."

„Und was möchtest du heute bei diesem Trubel in
der City?", fragt Tobias mit verständnislosem Gesichtsausdruck nach, während Timo herzhaft von einem Crois-
sant abbeißt und mit vollem Mund antwortet.

„Nun, wir könnten bei Pascal am Blumengeschäft
vorbeigehen und ihm seine Post bringen. Vielleicht
schenkst du mir dann ja auch mal ein paar Rosen."

Tobias, der eben in sein Brötchen beißen will, bleibt
aufgrund dieses Vorschlags vor Überraschung der Mund

offen stehen. Er lässt die Hand mit dem Frühstücksge-
bäck langsam sinken und starrt Timo einigermaßen fassungslos an.

„Samma, bist du jetzt von allen guten Geistern verlassen, oder was? Ich soll diesem Idioten tatsächlich seinen Kram hinterherschleppen? Wer bin ich denn? Ein
Postdienst oder eine Agentur für bekloppte Aufträge?
Nee, mein Lieber, nicht mit mir. Da soll sich Mister
Blume mal schön selbst drum kümmern, wenn er Fristen
oder was auch immer versäumt, weil er zu blöd ist, allen
seine neue Anschrift mitzuteilen. Und überhaupt, wie
kommst du auf das schmale Brett, ich würde dir ausgerechnet bei ihm irgendwelche blödsinnigen Riechstängel
kaufen? Ich und Blumen schenken. Bei deiner Mutter
war das okay, aber bei dir? Wenn ich dir etwas Schönes
besorgen würde, wären es garantiert keine stinkenden
Rosen, sondern eher etwas Praktisches, neue Jeans oder
ein schickes Hemd zum Beispiel."

Zunächst amüsiert, dann jedoch langsam ernster
werdend schaut Timo Tobias während seines Ausbruchs
in die Augen. Ist es wirklich nur die Wut auf den Postboten, die da in ihm hochkocht oder sind da eventuell noch
Gefühle für Pascal vorhanden? Nein, eigentlich scheint
Tobias mit seiner Vergangenheit ganz gut abgeschlossen
zu haben, zumindest ist er auch gar nicht der Typ für
lange Trauer, es ist also wohl doch eher so, dass er bloß
am Pöbeln ist, weil ihn selbst eine Kleinigkeit wie diese
wie jedes Mal in Rage treibt.

„Du solltest dich lieber nicht dauernd derart stark
aufregen, zu guter Letzt muss ich dich noch mit einem
Herzkasper ins Krankenhaus fahren", versucht er in be-
sänftigendem Tonfall, Tobias zu beruhigen.

„Wenn hier einer fährt, bin das ohnehin ich, das ist
dir inzwischen hinlänglich bekannt, oder?", giftet Tobias
maulig zurück.

„Klar, aber was wäre, wenn du nicht mehr fahren kannst und das Telefon gerade tot ist? Und alle Handys sind zufällig leer und sämtliche Nachbarn wurden von Aliens entführt, was dann?"

Timo kann sich ein Schmunzeln kaum verkneifen und hat Mühe, seine Stimme ernst klingen zu lassen.

„Du schaust dir eindeutig zu viele schlechte Filme an, kleiner Student", kommt es bereits deutlich freundlicher von Tobias, der seinem Freund zunehmend interessiert gelauscht hat und dessen Versuch, ihn aufzuheitern, ausnahmsweise dankbar annimmt.

„Und außerdem, was gefällt dir nicht an meinen Jeans und Hemden? Habe ich dich jemals blamiert?", kann es sich Timo dennoch nicht verkneifen, Tobias nochmals ein wenig aufzustacheln.

„Das nicht ...", gibt Tobias in gedehntem Ton zurück, „... aber ich finde viele deiner Oberteile recht unpraktisch."

„Was ist an denen denn nicht korrekt?"

Man kann Timo die Verwunderung anhören, im gleichen Moment erkennt er die Teufelchen in Tobias' Blick.

„Man müsste sie schneller entfernen können, falls du verstehst, was ich meine", antwortet Tobias, zieht Timo mit einem schnellen Ruck hoch und presst seine Mitte fest gegen dessen Becken.

„Du verdammte geile Sau", kann Timo gerade noch keuchen, bevor Tobias ihm das Hemd mit einem beherzten Griff aufreißt und ihm gleichzeitig einen fordernden Kuss auf den Mund presst.

*

Ungefähr eine halbe Stunde später sitzen beide Herren schwer atmend und mit leicht geröteten Gesichtern erneut am Frühstückstisch. Timo hat sich bereits vollständig – wenngleich auch mit einem anderen Hemd – angekleidet, während Tobias sich lediglich in einer knappen Boxershorts sein Brötchen einverleibt. Dabei starrt er ständig auf Timos Oberteil, was diesen nach einiger Zeit leicht verunsichert.

„Was ist denn nun schon wieder? Hab ich die Marmelade auf meiner Knopfleiste verteilt oder mir Kaffee in die Hemdtasche gekippt?", fragt Timo verwundert und weiß Tobias' Blick nicht so recht zu deuten.

„Sofern es nur das wäre. Doch mal ganz ehrlich, siehst du das nicht?", kontert Tobias und greift mit der rechten Hand an Timos Hemdärmel. „Dieses Ding war mal weiß und jetzt hat es einen komischen Rosastich. Das solltest du in die Tonne werfen. Du weißt ja, wo die steht. Sicherlich hast du noch ein anderes mit, das nicht derart verfärbt ist, dass es peinlich wirkt. Wie ist dir das denn bloß passiert? Bist du dir nicht bewusst, dass man Wäsche trennt?"

Augenblicklich beginnt Timo zu schmunzeln.

„Ach das meinst du", versucht er dabei zu erklären. „Also bei uns in der WG ist derzeit die Waschmaschine defekt. Deswegen sind mein Mitbewohner Benjamin und ich in das nächste Center gegangen und haben unsere Wäsche dort in eine der Maschinen katapultiert. Irgendwie haben wir dabei wohl ein rotes Teil übersehen und das hat letztendlich ein paar Sachen eingefärbt. Jedoch ehrlich gesagt, ich finde das nicht allzu schlimm. Das gibt dem Hemd irgendwie immerhin einen ganz besonderen Charme."

Abrupt springt Tobias vom Frühstückstisch auf und läuft erzürnt durch alle Räume.

„Ich glaube, mir kommt der Kaffee von vorgestern hoch. Du hast also nichts Besseres zu tun, als mit einem deiner komischen Mitbewohner in einen Waschsalon zu schlendern und deine Plünnen gemeinsam mit den seinen in einer der Maschinen zu waschen? Wie eklig ist das denn? Wahrscheinlich habt ihr eure Unterwäsche ebenfalls zusammen in die Trommel geworfen, oder etwa nicht?"

„Und was ist daran derart verwerflich, dass du so dermaßen ausrastest?", fragt Timo nicht minder irritiert als zuvor. „Ich habe damit keinerlei Problem."

Die letzte Aussage scheint Tobias noch wütender zu machen als er ohnehin schon ist. Aufgebracht rennt er noch immer von Zimmer zu Zimmer und zieht sich dabei zunächst ein T-Shirt und anschließend eine Hose über.

„Das ist absolutes No-Go! Warum in Gottes Namen packst du deine Klamotten in solche ekligen Waschmaschinen? Und all das noch zusammen mit fremden Sachen? Oder steht dir der Typ etwa näher als du zugeben magst? Ich meine, mir soll es egal sein, du kannst schließlich machen, was du willst, jedoch finde ich das alles einfach unhygienisch und abstoßend. Und du siehst doch, was dabei herauskommt, verfärbte Hemden! Außerdem ..."

„Behalte mal kurz dein Wort, Tobias Andresen!", wird dieser in leisem, dennoch ernstem Ton von Timo unterbrochen. „Möchtest du etwa damit zum Ausdruck bringen, dass du denkst, ich hätte etwas mit Benjamin?"

„Wer weiß! Ich sehe doch nicht, was du anstellst, wenn du in dieser dämlichen Wohngemeinschaft pennst. Wahrscheinlich bist du ja glücklich dort, sonst hättest du dich vielleicht in der Zwischenzeit bereits um eine bessere Bleibe gekümmert."

„Gut, mein Lieber. So haben wir nicht gewettet, denn das muss ich mir nicht bieten lassen. Ich habe lediglich meine Wäsche gewaschen und mehr nicht, und wenn du meinst, daraus ein riesiges Drama veranstalten zu müssen, dann denk mal ein wenig darüber nach, was ich in dieser von dir so verhassten WG so treibe und ob ich dort glücklich bin. Ich für meinen Teil bin jetzt weg. Und noch etwas. Das Hemd behalte ich, egal, ob es verfärbt ist oder nicht. Ich mag es und werde es weiterhin tragen, unabhängig davon, ob es dem Herrn Oberbaurat gefällt."

Während dieser Worte erhebt sich Timo von seinem Platz, packt seine Tasche, holt sogar die Zahnbürste, die er sonst stets bei Tobias gelassen hat, aus dem Bad und zieht die Wohnungstür von außen vernehmlich hinter sich zu.

Kaum ist Timo draußen, hört er Tobias von drinnen brüllen und anschließend ein Krachen, splitterndes Glas und einen dumpfen Knall. Im ersten Augenblick ist er ein wenig verwundert, dann jedoch überzieht ein leichtes, wenngleich etwas trauriges Lächeln sein Gesicht. Das ist wieder einmal typisch sein Tobias. Wenn der wütend ist, dann ... was mag da jetzt wohl zerborsten sein? Moment ... SEIN Tobias? Ist er das noch? War er es jemals oder ... war das letzte halbe Jahr nur eine Illusion einer einigermaßen harmonischen Partnerschaft? Hat Tobias je ein Wort darüber verlauten lassen, was er für Timo empfindet? Und ... hat er selbst das irgendwann einmal getan? Nein! Timo gesteht sich ein, dass auch er Tobias gegenüber niemals seine Gefühle geäußert hat. Weshalb eigentlich nicht?

Langsam geht Timo in Richtung der Bushaltestelle. Ständig werden seine Gedanken dabei trauriger, denn er spürt, dass er im Begriff ist, den Menschen, der ihm derzeit am meisten auf der Welt bedeutet, endgültig zu verlassen. Warum nur musste Tobias derart extrem den eifersüchtigen Gockel geben? Nur wegen ein paar Wäschestücken, die sich gemeinsam in einer Trommel befunden haben. Wenn dieser dreimal dämliche, aber dennoch total liebenswerte Mister Diplomfachwirt nur nicht so ein cholerischer Mistkerl wäre, dann … ja, unter diesen Umständen hätte es klappen können.

Timo merkt nicht, dass es zu regnen beginnt, er längst an der Haltestelle vorbeigegangen ist und ziellos durch die Gegend rennt. In seinem Inneren tobt ein Kampf. Soll das tatsächlich alles gewesen sein? Ein paar Monate toller Sex und nun Bye, Bye?

Verdammt … dieser Idiot … Tobias hat anscheinend nie bemerkt, wie viel er Timo bedeutet und … jetzt ist es wohl besser, dass er nicht weiß. Ein paar einsame Tränen rinnen über Timos Wangen hinab. Aus und vorbei!

TRENNUNGSSCH(M)ERZ

„Verdammte Scheiße", brüllt Tobias durch seine Wohnung und schaut dabei auf die Scherben der Vitrinentür, die durch den Wurf eines Teelichthalters komplett zu Bruch gegangen ist. „Jetzt kann ich dieses Idioten wegen Geld für ein neues Möbelstück ausgeben. Soll der doch glücklich werden in seiner beschissenen Wohngemeinschaft. Von mir aus kann er den ganzen Tag damit verbringen, mit diesem komischen Benjamin zu poppen. Der kann machen, was er will. Ich brauch den nicht, diesen Scheißkerl."

Weiter vor sich hin tobend beseitigt Tobias den verursachten Schaden in seinem Wohnzimmer.

„Und das mit der Wäsche geht erst recht nicht. Warum hat er mich denn nicht gefragt? Er hätte meine Maschine jederzeit benutzen dürfen. Wahrscheinlich war sich der Herr zu fein dafür, obwohl er das eigentlich nicht ist. Verstehe einer diesen Studenten. Ach egal, soll er sich gehackt legen und in seiner Umgebung versauern. Für mich hat sich das erledigt."

Tobias kehrt die letzten Scherben zusammen und lässt sie im Mülleimer verschwinden. Dabei erhascht er einen weiteren Blick auf die Briefe, die an seinen Ex-Freund Pascal adressiert und versehentlich bei ihm gelandet sind. Das trägt natürlich nicht zur Verbesserung seiner Laune bei.

„Am liebsten würde ich diese Dinger gleich mit wegschmeißen, doch allem Anschein nach sind die wirklich wichtig. Also gebe ich die dem Zusteller wieder mit, jedoch nicht ohne einen passenden Spruch. Bringen werde ich ihm die auf gar keinen Fall. Was für eine

Schnapsidee von Timo. Obwohl ein Tag in der Stadt besser gewesen wäre als dieser Streit. Vor einer Stunde haben wir noch im Schlafzimmer gevögelt und jetzt ist er weg – und kommt wahrscheinlich niemals mehr zurück. Aber er ist freiwillig gegangen, dann wollte er es so. Nein Tobias, du wirst ihm nicht hinterherlaufen."

Unterdessen räumt Tobias den Frühstückstisch ab, stellt das benutzte Geschirr in die Spülmaschine und spürt dabei ein kleines, jedoch nicht zu vernachlässigendes Zwicken in der Magengegend, als er die Tasse in der Hand hält, aus der Timo kurz zuvor getrunken hat.

Über sich selbst den Kopf schüttelnd rollt er mit den Augen und fährt mit seiner Arbeit fort. Stumm wischt er über den Tisch, saugt die Krümel auf und beginnt eilig, den Staub von seinen Möbeln zu entfernen und überall durchzuwischen.

Schließlich ist er im Schlafzimmer angelangt und drosselt abrupt seine Geschwindigkeit, mit der er in der letzten Stunde durch die Räume gefegt ist, um alles auf Hochglanz zu polieren. Mit traurigem Blick schaut er auf das zerwühlte Bett und spürt Timos Geruch in seiner Nase. Für einen Moment ist es so, als könnte er ihn jederzeit berühren, festhalten und küssen – wie es ihm belieben würde – derart präsent ist der Duft in diesem Raum.

Nein! Er ist weg und das wird Tobias in diesem Augenblick erst richtig bewusst. Weg! Nicht mehr da! Vielleicht sogar endgültig. Zum ersten Mal seit langer Zeit wischt sich Tobias eine Träne aus dem Auge und schüttelt die Decken auf. Wirklich alles riecht irgendwie nach Timo, so als hätte es sich in diesem Zimmer förmlich festgesetzt. Plötzlich folgt ein weiterer Stich in Tobias' Herz. Als er das Kissen hochnimmt, auf dem Timo geschlafen hat, findet er etwas, was ihn an die schönen Zeiten mit ihm erinnert – die Augenmaske.

Total durchnässt kommt Timo geraume Zeit später zu-hause an. Er steckt den Schlüssel ins Schloss und will sich unauffällig über den Flur in sein Zimmer schleichen, als genau in diesem Moment die Küchentür aufgeht und ausgerechnet Benjamin vor ihm steht.

„Was machst du denn am Wochenende hier und weshalb bist du völlig durchnässt? Ist alles okay bei dir oder wolltest du vielleicht einfach mal eine Art Naturdu-sche ausprobieren?", kommt es mit einem fröhlichen Augenzwinkern von demselben, woraufhin Timo einmal tief Luft holt, um keine allzu dämliche Antwort zu geben, und sich an einem etwas schrägen Grinsen versucht.

„Hast du heute etwa Clown auf Toast gefrühstückt, Benni? Aber im Ernst, es ist mir tatsächlich irgendwann aufgefallen, dass es etwas feucht von oben kommt, und dass ich nicht ganz trocken geblieben bin, spüre ich im wahrsten Sinne des Wortes auf der Haut. Ich glaube, man nennt diesen wässrigen Kram, der da vom Himmel fällt, Regen oder so."

„Und warum bist du gerade heute nicht mit dem Bus gefahren, so wie sonst? Ich meine ...", beginnt Benjamin erneut, wird jedoch von Timo sofort unterbrochen.

„Sei mir nicht böse, mein Guter, aber ich möchte ers-tens in frische, nicht ganz so triefende Klamotten schlüp-fen und zweitens gerne allein sein. Ist das für dich in Ord-nung?"

„Klar doch, ich versteh schon. Liebeskummer oder etwas in der Art. Sonst rennt kein Mensch draußen rum, wenn es gießt."

Leise einen alten Song aus einem Musical, in dem es um Gesang im Regen geht, vor sich hin summend ent-fernt sich der Mitbewohner, während Timo in sein Zim-mer eilt und sogar die Tür hinter sich abschließt.

Seufzend lässt er dort seine Tasche auf den Boden fallen und steht einen Augenblick wie benommen in der Mitte des Raumes. Ein plötzliches Zittern macht ihm die Nässe seiner Kleidung bewusst und veranlasst ihn, sich zunächst aus seinen Sachen zu schälen. Eigentlich würde er gern duschen, aber ihm steht weder der Sinn nach irgendwelcher Konversation mit einem der anderen Bewohner, noch nach dem kalten Wasser, das seit gestern aus der Brause im Badezimmer tröpfelt. Der Hausmeister will erst zu Beginn der nächsten Woche für die Reparatur sorgen, von daher verkneift er sich den Besuch der Nasszelle und schlüpft stattdessen in seine ausgebeulte Lieblingsjogginghose und einen warmen Hoody, dessen Kapuze er sich sogar über den Kopf zieht. Kaum zu glauben, dass noch vor wenigen Stunden warmer Sonnenschein dem Frühling alle Ehre gemacht hat und es jetzt stattdessen gießt, als würde sich die nächste Sintflut ankündigen.

Mit einem Seufzer hebt er seine kleine Tasche aufs Bett. Da er nun nicht mehr zwischen seinem Zimmer und Tobias' Wohnung hin und her pendeln wird, kann er sie getrost endgültig auspacken und anschließend oben auf dem Schrank deponieren. Rasch entnimmt er ihr sowohl die saubere, als auch die dreckige Wäsche, die Ersatzschuhe und natürlich ebenso die Zahnbürste, die er bei Tobias im Bad stehen hatte. Ganz zum Schluss fallen ihm die kleinen Fläschchen mit dem Öl, die Handschellen und der kleine Vibrator in die Hände. Verträumt blickt er auf die Sachen. Vorsichtig stellt er das spaßbringende Spielzeug einmal kurz an und denkt amüsiert an Tobias' zunächst überraschtes, dann jedoch lustverzerrtes Gesicht bei ihrem heißen Spiel zu Silvester zurück.

Aus und vorbei! Das Lächeln erlischt ebenso rasch, wie es gekommen ist. Tobias wird sich nie ändern und er selbst wird sich seinerseits niemals einengen oder gar unterdrücken lassen. Trotzdem zwickt es Timo in der Herzgegend, als er die kleinen Gegenstände in einer Schublade verstaut. Seufzend denkt er an Benjamins Worte zurück.

Liebeskummer! Sein WG-Kumpel hat damit, ohne es zu wissen, tatsächlich den Nagel auf den Kopf getroffen, doch was nützt es, dass ihm genau in diesem Moment auffällt, dass er Tobias ehrlich und aufrichtig liebt? Jetzt, wo es zu spät ist. Er ist gegangen, weil ihn diese dämliche Eifersucht einfach nur genervt hat. Warum nur konnte Tobias ihm nicht einfach vertrauen, wieso hat er ihm nie mit auch nur einem Wort gesagt, ob und was er für ihn empfindet?

Mit geschlossenen Augen liegt Timo später auf dem Bett. Tobias fehlt ihm doch ziemlich stark, mehr als er gedacht hätte. Wie schön hätte es an diesem Tag werden können, wenn … aber wie heißt es so schön … hätte, hätte, Fahrradkette. Erneut lösen sich ein paar Tränen aus Timos Augen und versickern in der Kapuze, bis er für einen Moment leicht wegdöst.

*

Am nächsten Mittwochnachmittag gegen vierzehn Uhr. Schlecht gelaunt verschließt Tobias sein Büro und stolpert ziemlich nachdenklich zu seinem Auto. Mittlerweile sind bereits mehrere Tage vergangen, seit Timo abrupt die Wohnung mit Sack und Pack verlassen hat. Genauso lange hat er nichts mehr von ihm gehört – weder einen Anruf oder eine Textnachricht noch eine E-Mail hat er von ihm erhalten. Wahrscheinlich meint er es völlig ernst und möchte mit ihm nichts mehr zu tun haben.

„Was genau habe ich nur falsch gemacht?", fragt sich Tobias halblaut, während er hinter dem Lenkrad Platz nimmt und sich leicht irritiert mit der rechten Hand durch die Haare fährt. „Vielleicht bin ich wirklich ab und zu mal ein wenig zu weit gegangen. Nicht ständig, jedoch sicherlich ziemlich oft, sodass er schließlich genug von mir hatte. Aber ihn trifft ebenfalls eine Mitschuld. Wieso kann dieser Blödmann mich nicht einfach mal fragen, ob er etwas bei mir benutzen darf? Statt einfach den Mund aufzumachen, steckt er seine Wäsche lieber in fragwürdige Maschinen, bei denen man besser nicht so intensiv nach Sauberkeit suchen sollte. Doch sobald ich etwas gesagt habe, kam sofort ein Contra von ihm. Obwohl – wenn ich ganz tief in mich gehe, war genau das manchmal gerechtfertigt. Das beste Beispiel war, als ich derart ausgerastet bin, weil mir dieser Besoffene den Glühwein über den Mantel gegossen hat. Da ist Timo schon recht cool geblieben und ich habe – wie so häufig – den arroganten Spießer gegeben und absolut überzogen reagiert."

Für einen Augenblick hält Tobias mit seiner Selbstkritik inne, schaut in den Rückspiegel, lässt das Fahrzeug an und fährt im Schritttempo vom Parkplatz des Bauamts. Dabei hängt er derart intensiv seinen Gedanken nach, dass er in diesem Moment nicht einmal in der Lage ist, seinem gewohnten Fahrstil zu frönen.

„Abgeschleppt haben die mich, weil ich zu blöd war, zu parken. Selbst schuld, Andresen. Fünfhundert hätte es kosten müssen, damit es mir richtig wehgetan hätte. Timo habe ich an dem Tag wieder den schwarzen Peter zugeschoben – oder es zumindest versucht. Klar, dass der nichts mehr von mir wissen möchte. Einen Mann, der ihn derart beschissen behandelt, hat er absolut nicht verdient. Er braucht jemanden, der ihn liebt und zu ihm steht – und nicht jemanden wie mich, der nur darauf wartet, ihn mit blöden Sprüchen zu konfrontieren. Er ist ein wunderbarer Mensch, der mir häufig die Stirn geboten und mich damit mehrfach auch aus der Reserve ge-

lockt hat. Ach egal, es ist sowieso vorbei, ich hab es ver-
masselt und er auch. Wir tragen beide die Schuld. Ist
wurscht, Vergangenheit, abgeschlossen für immer."

Tobias verstummt und bremst ab, da die Ampel, an
der er rechts zu seiner Wohnung abbiegen muss, auf Rot
schaltet. Ein paar Jugendliche passieren die Straße und
schauen leicht provozierend zu ihm ins Auto. Für einen
Moment überlegt Tobias, ob er ihnen die Meinung sagen
soll, entscheidet sich im nächsten Augenblick jedoch dagegen. Mit einer verneinenden Kopfbewegung legt er
den ersten Gang ein und wartet auf grünes Licht. Sein
Blinker tickt unaufhaltsam, das Geräusch hämmert wie
Pauken in seinen Ohren. „Klick, klack – Klick, klack!" In
Abständen von Sekunden derselbe, nervenaufreibende
Ton, der ihm sonst nicht einmal aufgefallen ist. Um sich
abzulenken schaut er – ohne gezielt nach etwas zu suchen – in sein Handschuhfach, dabei kann er aus den Augenwinkeln einen der Halbwüchsigen erkennen, der ihm
einen Stinkefinger zeigt. Nein, er wird sich nicht daran
stören, nicht dieses Mal.

Die Lichtzeichenanlage schaltet um, doch Tobias
biegt nicht ab. Er fährt stattdessen geradeaus – fünfhundert Meter, dann müsste er links abbiegen, danach die
zweite rechts und anschließend noch gut anderthalb Kilometer geradeaus fahren, um die Wohnung der WG, in
der Timo lebt, zu erreichen.

„Einfach mal schauen, ob das Haus noch steht – das
kann schließlich nicht verboten sein", nuschelt er vor
sich hin und nähert sich dabei der Linksabbiegerspur, deren Ampel ebenfalls Rot zeigt.

In Gedanken versunken spürt er, wie sein Herz zu rasen beginnt. Ein Gefühl, das sich vielleicht als eine Art
Aufregung bezeichnen lässt. Zitternde Knie, eine
schweißnasse Stirn und eine trockene Kehle untermalen

diesen Eindruck, je mehr er sich der Adresse nähert, unter der Timo sein Zimmer angemietet hat.

„Soll ich da vielleicht einfach klingeln?", fragt er sich leise und stellt sein Auto etwa einhundert Meter vom Eingang entfernt ab. „Ich möchte einfach nur Klarheit und deshalb soll er mir ins Gesicht sagen, dass er nichts mehr mit mir zu tun haben will. Anschließend werde ich das akzeptieren, doch ich möchte ihm ebenfalls sagen, wie ich denke und was ich in den letzten Stunden und Minuten, vielleicht sogar Tagen gefühlt habe."

Entschlossen steigt Tobias aus und geht die paar Meter zur Wohnung zu Fuß. An der Haustür bleibt er für einen Moment kurz stehen, atmet tief ein, nimmt schließlich allen Mut zusammen und drückt den Klingelknopf, woraufhin wenige Sekunden später der Türsummer zu hören ist.

Tobias überwindet die Treppe in den ersten Stock, indem er immer zwei Stufen auf einmal nimmt. Es ist, als könnte es ihm plötzlich nicht schnell genug gehen, Timo endlich gegenüberzustehen. Doch nicht der Erwartete lehnt in der geöffneten Wohnungstür, sondern ein Mann, der ihm vollkommen unbekannt ist, hinter dem er allerdings folgerichtig Benjamin vermutet, da außer den beiden Männern nur noch zwei weibliche Bewohner der WG angehören. Entsprechend herablassend mustert er den jungen Mann, der ihm neugierig entgegenblickt und ihm lächelnd einen guten Tag wünscht.

„Na ob der gut ist, werden wir erst mal sehen", blafft er den vermeintlichen Nebenbuhler an, dessen Gesicht daraufhin sofort ein paar Nuancen ernster wird.

„Na dann eben nicht. Was kann ich denn wohl für dich tun oder hast du dich in der Adresse geirrt?", kommt die nicht eben freundliche Antwort von Benjamin, der nun seinerseits den unerwarteten Besucher von oben bis unten mustert und dabei zu dem

Schluss kommt, dass dieser es zumindest nicht wert ist, sich über ihn zu ärgern.

„Haben wir als Kinder zusammen im Sandkasten gespielt oder warum werde ich hier ungehörigerweise geduzt? Also ehrlich, ein Benehmen ist das, typisch Studenten in einer WG. Zu Herrn Mayer möchte ich, ist er zuhause?"

Man kann Tobias anmerken, dass in ihm zum ungezählten Mal die Wut hochzukochen beginnt und er sich nur mühsam beherrscht, um nicht komplett aus der Rolle zu fallen.

Mit einer leicht pikiert hochgezogenen Augenbraue verschränkt Benjamin die Arme vor der Brust, versperrt somit den Eingang und verhindert zudem automatisch Tobias' neugierige Blicke, mit denen er die Wohnung zu überschauen versucht.

„Sofern du den Timo meinst, den du so förmlich mit Herrn Mayer betitelst, könnte es tatsächlich sein, dass dieser zugegen ist. Aber bevor ich nicht weiß, wer überhaupt nach ihm verlangt, werde ich einen Teufel tun und nachsehen. Also, beginnen wir noch einmal von vorn. Mit wem habe ich das Vergnügen?"

Knirschend schluckt Tobias eine weitere heftige Erwiderung hinunter. Ihm ist klar, dass er zu diesem Zeitpunkt mit bösen Worten keine großen Erfolge erzielen wird, also schwenkt er um und stellt sich höflich vor.

„Mein Name ist Andresen, Diplomfachwirt Tobias Andresen. Könnte man jetzt bitte in Erfahrung bringen, ob Timo zuhause ist?"

In diesem Moment öffnet Timo – wohl durch die nicht eben leise geführte Diskussion auf dem Flur aufmerksam geworden – seine Zimmertür und starrt mit großen Augen auf Tobias, der seinerseits ebenfalls in

Timos Blick versinkt, bis er sich schließlich gewaltsam losreißt und Benjamin ansieht.

„Vielen Dank für Ihre Mühe, ich denke, ich habe Herrn Mayer gefunden. Könnten Sie uns jetzt bitte allein lassen?"

Mittlerweile hat auch Timo sich wieder gefangen und steht nun vor Tobias, der sich weiterhin im Treppenhausflur befindet.

„Was zum Henker tust du hier und warum machst du Benjamin derart doof von der Seite an? Habe ich dir etwas geklaut oder doch aus Versehen einen Teebeutel bei dir vergessen?"

Als wären Timos Worte Messerstiche, zuckt Tobias förmlich zusammen und seine eben noch geraden Schultern sacken ein wenig nach vorn. Innerlich muss er Timo recht geben, er hätte Benjamin nicht so von oben herab behandeln dürfen, aber das kann er jetzt wohl schlecht zugeben, da eben dieser Mitbewohner grinsend und feixend an der Küchentür lehnt und somit natürlich jedes Wort mitbekommt.

„Ähm … ich war gerade … ich dachte … ich meine …", beginnt Tobias – für ihn gänzlich untypisch – zu stammeln.

„Na was denn nun? Willst du nicht reinkommen? Ich habe kein Problem damit, falls du das befürchten solltest und die anderen Bewohner haben ebenfalls keine Vorurteile gegenüber studierten Leuten."

„Können wir uns eventuell irgendwo anders unterhalten? Nicht hier, wo die Wände Ohren haben?"

Fast kleinlaut wirkt Tobias in diesem Moment, sodass Timo zustimmend nickt, nach seiner Jacke sowie dem Schlüssel greift, Benjamin mit einer weiteren Kopfbewegung zu verstehen gibt, dass alles in Ordnung ist, anschließend zu Tobias auf den Flur tritt und die Tür hinter sich ins Schloss zieht.

„Und was schlagen Eure Hoheit vor? Etwa ein Lokal der etwas feineren Art oder gar lediglich einen simplen Bäcker? Zum Spazierengehen ist es wohl heute etwas zu ungemütlich, oder? Also?"

„Wie wäre es, wenn wir mit meinem Wagen ein Stückchen rausfahren und später irgendwo rasten und uns aussprechen?"

Einen Augenblick überlegt Timo, bevor er Tobias mit einer zustimmenden Geste signalisiert, dass er mit dem Vorschlag einverstanden ist.

Mit einer Geschwindigkeit, die teilweise nur knapp über dreißig liegt, fährt Tobias mit Timo von dannen. Sein Blick konzentriert sich ausschließlich auf die Straße, als gliche diese einem Parcours voller Hindernisse, der seine völlige Aufmerksamkeit erfordert. Timo hingegen schaut lächelnd zur Seite und beobachtet den unsicher wirkenden Tobias, der bereits bei weniger als fünfzig Kilometer in der Stunde in den sechsten Gang schaltet und somit seinen heiß geliebten Wagen fast abwürgt.

„Nun, Tobias, du wolltest mit mir reden. Fang an", wirft Timo irgendwann ein, um die Stille und die angespannte Stimmung ein wenig aufzulockern.

„Du kannst dir wohl absolut nicht vorstellen, dir nicht einmal ansatzweise einen Reim darauf machen, weshalb ich mich dazu überwunden habe, in deiner WG aufzutauchen, oder?"

Timo schüttelt den Kopf.

„Wahrscheinlich habe ich tatsächlich einen Teebeutel vergess…"

„Hör doch einfach mal auf mit dem Schwachsinn. Selbst falls ich solch ein stinkendes Teil gefunden hätte, wäre es egal gewesen. Es ist schließlich nur Tee", unterbricht Tobias Timo halblaut, was diesen abermals ein wenig schmunzeln lässt.

„Aha. Und weshalb genieße ich nun die Ehre deines Besuchs?"

Anfangs druckst Tobias ein wenig herum. Mehrmals setzt er einen Satz an, scheint ihn jedoch nicht richtig herauszubringen.

„Habe ich ein Hörproblem oder solltest du zum Logopäden gehen? Ich verstehe zumindest kein Wort", wirft Timo ein und daraufhin bricht es aus Tobias heraus.

„Meine Güte, Junge, ich habe dich vermisst. Verstehst du mich jetzt oder soll ich brüllen? Du hast mir gefehlt, du Blödmann! Einfach mir nichts dir nichts abzuhauen, nur, weil ich dein Hemd kritisiert habe."

„Ja! Abgehauen stimmt, aber ...", stellt Timo klar, „... das Hemd war nicht der ausschlaggebende Punkt. Es war diese einengende Art, mit der du mir vorschreiben wolltest, wo ich meine Wäsche zu waschen habe, das ging mir auf den Keks."

„Den du nicht auf dem Kopf hast", murmelt Tobias leicht lächelnd vor sich hin und fängt sich deshalb einen kleinen Stupser auf den rechten Arm ein.

„Und ich vögele nicht mit meinem Mitbewohner, sondern ausschließlich mit dir, du eifersüchtiger Bauamtsleiter. Ich habe dich übrigens genauso sehr vermisst, obwohl du manchmal ein richtiger Arsch sein kannst."

„Doch das magst du an mir, oder?"

„Manchmal", beantwortet Timo die Frage leise.

„Vor allem mag ich nicht nur deine doofen Sprüche, sondern dich. Und dass ich dir das so sage, das hat echt etwas zu bedeuten und nun brauche ich einen Kuss", fügt Tobias hinzu, lenkt das Fahrzeug auf den nächsten Parkstreifen und dreht seinen Kopf zu Timo, um diesem einen innigen Schmatzer auf die Lippen zu pressen, was der sich nur zu gern gefallen lässt.

„Lass es uns langsam beginnen", flüstert Timo. „Nicht, dass ich später wieder enttäuscht bin und erneut abhaue."

Tobias verneint diese Aussage mit einer Kopfbewegung.

„So leicht wird es hoffentlich in Zukunft nicht mehr sein."

„Häh? Klärst du mich bitte auf?", ruft Timo fragend.

„Meine Bude ist groß genug für zwei. Du kannst dein Zimmer kündigen und bei mir einziehen. Dann brauchst du nicht mehr unnötigerweise ins Waschcenter zu latschen und ich habe keine Bedenken mehr, dass du mit dem Typen in der WG vögelst, obwohl der tatsächlich verdammt gut aussieht."

„Der ist aber heterooooo ...", wirft Timo lächelnd ein.

„Das sagen die alle und irgendwann wollen sie dann doch gefickt werden. Nein, Spaß beiseite. Überleg es dir in Ruhe, das Angebot steht."

„Unter einer Bedingung!"

„Und die wäre?"

„Meine Teesammlung darf mit einziehen."

„Na okay, irgendwelche Kompromisse muss ich wohl eingehen."

„Eben, Herr Bauminister. Und nun küss mich noch einmal wie eben, das habe ich mindestens genauso vermisst wie dieses Auto und dein Aftershave und was weiß ich, also gib mir deine Lippen."

Im nächsten Moment verstummt das Gespräch zwischen beiden Männern und man kann lediglich ein paar Knutschgeräusche vernehmen, die davon zeugen, dass Tobias in seiner Wohnung bald nicht mehr allein sein wird.

UMZUGSGEPLÄNKEL

„Mein Gott, Timo! Kannst du dich denn nicht langsam mal beeilen? Wir essen zeitig!"

Ungeduldig läuft Tobias neben seinem Auto auf und ab und ruft halblaut durch die geöffnete Tür ins Treppenhaus hinein, während Timo den letzten Karton aus seinem WG-Zimmer die Stufen hinabwuchtet.

„Es scheint dich wohl gar nicht zu interessieren, dass ich hier im absoluten Halteverbot stehe und sogar ein Knöllchen für dich riskiere", meckert Tobias weiter und sieht Timo grimmig an.

„Sofern sich der Herr Oberbauminister, der sich Tobias Andresen schimpft, dazu bequemt hätte, vielleicht mal mit anzufassen, bräuchte er sich absolut keine Gedanken mehr über das falsche Parken zu machen und ich wäre außerdem längst in der Lage gewesen, mit Häubchen und Schürzchen am Herd zu stehen, um ihm seine Lieblingsspeise zuzubereiten", kommt es keuchend von Timo, da eben jene Kartonage viel zu schwer ist, aufgrund der Tatsache, dass er diese wohl ein wenig zu voll gepackt hat.

„Studenten haben eben nichts in den Knochen und brauchen ständig und in allen Lebenslagen Unterstützung. Ich habe dir immerhin ein paar Schränke ausgeräumt, in denen du dich breitmachen kannst. Und deinen hässlichen Deckenfluter habe ich ebenfalls ins Fahrzeug bugsiert, obwohl mir nicht ganz klar ist, wohin du den stellen willst."

Timo hat mittlerweile den offen stehenden Kofferraum erreicht und lässt das überfüllte Teil mit letzter Kraft dort hineinplumpsen. Nachdem er seinen hastigen Atem ein wenig reguliert und sich den Schweiß von der

Stirn gewischt hat, grinst er Tobias an und erklärt ihm, dass eben dieses verhasste Beleuchtungselement seinen Platz im Arbeitszimmer bekommen soll, und zwar direkt neben dem neuen Schreibtisch, den Tobias vor gar nicht allzu langer Zeit in einem noblen Möbelhaus am Stadtrand erworben hat.

„Du willst doch nicht etwa diesen widerlichen Sperrmüll neben einem Designerstück platzieren? Was ist denn das für ein Stilbruch?"

„Darüber können wir uns später unterhalten, Herr Andresen! Lass uns erst mal los, ich brauche dringend eine Dusche."

„Nein", winkt Tobias unwirsch ab, „das möchte ich klären, bevor wir von hier abfahren."

„Es geht nicht ständig nur nach deinem Willen, Tobili Jones! Ich für meinen Teil bin nass bis auf die Haut und muss mich ein wenig frischmachen. Von daher werde ich jetzt nicht mit dir darüber diskutieren, wo wir welche Dinge platzieren. Ich habe eh nur ein paar Kartons und keinerlei Möbel, da ich die schließlich an den Nachmieter in der WG verkauft habe. Da wird es doch wohl möglich sein, mein Lieblingsstück, das ich bereits als Schüler in meinem Zimmer hatte, neben diesen dämlichen Schreibtisch zu stellen."

Mit wütendem Blick steigt Tobias ins Auto und fährt, nachdem Timo sich ebenfalls sauer auf den Beifahrersitz hat fallen lassen, ohne zu blinken und mit durchdrehenden Reifen in Richtung seiner Wohnung.

„Wir haben eben häufiger unterschiedliche Ansichten. Ich finde das Teil absolut nichtssagend und hässlich, es passt auch nicht wirklich zu meinem Einrichtungsstil, sondern eher zu deinen durchlöcherten Jeans", raunzt Tobias und steigt im nächsten Moment mit voller Wucht in die Eisen, da er wieder einmal die Geschwindigkeitsbegrenzung nicht beachtet und einen Blitzer erst im letzten Moment entdeckt hat. Die Bremswirkung ist derart heftig, dass die umstrittene Lampe von hinten nach vorn gedrückt wird, gegen die Mittelkonsole prallt und eine nicht zu übersehende Delle davonträgt.

„Boah, das hast du extra gemacht", kommt es mehr als zornig von Timo, der einen blitzenden Blick in Tobias' Richtung schickt.

„Mann, nein! Dieser blöde Starenkasten. Den hatte ich absolut nicht auf dem Schirm."

Beinahe entschuldigend kommt dieser Satz über Tobias' Lippen, als wäre ihm klargeworden, dass er wohl wegen eben dieser Lampe eine unsichtbare Grenze überschritten hat.

Für einen Augenblick herrscht absolute Stille im Fahrzeug. Ab und zu sieht Tobias verstohlen zu Timo hinüber, dieser würdigt ihn jedoch keines Blickes. Erst als sie Tobias' Domizil, in dem Timo von nun an ebenfalls sein Zuhause finden soll, erreicht haben, wirft Timo ein „ob zerbeult oder nicht, die Lampe stelle ich neben deinen Schreibtisch, und damit basta!" ein, reißt die Beifahrertür auf, geht an den Kofferraum und zieht eben diese mit einem Ruck heraus.

Knurrend schiebt sich Tobias hinter dem Lenkrad hervor und sieht Timo einen Moment lang mit zusammengezogenen Augenbrauen nach.

'Na, das fängt ja gut an', schießt es ihm durch den Kopf. *'Ob das alles tatsächlich eine gute Idee war? Ich lasse mir doch von diesem Studenten nicht auf der Nase herumtanzen!'*

Seufzend schnappt er sich den überfüllten Karton und schleppt ihn ächzend in den Flur seiner Behausung.

„Hey, nun komm schon, ich hab es nicht so gemeint!", ruft er halblaut in die Räumlichkeiten, um die angespannte Situation ein wenig abzuschwächen, bekommt jedoch keine Antwort. Suchend geht er herum und findet Timo schließlich im Arbeitszimmer vor, wo der die leicht ramponierte Leuchte mit einem Lappen wienert. Das durch die Jahre etwas mitgenommene Stück steht tatsächlich an der von Timo vorgesehenen Stelle und bildet einen etwas eigenartigen Kontrast zum Rest der Möbel. Vor allem neben dem eschefarbenen Designerschreibtisch mit den verchromten Beinen, dem drehbarem Pult für die Computermaus und einer ausziehbaren Tastaturhalterung wirkt das Teil ungefähr so passend wie ein Mann mit Anzug und Krawatte auf einer Beachparty. Dennoch nickt Timo zufrieden und rückt sie noch ein wenig hin und her, bevor er sich zu Tobias umdreht.

„Siehste, geht doch. Passt, wackelt und hat Luft."

Missmutig schaut Tobias auf das seltsame Stillleben, schluckt die ihm auf der Zunge liegende Bemerkung jedoch herunter und wendet sich ab. In ihm kocht es und er ist absolut nicht willens, sich das bieten zu lassen, das wiederum muss er Timo ja nicht unbedingt gleich auf die Nase binden. Immerhin ist es seine Wohnung, also wird das so gemacht, wie er es will. *'Timo wird schon sehen'*, denkt er sich und grinst.

„Würdest du deinen Alabasterkörper jetzt wieder in Bewegung setzen und den Rest mit ausräumen, damit ich meinen Wagen endlich auf den Parkplatz bringen kann? Wenn die Türen derart lange offen stehen bleiben, kommen viel zu viele Fliegen ins Innere, das gilt für die Eingangstür übrigens ebenso."

„Oh, ich bitte vielmals um Entschuldigung, Herr Oberfliegenverscheucher, ich bekenne mich schuldig, die Haustür eben nicht hinter mir geschlossen zu haben.

Hoffentlich werde ich deshalb nicht auf Lebenszeit in einen Kerker verbannt", frotzelt Timo zynisch und fängt sich einen funkelnden Blick aus Tobias' Augen ein.

„Keine Ahnung, doch ich werde mir gegebenenfalls eine gehörige Strafe für dich einfallen lassen müssen."

Tobias' Stimme klingt zwar weiterhin relativ ärgerlich, man kann jedoch unschwer erkennen, dass er in Gedanken bereits bei jener Aktion ist, die er Timo soeben angedroht hat. In seiner Jeans zeigt sich ebenfalls eine erste Reaktion, was darauf schließen lässt, dass die angedachte Bestrafung eher nicht jugendfrei zu sein scheint.

„Und nun sieh endlich zu, dass du deinen Arsch in Richtung Auto schiebst, duschst und hinterher das Chaos hier beseitigst. Und falls du mich nett bittest, helfe ich dir sogar ... vielleicht. Ist ja schlimm mit den Studenten heutzutage."

Tobias ist gerade an der Tür, als er von Timo derb an der Schulter gepackt und gegen den Rahmen gedrückt wird. Timos Lippen pressen sich hart auf seine und eine Hand legt sich heiß und fordernd auf die kleine Beule in seiner Hose. Keuchend schnappt Tobias wenige Sekunden später nach Luft.

„Was war das denn jetzt, du Rotzlöffel?"

„Nun, ich dachte, wenn ich schon unter die Dusche gehe, könntest du mich eigentlich begleiten, oder? Das würde zumindest Wasser sparen und sollte dir vielleicht schon deshalb gefallen. Und damit du weißt, was dich erwartet, sollte das ein kleiner Vorgeschmack sein. Aber du musst natürlich nicht, es war nur so eine blöde Idee eines dummen, kleinen Studenten, der sonst kein Benehmen hat und veraltete Lampen anschleppt, die ein Herr Oberbaurat nicht in seinem sonst so perfekt eingerichteten Domizil wünscht."

Damit dreht sich Timo weg und verschwindet nach draußen. Tobias starrt ihm nach und schüttelt nicht nur innerlich den Kopf. Dieser verdammte Mistkerl schafft es doch jedes Mal aufs Neue, ihn derart anzumachen, dass sein Schwanz das Regiment übernimmt und sein Hirn abschaltet.

Dennoch kann sich Timo trotzdem nicht alles erlauben, das muss er ihm unbedingt noch einmal deutlich klarmachen, allerdings erst später. Jetzt müssen zunächst alle Kartons und Kisten in die Wohnung gebracht werden. Und überhaupt, Möbel werden in seinen Zimmern genauso aufgestellt, wie er es für richtig befindet. Mit einem Handgriff schnappt sich Tobias die verbeulte Lampe und stellt sie in die äußerte Ecke des Raumes, sodass sie durch das danebenstehende Regal fast zur Gänze verdeckt wird. Befriedigt und selbstsicher nickt Tobias. So ist es besser. Wenn das zum Schreien hässliche Stück schon da sein muss, dann wenigstens ziemlich unsichtbar. In der Ecke soll es seinethalben stehenbleiben, vielleicht sollte er demnächst noch ein weiteres Regal besorgen, das würde dieses verhasste Ding sogar noch ein wenig mehr verdecken.

Leise vor sich hin pfeifend verlässt Tobias den Raum, lehnt die Tür an und geht nach draußen, um Timo beim restlichen Entladen des Wagens zur Hand zu gehen.

DIPLOMFACHWIRT? – NEIN DANKE!

Als Tobias den Kofferraum seines Wagens erreicht, bleibt er plötzlich wie erstarrt stehen. Fragend schaut Timo ihm ins Gesicht.

„Was ist denn nun schon wieder? Hat sich etwa doch eine Fliege ins Auto verirrt oder weshalb guckst du, als ob du gerade jemanden überfahren hättest?"

Tobias hat seinen Mund noch immer leicht geöffnet. Fassungslos überlegt er, ob er Timo nun darauf antworten oder es lieber schlucken soll.

„Na sag schon? Habe ich deinen Wagen irgendwie beschmutzt und werde jetzt zur Innenreinigung mit anschließender lebenslanger Haft verurteilt?", hakt Timo weiter nach.

Aus Tobias' anfänglicher Verwirrung wird augenblicklich Zorn.

„Das zahlst du!", bricht er plötzlich hervor.

„Was zahle ich?", fragt Timo unwissend. „Den Sprit, den du für mich verfahren hast? Ich kann dir gleich einen Zwanziger auf deinen Designerschreibtisch legen, damit du tan..."

„Timo, halt einfach mal den Mund!", unterbricht Tobias ihn harsch. „Siehst du denn nicht, was du angerichtet hast?"

Timo, der sich in diesem Moment absolut keiner Schuld bewusst ist, zuckt mit tausend Fragezeichen im Kopf die Schultern und hebt erstaunt die Augenbrauen.

„Sorry, ich kann dir gerade nicht folgen", schließen sich seine Worte an.

„Deine Scheißlampe hat meine Mittelkonsole zerkratzt", brüllt Tobias los.

„Jetzt bitte ich dich aber, du hast immerhin die Bremse be…"

„Ich habe was? Du hättest dir darüber im Klaren sein müssen, dass ich diese Lampe nicht wollte. Warum hast du dieses Ding nicht einfach dorthin verbracht, wo es hingehört? Auf den Müll zum Beispiel!"

„Pff!", zischt Timo durch seine Zähne, schnappt sich einen Karton und trägt diesen in die Wohnung. „Wenn du nicht auf deine Geschwindigkeit aufpassen und nur durch eine Vollbremsung verhindern kannst, dass du deinen Lappen nicht verlierst, ist das verdammt noch mal dein Problem, mein lieber Herr Superrasend und Oberwütend! Von mir aus bleib noch eine Weile vor deinem Auto stehen und blas Trübsal. Ich verschwende keine Zeit mehr damit, dich in deinen Ausbrüchen zu unterstützen, sondern werde mich jetzt, wie ich es vorhatte, unter die Dusche begeben. Sofern du dich beruhigt hast, kannst du gern nachkommen", ruft er ihm auf dem Weg dorthin noch zu. Tobias hingegen bleibt voller Wut zurück.

Nein! Er wird jetzt nicht klein beigeben, Timo ein weiteres Mal siegen lassen, ihm ins Bad folgen, um dort Versöhnungssex zu haben. Obwohl Tobias allein bei dem Gedanken daran, von Timos packenden Berührungen verwöhnt zu werden, abermals eine äußerst starke Erregung verspürt, bleibt er stur. Soll Timo doch spüren, dass diesmal ER mit dem unsachgemäßen Transport dieses verhassten Lichtspenders eine gehörige Spur zu weit gegangen ist.

Etwa fünf Minuten später beschließt Tobias, den letzten Karton aus dem Fahrzeug zu räumen, sein Auto umzuparken und ordnungsgemäß zu verschließen. Der immerhin gut drei Zentimeter lange Kratzer ist nicht so einfach wegzudiskutieren, darüber wird noch gesprochen werden müssen, doch nicht in diesem Moment.

Tobias fühlt sich müde, deshalb beschließt er, zunächst Ruhe zu bewahren, selbst als er bemerkt, dass die von ihm eben umgestellte Lampe erneut an der Stelle steht, an die Timo sie anfangs platziert hat. Tobias lässt sich in seinen Sessel fallen und reckt sich. Weshalb nur ist er eigentlich so fertig? Ist es dieses schwüle Wetter, das ihn so dermaßen schafft oder ist es Timo, der siegessicher unter der Dusche in falschem Englisch Lieder trällert? Er weiß es nicht, er spürt lediglich, dass er Mühe hat, die Augen aufzuhalten.

Lediglich mit einem um die Hüften gebundenen Handtuch kommt Timo wenig später aus dem Bad. Sein Blick richtet sich verwundert auf Tobias. So hat er ihn bislang noch nicht kennengelernt. Eben noch derart aufgebracht, liegt dieser jetzt wie ausgelaugt in seinem Sessel und ist nicht in der Lage, auch nur ansatzweise eine Reaktion zu zeigen. Doch das wird er später zur Sprache bringen, zunächst öffnet Timo einen Karton und holt etwas daraus hervor, das im ersten Moment nicht klar zu erkennen ist. Es sieht beinahe aus wie eine Kleberolle, von der er ein Stück abschneidet, etwas darauf schreibt und hastig damit nach draußen eilt.

Irritiert schaut Tobias ihm hinterher. Was mag Timo in diesem Aufzug im Vorgarten wollen? Ächzend erhebt er sich und geht ihm nach. Timo wiederum steht gerade in der offenen Haustür und betrachtet etwas, was ihn zufrieden nicken lässt. Mit einem schnellen Blick erfasst Tobias, was dieses, ihm leicht spöttisch vorkommende Grinsen verursacht: Timo hat seinen Namen an der Klingel angebracht, doch natürlich nicht auf einem ordnungsgemäßen Schild mit gefrästen Lettern, nein, er hat ihn auf ein Stück Leukoplast geschrieben und einfach auf das vorhandene Exemplar geklebt ... und dabei den Zusatz „Diplomfachwirt" ausgelöscht.

„Sag mal, bist du jetzt völlig durchgeknallt?", faucht Tobias Timo an und macht Anstalten, den Pflasterstreifen umgehend wieder zu entfernen, wird jedoch von Timo mit einem beherzten Griff an seinen Arm daran gehindert.

„Was denn? Ich wohne jetzt schließlich hier, das darf jeder sehen und eventuelle Besucher müssen mich natürlich auch finden können. Oder willst du mich etwa verstecken?"

„Besucher? Ja glaubst du denn, meine Wohnung ist ein Café oder etwas in der Art, wo jeder hereinkommen darf, wann immer er möchte?", tobt Tobias weiter und versucht, seinen Unterarm aus Timos Klammergriff zu befreien, was ihm aus irgendeinem unerfindlichen Grund jedoch nicht gelingen will.

„Nun hör mir mal einen Augenblick zu, Mister Großgrundbesitzer oder was auch immer du zu sein beliebst. DU hast mir angeboten, hier zu wohnen, ICH habe dich nicht darum gebeten, oder? Also! Da werde ich ja wohl das Recht haben, meinen Namen anzubringen und gelegentlich sogar Freunde zu empfangen, denn sofern ich das richtig sehe, handelt es sich zwar nicht um ein Café, wie du eben so schön festgestellt hast, allerdings auch nicht um ein Kloster oder Fort Knox, sondern schlicht und ergreifend um eine Wohnung in einem Zweifamilienhaus."

Knurrend reißt sich Tobias endlich los und es gelingt ihm schließlich, besagten Klebestreifen von dem Messingschild zu entfernen. Anschließend stürmt er wütend ins Haus zurück, Timo folgt ihm langsam. Beide stehen sich plötzlich wie zwei Kampfhähne gegenüber, wobei Timo lediglich leicht aufgebracht wirkt, Tobias hingegen nach Luft schnappt und hörbar schnauft.

„Wieso hast du meinen Namen einfach abgerissen?", fragt Timo kurz darauf bestürzt. „Willst du mich hier nicht haben?"

„Das hat damit nichts zu tun. Aber erst schleppst du einen Haufen Sperrmüll an und nun verklebst du mit einem Stück Pflaster, oder was das auch immer sein soll, meine Berufsbezeichnung mit deinem Namen. Das sieht aus wie gewollt und nicht gekonnt", keift Tobias zurück und wirft besagten Streifen in den Abfalleimer.

„Deine mistige Berufsbezeichnung geht mir am Allerwertesten vorbei. Das war mir von Anfang an ein Dorn im Auge. Außerdem stelle ich mir die Frage, weshalb du dich an deiner Klingel mit deinem Beruf identifizieren musst. Hast du irgendeine Profilneurose oder so was?", kontert Timo mittlerweile wieder etwas lauter und ist soeben im Begriff, einen neuen Streifen von der Kleberolle abzuschneiden.

„Lass es! Du kannst nicht machen, was du willst", befiehlt Tobias in herrischem Ton.

„Gut! Ich lasse es! Aber wir müssen eine Lösung mit beiden Namen auf dem Türschild und ohne diese doofe Bezeichnung finden. Schließlich teile ich ja auch nicht jedem mit, dass ich studiere. Ich weiß außerdem im Moment nicht, was du dir vorgestellt hast, als du mich gebeten hast, zu dir zu ziehen, aber ..."

„Was aber? Na, was ist?", unterbricht ihn Tobias abrupt, sodass Timo lediglich verständnislos den Kopf schüttelt.

„Bist du dir sicher, dass ich meine Kisten wirklich auspacken soll? Ich meine, noch kann ich für ein paar Tage zurück. Der Nachmieter ist noch mindestens eine Woche im Urlaub, also genug Zeit, mir etwas anderes zu suchen. Überleg es dir, ich gehe mich in der Zwischenzeit anziehen."

„Bitte", kommt es plötzlich wesentlich leiser von Tobias, der erkennt, dass es Timo ernst ist und dass der kein Problem damit hat, ihn wieder zu verlassen – und das ist etwas, was er nun auf gar keinen Fall möchte. „Es … es tut mir leid. Ich habe überreagiert. Keine Ahnung, was mich derart wütend hat werden lassen. Vielleicht habe ich etwas Falsches gegessen oder ich vertrage das Wetter heute nicht oder was weiß ich. Lass uns morgen in Ruhe diskutieren, ja? Ich muss mich erst wieder daran gewöhnen, dass ich nicht mehr allein lebe. Vielleicht brauche ich einfach ein paar Tage, okay?"

„Gut, ich habe eigentlich auch gar keine Lust, diese dämlichen Kartons wieder zurückzuschleppen. Was hältst du davon, wenn wir es uns jetzt ein wenig gemütlich machen?"

Timos Stimme ist bei den letzten Worten immer leiser geworden und sein Gesicht befindet sich zum Schluss dicht vor dem von Tobias. Fragend schaut er seinem Freund in die Augen, zieht dessen Kinn mit dem Zeigefinger dicht zu sich heran und bekräftigt seine Frage mit einem eindringlichen und fordernden Kuss. Leise keuchend erwidert Tobias den erregenden Angriff.

„Ich mache mir jetzt eine Kleinigkeit zu essen", haucht Timo Tobias schließlich ins Ohr, „soll ich dir auch etwas mitbringen? Ich bediene dich sogar, selbst wenn ich kein Schürzchen habe."

Grinsend schaut Tobias Timo an.

„Danke ja, eine Scheibe Brot wäre nicht schlecht, eventuell habe ich heute ja bloß zu wenig gegessen, bei dem warmen Wetter habe ich eben kaum Hunger. Ich gehe schon mal ins Schlafzimmer und bereite das Bett vor, okay?"

„Was denn vorbereiten? Haben wir ein neues Spielzeug?"

„Nicht so neugierig, Herr Student. Außerdem … was das Schürzchen angeht – ich persönlich finde ja, dass dir Handtuch hervorragend steht, fast so gut wie Natur pur."

Im selben Moment, in dem er seinen Satz beendet hat, reißt Tobias Timo das Frotteetuch von der Hüfte und sieht wieder einmal bewundernd auf dessen wohlgeformten Hintern, der sich ihm präsentiert, da Timo bereits im Begriff ist, in die Küche zu verschwinden.

Mit deutlich besserer Laune zieht sich Tobias in den am Ende des Flures liegenden Raum zurück und legt sich, nachdem er sich ausgekleidet hat, auf die einladenden Matratzen. Lächelnd lauscht er dem Geklapper, das zu ihn dringt. Eigentlich ist er ja doch ziemlich zufrieden, dass Timo nun endlich ganz bei ihm ist.

Minuten später kommt Timo mit einem Tablett durch die Tür und bleibt gleich darauf mit offenem Mund direkt im Rahmen stehen. Fassungslos schüttelt er mehrfach den Kopf – denn leise Schnarchgeräusche künden davon, dass Tobias mittlerweile im Traumland weilt.

WAS IST DENN NUR MIT TOBIAS LOS?

Leise stellt Timo das Tablett ab und beugt sich über seinen schlafenden Freund. Irgendwie wirkt der absolut fertig und in diesem Moment sogar ein wenig zerbrechlich. Soll er ihn wecken und ihn ganz zart verführen oder wäre es besser, ihn einfach ein wenig ausruhen zu lassen? Timo überlegt einen Augenblick, kurz darauf entscheidet er sich zunächst dafür, sich einfach an ihn zu kuscheln und zärtlich in den Arm zu nehmen. Solche Momente gab es bislang höchst selten in ihrer Beziehung. Haben sie überhaupt eine solche?

Timo wird ein wenig nachdenklich. Was verbindet sie beide eigentlich? Ist es Liebe oder lediglich der Wunsch, jemanden in der Nähe zu haben? Oder ist es der Sex? Vielleicht ist es ein Mix aus allem. Im Bett läuft es schließlich ausnehmend gut und zumindest Timo kann von sich behaupten, dass er für Tobias innige Gefühle hegt. Von heute auf morgen wieder ohne ihn zu sein, kann und mag er sich absolut nicht vorstellen. Doch was in Gottes Namen führt ständig zu diesen Streitigkeiten? Klar, Tobias ist ein Hitzkopf, manchmal sogar ein arroganter Schnösel, und er selbst steht ihm in vielen Fällen in nichts nach. Aber egal! Sie können zwar nicht unbedingt miteinander, ohne einander geht es jedoch irgendwie auch nicht. Das hat die letzte Trennung immerhin ziemlich deutlich gezeigt.

Zärtlich streichelt Timo dem schlummernden Tobias über die Wange, haucht einen leichten Kuss darauf und fährt mit den Fingerkuppen weiter über dessen Hals hinab zum Oberkörper, berührt ganz sacht seine Brustwarzen, die sich unverzüglich aufstellen, und endet schließlich am Bauchnabel. Ist da etwa ein leises Schnurren zu hören? Oder handelt es sich bei dem kaum vernehmbaren Summen lediglich um ein missverständliches Schlafgeräusch? Timo fährt mit seinen Berührungen fort, tastet sich über Tobias' Haut und bemerkt, dass sich dessen Schwanz allmählich versteift. Ist es eine Folge dieser Zärtlichkeit? Timo weiß es nicht, beschließt jedoch, einfach weiterzumachen, um zu sehen, was geschehen wird. Ein Murmeln huscht plötzlich über Tobias' Lippen, das so klingt, als hätte er gesagt, dass er extrem müde wäre. Brütet er etwa irgendwas aus? Timos Blick drückt Besorgnis aus, da Tobias irgendwie glüht. Vielleicht liegt es einfach nur an der absolut drückenden Wetterlage in diesem Frühlingsmonat und ist hoffentlich nichts Ernstes.

Behutsam legt Timo seine Lippen auf Tobias' halboffenen Mund. Vorsichtig tastet er sich mit seiner Zunge vor, bis sein Gegenüber reagiert und beide letztendlich in einem bislang niemals dagewesenen Kuss verschmelzen, der in dieser Sekunde etwas ausdrückt, was sie sich nie zuvor gesagt haben. Normalerweise sind ihre Küsse hart, fordernd, sexuell, ja beinahe anrüchig. Dieser ist jedoch anders, er zeugt von Begehren, Leidenschaft, vielleicht sogar von Liebe. Blitze durchzucken Timos Körper, ein Donner entlädt sich in seiner Blutbahn und lässt seinen Schwanz hochschnellen. Eine hammerharte Erektion! Eigentlich würde er Tobias jetzt richtig rannehmen, sich hart in ihm versenken und ihn ficken, doch Timo entscheidet sich anders. Er wird Tobias lediglich zärtlich verwöhnen, vielleicht wird er ihn mit dem Mund befriedigen, über seine Haut lecken, ihn mit seinen Streicheleinheiten wahnsinnig machen und letztendlich voller Begierde liebevoll zum Abspritzen bringen.

„Was machst du?", säuselt Tobias irgendwann schlaftrunken.

„Schscht!", kommt es von Timo leise. „Mein kleiner, müder Bauamtsleiter soll sich ausruhen. Tu einfach gar nichts und lass dich von mir verwöhnen."

Tobias scheint tatsächlich mehr als ausgelaugt und fertig zu sein. In der Regel würde er jetzt hochschießen und ihm sagen, dass er sich von ihm nichts befehlen ließe, doch nun nickt er lediglich ganz schwach. Seine Augen sind geschlossen, das Gesicht wirkt leicht angespannt. Auf seiner Stirn haben sich winzige Schweißkügelchen gebildet, die Timo allmählich mit dem Zeigefinger verteilt oder wegküsst.

Zärtlich züngelt Timo über Tobias' ganzen Körper, vom Kehlkopf leckt er sich abwärts und nimmt sich abermals Tobias' Nippel vor, die sofort förmlich um weitere Liebkosungen betteln. Mehrfach nimmt Timo einen davon vorsichtig zwischen seine Zähne und knabbert daran, was Tobias trotz seiner offensichtlichen Müdigkeit ein leises Stöhnen entlockt und dessen Schwanz erwartungsvoll wippen lässt. Ein erster Lusttropfen perlt aus dem kleinen Loch an der Spitze, was Timo dazu verleitet, diesen mit den Lippen zu verteilen, dabei leckt er intensiv an dem harten Schaft auf und ab, bis sich Tobias' Becken seinem Mund immer stärker entgegenhebt.

Nach und nach lässt Timo den kompletten Ständer in seinem Rachen verschwinden. Hingebungsvoll saugt er an dem prallharten Teil, während seine Hände quasi überall sind – an den Innenseiten von Tobias' Oberschenkeln ebenso wie zwischen seinen Hinterbacken oder in der Leistengegend. Zwischendurch kratzt er mehrfach kurz über Tobias' Brustwarzen, die sich offensichtlich noch mehr verhärtet haben und sich selbst in dem im Zimmer vorherrschenden Halbdunkel deutlich von Tobias' noch blasser Haut abheben. Längst ist aus dem anfangs bedächtigen Stöhnen ein lautes Keuchen geworden und Tobias windet sich unter Timos Berührungen, sein Unterleib kreist und hebt sich Timo ständig aufs Neue entgegen, lechzt nach weiteren Streicheleinheiten und kraftvoll saugenden Lippen.

Timo spürt, dass Tobias knapp vor seinem Höhepunkt steht, daraufhin verstärkt er seine Anstrengungen, bis er fühlt, dass sich Tobias' Hoden in seiner Hand zusammenziehen. Im nächsten Moment schießt eine Ladung Sperma in Timos Mund, der sich nicht zurückzieht wie sonst, sondern zum allersten Mal alles schluckt, was aus Tobias' Schwanz geschleudert wird. Dabei beobachtet er aufmerksam das Mienenspiel seines Freundes, wie sich dessen Gesichtszüge von verzerrt und lustvoll zu entspannt und zufrieden verändern und er schließlich vollkommen relaxed mit geschlossenen Augen daliegt.

Interessanterweise kommt es Timo so vor, als würde er das zum ersten Mal sehen, dabei vögeln sie bereits seit Monaten miteinander, doch heute ist irgendwie alles anders. Nicht wild, sondern zärtlich, nicht fordernd, sondern schenkend.

Tobias atmet weiterhin heftig, als Timo hochrutscht und ihm einen Kuss auf die Lippen drückt. Bedächtig legt Timo seinen Kopf auf Tobias' Brust und umschlingt dessen Körper mit seinen Armen. Erneut fällt es Tobias schwer, wach zu bleiben, er bemüht sich jedoch redlich, Timos Kuscheleinheiten zur Kenntnis zu nehmen und ihm leicht über den Kopf zu streicheln. Kurz darauf ist Tobias im Begriff, sich nach vorn zu beugen, um Timos Körper nun ebenfalls mit Liebkosungen und Streicheleinheiten zu verwöhnen. Timo jedoch bemerkt, dass es Tobias in diesem Moment sichtlich schwerfällt, ihm steht die Erschöpfung förmlich ins Gesicht geschrieben, sodass Timo sich dafür entscheidet, ihn nicht weitermachen zu lassen.

„Tobi, du musst das jetzt nicht tun. Wenn du müde bist, dann schlaf dich aus. Ich bleibe einfach bei dir liegen und passe auf dich auf."

Timo erwartet zwar im selben Augenblick heftigen Widerspruch seitens Tobias', heute bleibt dieser jedoch aus. Zufrieden legt sich Tobias zurück in seine Kissen und ist wenige Minuten später erneut eingeschlafen. Liebevoll deckt Timo ihn zu und bettet seinen eigenen Kopf anschließend in Höhe von Tobias' Brust auf die Decke, sodass er dessen Herzschlag hören kann. Ganz gleichmäßig bummert es vor sich hin, ebenso geht Tobias' Atem. Timo fühlt sich zum allerersten Mal daheim – an diesem Ort und bei diesem Mann. Ob das Gefühl in Zukunft so bleiben wird, ist fraglich, doch genau zu dieser Sekunde ist es die richtigste und schönste Empfindung seit langem. Der Taktschlag aus Tobias' Brust lässt auch Timo irgendwann mit einem breiten Lächeln auf den Lippen zufrieden einschlummern.

MORGENSTUND ...

Etwa eine halbe Stunde vor dem Klingeln des Weckers öffnet Timo seine Augen, reckt sich einmal kurz und verlässt leise das gemeinsame Bett, allerdings nicht ohne das morgendliche Folterinstrument auf dem Nachttisch auszuschalten. Da Tobias noch immer in einer Art Tiefschlaf liegt, den Timo ihm von ganzem Herzen gönnt und den er ihn aus diesem Grund ungestört genießen lassen will, beschließt er, ihn zu gegebener Zeit liebevoll persönlich zu wecken, statt ihn durch ein schrilles Läuten martern zu lassen. Obwohl er sich an der Türkante zur Küche heftig das Knie stößt, gibt er lediglich einen stummen Schrei von sich und hält sich ein paar Minuten lang die lädierte Stelle.

Nachdem der Schmerz schließlich nachgelassen hat, bereitet Timo das Frühstück vor. Sicherlich wird Tobias einen starken Kaffee, Rührei mit Speck und frisch aufgebackene Brötchen nicht verschmähen. Der Verzicht auf seinen geliebten grünen Tee fällt Timo an diesem Morgen zwar schwer, er möchte Tobias jedoch den dadurch entstehenden Geruch ersparen, um ihm nicht sofort wieder schlechte Laune zu bescheren, und entscheidet sich deshalb ebenfalls für das schwarze, koffeinhaltige Gebräu, das mittlerweile duftend vor sich hin brodelt.

Plötzlich ist aus dem Schlafzimmer ein Geräusch zu vernehmen. Anscheinend ist Tobias aus der Traumwelt zurückgekehrt und die hiesige Erde hat ihn wieder, denn mit langsamen Schritten, gähnend und sichtlich verschlafen, betritt er, in einen Morgenmantel gehüllt, die Küche.

„Na, du Schlafmütze?", begrüßt Timo den Morgenmuffel Tobias mit einem Lächeln auf den Lippen.

„Mmmhh ... dir ebenfalls einen guten Morgen", nuschelt dieser leise, setzt sich ohne ein weiteres Wort an den Tisch und legt sich die Hände vors Gesicht.

Timo betrachtet Tobias' Verhalten mit sorgenvollem Blick. Selbst wenn dieser am Vortag vollkommen übermüdet gewesen ist, hat er doch immerhin mehr als zehn Stunden Schlaf hinter sich und sollte eigentlich fit sein. Die Vermutung, dass Tobias nicht gesund sein könnte, festigt sich immer mehr.

„Sag mal, geht es dir irgendwie nicht gut? Fühlst du dich krank?"

Tobias schüttelt den Kopf und winkt ab. Für einen Moment glaubt Timo, einen neuen Streit entfacht zu haben, indem Tobias ihm vorwerfen würde, dass ihn sein Gesundheitszustand nichts anginge, er sich lieber um seine eigenen Sachen kümmern solle und er nicht seine Mutter sei. Anders als erwartet kommt von Tobias jedoch lediglich ein: „Es ist alles okay!"

„Ich mache mir halt Sorgen, weil du echt kacke aussiehst. Vielleicht solltest du heute nicht ins Büro gehen."

„Oh, das ist ja nett, dass ich mittlerweile einem Fäkalsekret ähnlich sehe. Timo, mach dir keinen Kopf. Mir geht's gut, ich bin nur überlastet und ausgelaugt. Es gibt zurzeit ein paar Projekte im Amt, die mir den letzten Nerv rauben. Deshalb war auch gestern nicht mehr so viel mit mir anzufangen. Hinzu kommen dieses schwülwarme Frühlingswetter und dein Umzug, das hat mich einfach zu stark gefordert."

„Wenn das so ist, ruf doch im Bauamt an und melde dich krank. Einen Tag zu entspannen, vielleicht sogar im Bett zu bleiben, wäre sicherlich nicht das Schlechteste."

„Timo, nein! Und versuch erst gar nicht, mich mit deinen Sexangeboten umzustimmen. Sobald ich ausfalle, bleibt noch mehr liegen. Also werde ich besser heute die Altlasten weiter aufarbeiten und anschließend ein wenig Urlaub einreichen. Den habe ich mehr als nötig. Vielleicht passt es ja und wir könnten gemeinsam ein paar Tage in den Süden fahren."

Aus Timos Gesicht verschwindet jegliches Lächeln.

„Ich glaube, daraus wird nichts, denn das kann ich mir nicht leisten. Das Geld, das ich an der Tanke nebenbei verdiene, reicht kaum aus, um über den Monat zu kommen, ohne ..."

„TIMO!", unterbricht Tobias ihn harsch.

Ist es nun wieder soweit und Tobias rastet aus? Timo erwartet es bereits, doch es kommt abermals anders, als er denkt.

„Meinst du etwa, ich bin bescheuert und weiß nicht, wie es in Sachen Finanzen bei dir aussieht und dass du als Student nicht unbedingt die größten Sprünge machen kannst? Wenn ich sage, wir fahren in den Süden, meine ich damit, dass du dir keine Gedanken machen sollst, ob du das bezahlen kannst. Und nun hol endlich die Brötchen aus dem Ofen, die sind bereits fast schwarz!"

Irritiert und ein wenig nachdenklich kümmert sich Timo rasch um die kleinen Rundstücke, verbrennt sich dabei leicht die Finger, stößt zum zweiten Mal an diesem Morgen einen stummen Schmerzensschrei aus, wedelt hektisch mit seiner Hand und füllt anschließend zwei große Becher mit dem duftenden Wachmacher.

„Meinst du das ernst?", kommt es nach einer Weile zögernd über seine Lippen, während er hingebungsvoll Nussnougatcreme auf einer Brötchenhälfte verteilt, anschließend genüsslich davon abbeißt und dabei mehrfach auf seine Finger pustet.

„Würde ich es sonst sagen? Du kennst mich doch inzwischen eine ganze Weile, oder?"

Tobias belegt seine warmen Semmelhälften dick mit Salami und Käse, schaut Timo fragend an und widmet sich ebenfalls ausgiebig seinen Brötchen, bevor er zu Ei und Schinken greift.

Timo registriert erleichtert, dass Tobias zumindest mit gutem Appetit zulangt und sich das Frühstück schmecken lässt. Von daher passt es eigentlich ganz gut, dass sie beide etwas zu früh aus den Federn gekrabbelt sind, auf diese Weise müssen sie wenigstens nicht hetzen und haben genug Zeit, ihr Gespräch noch ein wenig fortzuführen.

„Ich glaube, über den Urlaub reden wir ein anderes Mal in Ruhe. Wie wäre es denn, wenn wir uns zunächst morgen und Sonntag ein ruhiges Wochenende gönnen, da du ja heute unbedingt noch arbeiten willst oder musst?", schlägt Timo Tobias kurz darauf vor, was diesem ein zustimmendes Nicken entlockt.

„Das klingt richtig gut in meinen Ohren, wobei ich es dir nicht übelnehmen würde, falls du gerne allein ausgehen möchtest. Ist schließlich nicht so, dass ich nicht auch einmal jung gewesen wäre."

„Oha, der Herr Obergroßvater spricht. Erstens will ich nicht ausgehen, sonst hätte ich das garantiert nicht vorgeschlagen, und zweitens bin ich gar nicht mehr sooooo jung. Dabei fällt mir ein, dass ich nicht einmal genau weiß, wie alt du eigentlich bist, darüber haben wir nie gesprochen. Komisch, oder?"

„Das ist ja auch gar nicht so wichtig, oder? Beim Vögeln ist das nun definitiv irrelevant, aber ich verrate es dir gern: Ich bin fast dreiunddreißig."

„Wow, das hätte ich jetzt nicht gedacht. Wann wechselst du denn zur Schnapszahl? Ich meine, wegen Überraschungsparty und so weiter", zwinkert Timo

Tobias übermütig zu, er hat nämlich bemerkt, dass dieser ziemlich gespannt auf Timos Reaktion gelauert hat, so als wäre er sich nicht sicher, wie diese ausfallen würde.

„Wenn du Ärger mit mir haben willst, dann mach ruhig", knurrt Tobias erwartungsgemäß und schnauft im nächsten Augenblick heftig. „Ach guck an, du hast mich verarscht. Na warte, das gibt Rache, da kannst du Gift drauf nehmen."

Langsam, aber sicher wird Tobias munterer und kommt allmählich in Fahrt, was Timo mit deutlicher Erleichterung zur Kenntnis nimmt. Lieber ein zickiger, streitender Tobias, dem er Paroli bieten kann, als ein kränklich wirkender Mann, um den er sich Sorgen machen muss und mit dem er nicht so recht etwas anfangen kann.

„Keine Panik, mach ich nicht, sonst gibt es nicht nur Ärger mit dir, sondern sicher ebenso mit den Nachbarn. Apropos Nachbarn, ich habe die noch nie gesehen oder gehört, dabei ist die Wohnung über dir doch bewohnt, oder?"

Tobias schenkt höchstselbst Kaffee nach, bevor er antwortet.

„Klar ist sie das. Bisher haben wir bloß Glück gehabt."

„Verstehe ich nicht. Was meinst du damit, Herr Rätselkönig?"

„Über mir, oder besser gesagt über uns, wohnt ein altes Ehepaar. Beide sind knapp an die achtzig und leben glücklicherweise die meiste Zeit des Jahres zum Überwintern irgendwo in Spanien. In den Monaten September bis April halten sie sich lieber in der Wärme auf, doch in den nächsten Tagen werden sie garantiert eintreffen und bis Ende August hierbleiben. Dann ist es mit der

Ruhe vorbei, du wirst schon sehen ... und hören. Der Fernseher dröhnt, weil er aufgrund der vorhandenen Schwerhörigkeit des Pärchens bis zum Anschlag aufgedreht wird und sämtliche Kinder und Enkel kommen reihenweise und beinahe täglich zu Besuch. Außerdem sind sie die typischen Spießer, vor allem der weibliche Teil. Aber wart einfach ab, du wirst sicherlich deine eigenen Erfahrungen mit ihnen machen können."

„Upps, und das hältst du aus?"

Ein leichtes Grinsen zuckt über Timos Gesicht, obwohl er es zu unterdrücken versucht. So sehr er sonst seinen Spaß daran hat, Tobias ein wenig zu foppen, heute macht es ihm weniger Freude, immerhin kann er die dunklen Schatten unter Tobias' Augen selbst jetzt noch deutlich sehen und er spürt, dass sein Freund wirklich dermaßen erschöpft ist, dass er ihn ausnahmsweise nicht zusätzlich aufregen möchte.

„Frag besser nicht. Lass uns lieber die letzten Tage in Ruhe genießen. Was wollen wir kochen?"

„Wie wäre es, wenn wir uns nach deinem Feierabend so gegen zwei am Supermarkt treffen und gemeinsam einkaufen? Meine letzte Vorlesung ist um eins zu Ende, das schaffe ich locker."

Tobias überlegt einen Moment, bevor er sich äußert.

„Okay, ich komme pünktlich dahin. Doch nun muss ich mich langsam fertigmachen, was ist mit dir?"

„Klar, ich mach mich gleich auf den Weg zur Uni, doch vorher ich räume ich in Ruhe ab und stelle das Geschirr in die Minna. Hab ja noch ein bisschen Zeit."

Tobias, der sich bereits auf den Weg ins Badezimmer begeben hat, dreht sich noch einmal um, kommt die paar Schritte zu Timo zurück, schaut ihn an, haucht ihm einen kleinen Kuss auf die Wange und flüstert: „Danke fürs Frühstück."

Sekunden später zucken beide Männer zusammen, ein gleichmäßiges Pochen erklingt von oberhalb der Decke.

„Willkommen zu Hause, Nachbarn", murmelt Tobias seufzend und schickt einen Blick nach oben. „Jetzt wirst du so viel von ihnen hören, dass du dir wünschen wirst, es wäre schon Ende August."

„Was ist das für ein nerviges Geräusch?", will Timo noch wissen, während er seinen Hausfrauenpflichten nachgeht.

„Das, mein lieber Herr Student der Baukultur, ist ein Krückstock ohne Gummi und der Nachbar ist damit fast den ganzen Tag unterwegs – auf dem Laminat der Wohnung. Willkommen in meinem Leben!"

... IST ALLER LASTER ANFANG!

Mit knapp zehn Minuten Verspätung erreicht Tobias den Parkplatz des Supermarktes, vor dessen Eingang Timo mittlerweile leicht gelangweilt wartet.

„Hast du eigentlich an dein Leergut gedacht?", begrüßt dieser ihn grinsend und fängt sich dabei einen leicht knurrigen Blick von Tobias ein.

„Natürlich nicht! Solche Dinge vergesse ich regelmäßig, doch was soll's? Läuft ja nicht weg."

„Nein, aber ich hab die Flaschen heute Morgen mitgenommen und in der Zeit, in der ich auf dich gewartet habe, bereits abgegeben. War ja nicht so viel."

Anerkennend nickt Tobias seinem Freund zu.

„Mutieren wir nun zur fürsorglichen Hausfrau, Mister Ichdenkeanalles?"

„Könnte sein. Denn ich war anschließend ebenfalls nicht untätig. Als ich zum Leergutautomaten schlenderte und an der Apotheke vorbeikam, dachte ich mir, ich könnte dort mal hineingehen und ein paar Ohrstöpsel besorgen, damit wir dieses doofe Geklapper von den Nachbarn nicht mehr hören", erzählt Timo weiter und wedelt mit einer großen Packung der besagten Teile.

Tobias' Gesicht verdunkelt sich erneut.

„Also deine Fürsorge in allen Ehren, doch mal ganz ehrlich, glaubst du tatsächlich, dass ich mir diese Dinger in die Ohren stopfe? Never! Was denkst du denn? Wenn ich den Fernseher anmache, möchte ich auch verstehen können, was da gesprochen wird und falls ich mit dir reden will, sind die Dinger ebenfalls fehl am Platz. Ich denke, die Viecher sind mehr als überflüssig. Und nun komm, lass uns den Supermarkt unsicher machen."

Verdutzt schaut Timo auf das Päckchen, linst mit einer leichten Schüppe in das Kästchen hinein und trottet Tobias anschließend hinterher, als dieser sich einen Einkaufswagen schnappt und schnellen Schrittes in Richtung Ladeneingang läuft.

„Was hältst du eigentlich davon, wenn wir grillen? Das Wetter soll das gesamte Wochenende über total schön werden. Da könnten wir es uns auf der Terrasse gemütlich machen und tonnenweise Bratwürstchen und Kartoffelsalat verdrücken", fragt Timo an und schaut sich dabei nach geeignetem Knoblauchbrot um.

„Können wir machen, sofern du unsere Nachbarn davon überzeugst, sich nicht über den Geruch von Holzkohle aufzuregen. Vor allem sie ist da sehr empfindlich und meckert von oben markante Worte herunter. Ich habe mich mit ihr bereits mehrfach anlegen müssen, meistens ist sie irgendwann beleidigt reingegangen und hat mich anschließend wochenlang nicht gegrüßt. Doch das ist mir wurscht! Falls wir uns jedoch entspannen wollen, lassen wir den Grill lieber aus."

„Och schade! Dabei hätte ich dich doch so gern mal wieder in Rage erlebt. Du bist schon fast einen ganzen Tag lang extrem ruhig. Kenne ich gar nicht von dir. Außer ein paar fast harmlosen Floskeln gibst du dich lammfromm. Da fragt man sich, was mit dir los ist."

Tobias schaut leicht irritiert zu seinem Freund.

„Sag mal, willst du dich denn partout mit mir streiten? Sei doch froh, wenn es mal nicht so ist."

Timo grinst stumm und zieht den Einkaufswagen von vorn in Richtung des Teeregals, um zu sehen, was es Neues im Sortiment gibt. Tobias verdreht angewidert die Augen.

„Guck mal, Tobi! Maracuja-Citrus-Guave-Tee! Ist das nicht geil?"

Freudig hält Timo seinem Freund die Teepackung unter die Nase, was diesen sofort sauer dreinblicken lässt.

„Pfui, Teufel! Damit kannst du dich zu deinen Eltern verziehen oder dir eine Tasse mit einem Wasserkocher auf der Terrasse aufbrühen, aber dieses Zeug kommt mir nicht in die Küche. Da wird einem ja übel."

„So, so!", kontert Timo. „Kommt dir also nicht ins heilige Andresensche Kochstudio. Unabhängig davon, ob der kleine Student das gern trinken mag oder nicht."

„Mach, was du willst, kauf, was du willst! Aber verschon mich damit! Ich hasse dieses Zeug!"

„So wie deine Nachbarn Grillgeruch hassen?"

„Timo, lass es gut sein! Ich werde dir den Wunsch nicht erfüllen und ausrasten. Von mir aus räum das gesamte Teeregal in den Wagen und kauf Grillfleisch, so viel du möchtest. Mir ist es egal."

In diesem Moment steht plötzlich eine ältere Dame hinter Tobias und tippt ihm auf die Schulter.

„Ach, hallo Herr Andresen. Das ist gut, dass ich Sie treffe. Also wir sind ja gestern Abend spät nach Hause gekommen und haben bemerkt, dass Ihr Wagen ganz schief eingeparkt war. Das macht nicht gerade einen tollen Eindruck. Achten Sie einfach darauf und es wäre schön, sofern der Rasen im Vorgarten mal wieder gemäht ..."

„Frau Kunert, wie lange sind Sie jetzt zurück in Deutschland?"

„Na ja, seit gestern eben! Warum fragen Sie?"

„Frau Kunert, definitiv zu lange. Komm Timo, wir kaufen Bratwürstchen! Und Holzkohle!"

Mit offenem Mund starrt Frau Kunert den beiden Männern hinterher, bevor sie halblaut „Sie werden doch wohl nicht etwa grillen wollen, oder?" ausruft und sich gleich darauf auf die Suche nach ihrem Mann macht, um ihn, wie nur Sekunden später der ganze Laden vernehmen kann, über das Vorhaben der ach so rücksichtslosen Nachbarn zu unterrichten, was der jedoch lediglich mit einem „na und?" quittiert.

„Sag mal, wollen wir die jetzt wirklich vergrätzen? Ich meine, wegen Ruhe oder so", kommt es ein wenig verhalten von Timo, der sich nicht ganz sicher ist, ob Tobias die alte Dame jetzt bewusst ihres Benehmens wegen hat ärgern wollen und der Anlass dafür völlig gleichgültig ist oder ob er bloß ganz normal seinen Sturkopf durchsetzen will, frei nach dem Motto: Wenn ich grillen will, dann mache ich das.

„Mein lieber Herr Baustudent, ich lasse mir von niemandem vorschreiben, wann ich etwas darf und wann nicht, dazu gehört für mich auch grillen. Erst hatte ich dich ja sogar davon abhalten wollen, um den Frieden zu wahren. Doch wenn ich gereizt werde, dann gibt's Kontra. Diese olle Schnepfe soll sich mal gehackt legen, wenn wir Appetit auf Bratwürstchen haben, werden wir uns das von der Zicke nicht verbieten lassen."

„Draußen steht ein Grillwagen, wir könnten eventuell doch …", beginnt Timo und zeigt mit einer Hand auf den Parkplatz, wird jedoch sofort von Tobias unterbrochen.

„Nein, ich will nicht hier im Stehen eine Wurst vom Pappteller essen, sondern gemütlich auf der Terrasse sitzen, mein weißes Porzellan benutzen, zum Essen einen gepflegten Rotwein trinken oder meinetwegen ein kühles Bier und mich angeregt mit einem Menschen unterhalten, der mir das Wasser reichen kann. Ist das jetzt angekommen oder braucht der Herr Mayer eine besondere Unterweisung in Verständniskunde?"

Timo zuckt die Schultern und trottet Tobias hinterher, der zielstrebig die Fleischabteilung ansteuert und sich eine ziemliche Menge an Würstchen und sonstigen Leckereien einpacken lässt.

„Kannst du morgen Kartoffelsalat machen? Für heute würden mir die Baguettes reichen, du weißt sicher, welche ich meine, solche mit Kräuterbutter und so."

„Klar, das Rezept meiner Mutter ist unschlagbar. Bloß ich hätte gern noch Nachtisch. Am liebsten Eis, große Familienpackungen. Ich liebe Eis, hmmm."

Genießerisch leckt sich Timo voller Vorfreude über die Lippen, was Tobias mit einem leichten Grinsen zur Kenntnis nimmt. Zu zweit suchen sie die passenden Sorten aus, besorgen das, was sonst alles im Haushalt fehlt, und reihen sich in die kurze Schlange an der Kasse ein. Nachdem Tobias die Lebensmittel bezahlt und Timo diese zurück in den Einkaufswagen gelegt hat, werden die beiden Männer von den Eheleuten Kunert entdeckt, die soeben damit begonnen haben, ihre erworbenen Einkäufe in diverse Tüten und Taschen zu verstauen.

„Sagen Sie, Herr Andresen, wer ist eigentlich dieser Herr an Ihrer Seite? Ich habe ihn heute Morgen aus Ihrer Wohnung kommen sehen. Also ich weiß ja nicht, aber ..."

„Eben, Sie wissen nicht. Das ist auch gut so, denn ich werde Sie nicht darüber in Kenntnis setzen und erst recht nicht Ihre Neugier befriedigen. Komm Timo, ich möchte nach Hause, den Grill anheizen."

Mit diesen Worten lässt Tobias das Ehepaar zurück, das weiterhin mit dem Verstauen der gekauften Waren beschäftigt ist, was Frau Kunert jedoch nicht daran hindert, Tobias ein „und parken Sie dieses Mal ordentlich" hinterherzurufen, was dieser allerdings geflissentlich überhört und zusammen mit Timo dem Ausgang entgegenstrebt.

Etwas später, als die Abendsonne gerade damit beschäftigt ist, unterzugehen und den Himmel mit den allerschönsten roten Farben überzieht, sitzen Tobias und Timo gesättigt auf der Terrasse und prosten sich mit einem kühlen Bier zu. Frau Kunert hat während der letzten Stunde etliche Male mit spitzen Bemerkungen diese Art der Verköstigung kommentiert, Tobias seinerseits hat das erstaunlicherweise jedoch gekonnt ignoriert, ganz im Gegensatz zu seiner sonstigen Art. Er hat lediglich, wenn Frau Kunert nicht an der Brüstung gestanden hat, den Rauch des Grillgutes mithilfe seiner Hände und einer alten Zeitung nach oben gewedelt, dennoch spürt Timo, dass Tobias nach wie vor verändert ist. Hoffentlich gibt sich das bald, irgendwie fehlen ihm die kleinen Sticheleien und das Gekabbel ein wenig.

„Ich mag jetzt Eis, du auch?"

„Eigentlich nicht, aber mach du ruhig", nickt Tobias gönnerhaft, um gleich darauf herzhaft zu gähnen, wobei man seine fast perfekten Zahnreihen erkennen kann, da er zu faul ist, sich die Hand vor den Mund zu halten.

Wenig später steht Timo mit einem Dessertschälchen vor Tobias.

„Nicht doch probieren? Warte, ich füttere dich", kichert er und lässt sich neben der Liege, auf der Tobias es sich gemütlich gemacht hat, auf dem Boden nieder.

„Ich wollte do...", will Tobias abwehren, kann jedoch seinen Satz nicht beenden, da ihm Timo einen vollen Löffel der kalten Köstlichkeit in den Mund schiebt, ihn kaum schlucken lässt und ihm sofort die kalten Lippen mit einem Kuss verschließt. Kühl und dennoch heiß zugleich beginnen ihre Zungen ein erstes Spiel, bis sich Timo ein wenig löst, Tobias' Hemd öffnet und bereits im nächsten

Augenblick ein wenig Eis auf dessen Brustwarzen tropfen lässt.

Tobias stößt zwar einen leisen Schrei aus, seine Augen funkeln jedoch vor verhaltener Erregung und er packt Timo fest an den Oberarmen.

„Du Satansbraten. Seit wann spielt man mit Lebensmitteln? Das ist definitiv Verschwendung. Los, lutsch das ab!", herrscht er Timo gespielt böse an, was dieser mit einem leise und gewollt devot klingenden „ja Herr" beantwortet und seinen Worten sogleich Taten folgen lässt. Intensiv saugt er an den eisigen, harten Nippeln und entlockt Tobias mehrfach ein leises Keuchen, bis eine nervige, schrille Stimme über ihnen zu schimpfen beginnt.

„Na, da hört sich doch alles auf. Nicht genug, dass dieser junge Kerl sich hier anscheinend breitmacht, nein, jetzt treiben die auch noch ihre perversen Spielchen in aller Öffentlichkeit. Anzeigen sollte man die, wegen Unzucht oder Erregung öffentlichen Ärgernisses oder am besten gleich beides zusammen. Dauernd wechselnde Männerbekanntschaften hat der doch, erst dieser Blumenhändler und jetzt ein Jüngling. Wahrscheinlich ist das sogar ein Kind, da sollte man die Polizei verständigen."

Tobias will sofort protestieren, wird jedoch von Timo gebremst.

„Morgen darfst du, Herr Grillmeister, heute überhören wir Madame Nervensäge. Lass uns nach drinnen verschwinden, ich habe Lust auf weitaus mehr Unzucht, als die werte Dame es sich in ihren wildesten Träumen je vorstellen könnte. Komm ficken, ich will dich jetzt."

„Okay, hast recht, lass sie ruhig stänkern."

Sekunden später sind die beiden Männer verschwunden, während Frau Kunert noch eine ganze
Weile vor sich hin mosert.

IMMER WIEDER SAMSTAGS ...

Gegen sechs Uhr morgens wird Tobias wach und spürt einen starken Druck auf seiner Blase. Einen Moment lang windet er sich, dreht sich von einer Seite zur anderen und presst sich die Bettdecke zwischen die Beine – nur, um nicht aufstehen zu müssen. Erst als sich aus dem Harndrang ein stechender, krampfartiger Schmerz entwickelt, entscheidet er sich dafür, mit einem Ruck aus den Federn über die untere Bettkante zu springen, um in Windeseile das Porzellankabinett aufzusuchen, damit er sich endlich erleichtern kann. All das hätte ja auch gut funktioniert und wäre rechtzeitig genug gewesen, sofern nicht Timos zerrissene Jeans im Weg gelegen und ihm als Stolperfalle gedient hätte, denn noch bevor Tobias die Tür aus dem Schlafzimmer heraus erreicht, hat er sich mit dem großen Zeh in einem der Löcher der Stonewashed-Hose verfangen und liegt der Länge nach auf dem Fußboden.

„Verdammte Axt, sag mal, wo leben wir denn eigentlich? Sind wir etwa bei den Hottentotten oder in einem Behälter für Altkleider gefangen? Wenn ich eines nicht ausstehen kann, sind das Klamotten auf dem Fußboden und erst recht keine Jeans mit Löchern, in denen man sich verheddern kann und sich zu guter Letzt auf die Fresse legt. Timo, wirst du jetzt endlich mal wach, oder wie lange soll ich dich noch anschreien?"

Während Tobias lautstark herumtobt, sich die Jeans von den Füßen entfernt, aufsteht und humpelnd endlich die Toilette aufsucht, wo er sich laut brummelnd deutlich hörbar erleichtert, schlägt Timo schlaftrunken die Augen auf und bringt lediglich ein leises „Was ist denn nu los? Gab es ein Erdbeben oder was hat hier so laut geknallt?" über seine Lippen.

Als Timo zunächst keine Antwort von Tobias bekommt, dreht er sich zurück auf die Seite und schließt erneut die Lider. Rasch ist er wieder im Reich der Träume versunken, wird jedoch wenige Minuten später durch abermaliges Meckern in die Realität zurückgeholt.

„Deinetwegen habe ich jetzt blaue Flecken an den Armen und Beinen und mir den Hintern so stark geprellt, dass ich wahrscheinlich drei Tage nicht vernünftig sitzen kann. Warum musst du deine Sachen ständig gleichmäßig auf dem Boden verteilen und weshalb trägst du eigentlich immer noch diese bekloppten zerrissenen Jeans, die aussehen, als wären sie vom Grabbeltisch für fünfzig Cent gekauft worden?"

Timo richtet sich kurz auf, blinzelt müde gegen die allmählich aufgehende Sonne und gähnt lautstark, bevor er sich anschließend erneut der Länge nach zurück in die Kissen fallen lässt.

„Ist das alles, was du dazu zu sagen hast? Ich lege mich hier auf die Fresse, weil du unfähig bist, Ordnung zu halten. Und Klamottengeschmack hast du auch keinen. Ey, Timo, ich rede mit dir."

Timo rollt die Augen und setzt zu einer leisen Antwort an.

„Zunächst redest du nicht mit mir – du schreist. Das ist nicht gerade der Tonfall, mit dem ich gern geweckt werde. Außerdem haben wir uns gestern Abend die Sachen förmlich vom Körper gerissen und sind im Anschluss an unseren Fick gleich eingepennt. Also, was willst du? Heinzelmännchen, die nachts heimlich aufräumen, gibt es nun mal nicht. Es tut mir leid, dass du ausgerutscht bist und Schmerzen hast, dafür bist du jedoch allein verantwortlich. Und nun komm ins Bett und lass uns noch ein wenig kuscheln."

„Ich will aber nicht kuscheln! Das geht mir gerade völlig auf den Geist, du und deine Scheißklamotten. Ständig lässt du hier irgendetwas liegen, von jeher muss ich dir alles Mögliche hinterherräumen, und dass deine Jeans Löcher haben, stört mich sowieso schon lange. Kauf dir endlich mal was Vernünftiges!"

Timo, der sich während der Standpauke auf den Bauch gedreht hat, hebt zunächst leicht den Kopf an, nur, um ihn im nächsten Moment wieder genervt auf die Matratze plumpsen zu lassen.

„Was willst du eigentlich von mir, Herr Oberordentlich? Mich kritisieren, mir den Morgen verderben, uns das Wochenende versauen? Nun komm endlich her, du Miesepeter", versucht er, Tobias ein weiteres Mal zu beruhigen, was ihm jedoch in keiner Weise gelingt, denn dieser hebt die ihm verhasste Hose vom Fußboden auf und trägt sie in die Küche, um sie im Hausmüll zu entsorgen. Als Timo das mitbekommt, springt er augenblicklich auf.

„Sag mal, was hast denn du für ein Problem? Schmeißt meine Sachen in den Müll? Einfach so? Spinnst du? Falls du das durchziehst, bin ich weg. Ich glaube, ich träume. Mein Freund entsorgt einfach meine Hosen, als wären sie nichts wert."

Timo geht an den Kleiderschrank und streift sich ein paar Klamotten über.

„Tobias, die Hose ist versaut, das siehst du, oder? Schließlich liegt sie tatsächlich auf den Resten unseres gestrigen Grillabends. Du würdest jetzt zu mir sagen – das zahlst du! Ich sage dir jetzt dasselbe. Und sogar noch mehr … fick dich!"

Wenig später hat Timo die notwendigsten Dinge zusammengepackt, in seinem Rucksack verstaut und stürmt mit einem lauten Türknallen aus der Wohnung.

Selbst Frau Kunert hat die Streitereien mitbekommen und ruft Timo von oben „Na, hat er Sie vergrault? Ist ja kein Wunder, mit dem kommt niemand auf Dauer klar!" zu, was dieser jedoch lediglich mit einem „Halten Sie sich besser da raus! Das ist gesünder!" kommentiert.

Frau Kunert mosert jedoch weiter.

„Ist doch aber wahr. Dieser Sesselpupser ist absolut unerträglich, dabei ist er selbst nicht perfekt. Man braucht sich ja bloß mal anzusehen, wie miserabel der den Rasen mäht. Da werden die Kanten nicht etwa mit der Schere nachgearbeitet, nein, er lässt einfach diesen Wildwuchs da stehen und …"

„Jetzt halten Sie bloß endlich Ihre vorlaute Klappe, sonst lernen Sie mich wirklich mal kennen, und zwar von einer Seite, die ich Ihnen bisher nicht gezeigt habe, werte Nachbarin. Kümmern Sie sich endlich einmal um Ihren Kram, dann haben Sie genug zu tun", pampt Tobias los, der inzwischen draußen steht, nach Timo Ausschau hält und es nicht lassen kann, der ständig nörgelnden Dame aus dem ersten Stock zumindest das Wort abzuschneiden.

„Nun komm, Elfriede, lass es gut sein. So schlimm ist er nun auch nicht und der junge Mann hatte recht, du solltest dich da raushalten, es geht dich tatsächlich nichts an", versucht Herr Kunert, der mittlerweile ebenfalls am Fenster steht, seine Frau zu beruhigen, was ihm jedoch nur unvollständig gelingt, denn sie meckert einfach weiter.

„Gottlieb Wilhelm Kunert, ich lasse mir den Mund nicht verbieten und erst recht nicht von diesem Kerl da unten. Man weiß ja schließlich, wie solche Leute sind. Hoffentlich erkennt der junge Mann noch rechtzeitig, was das für ein mieser Typ ist und sucht sich einen anderen. Besser wäre natürlich ein nettes Mädel, mit dem er eine Familie gründen kann. Das mit diesen Schwulen und dass die mittlerweile sogar so was wie heiraten dürfen, ist doch alles Käse. Ich ..."

„Zum letzten Mal, Frau Kunert, wenn Sie jetzt nicht augenblicklich aufhören, werde ich definitiv ungemütlich und glauben Sie mir, das wollen Sie nicht erleben. Und nun schließen Sie am besten Ihren Ausguck, es gibt hier nichts mehr zu für Sie zu sehen."

Wütend ruft Tobias diese Worte nach oben und kann aus den Augenwinkeln erkennen, dass Herr Kunert seine Frau mit einem Ruck vom Fenster ins Innere zieht und dieses im Anschluss daran mit einem lauten Knall schließt.

Tobias schaut rasch an sich herunter. Kann er in diesem Aufzug eigentlich auf die Straße gehen? In der Eile hat er sich lediglich flüchtig angezogen, er hat einfach das genommen, was ihm als Erstes in die Hände gefallen ist. Bei genauerem Hinsehen kann man deutlich erkennen, dass die Jeans eigentlich in die Wäsche gehört, doch mit einem für ihn untypischen Achselzucken wischt er eventuelle Bedenken, ob das jemandem auffallen könnte, beiseite. Stattdessen zieht er sein T-Shirt gerade, fährt sich mit den Fingern durch die leicht verstrubbelten Haare, tastet, ob er Portemonnaie, Schlüssel und Handy bei sich hat und zieht die Haustür hinter sich zu.

Wo zum Teufel ist Timo nur abgeblieben? Das kann doch einfach nicht wahr sein, dass er ihn erneut wieder irgendwo suchen muss. Vor allem, wo soll er damit anfangen? Zu seinen Eltern ist der freche, kleine Student sicher nicht gekrochen, in seine alte WG garantiert ebenfalls nicht, selbst wenn der Nachmieter noch im Urlaub ist. Nein, das steht eher nicht zur Debatte, doch es bleibt die Frage, wo er Timo finden kann. Will er das überhaupt? Immerhin ist ja ER wie von allen guten Geistern verlassen aus der Wohnung gestürmt. Immerhin hat er selbst ihm nichts getan, oder?

Tobias geht langsam die Straße hinunter, schaut aufmerksam nach links und rechts, ob er Timo irgendwo entdecken kann, und grübelt weiterhin darüber nach, warum sein Freund derart ausgerastet ist.

„Immerhin ist es einfach eine Tatsache, dass Timos Jeanshosen fast alle diese hässlichen Risse und Löcher haben, das wird man doch wohl sagen dürfen. Meine Mutter hätte früher sofort Nadel und Faden geholt und das repariert, so hätte ich niemals auf die Straße gedurft. Und heutzutage zahlen viele junge Leute eine Menge Geld dafür, damit sie aussehen, als hätten sie ihre Klamotten aus dem Altkleidercontainer gefischt und sich noch dazu im Dunklen angezogen, so wenig, wie die Sachen manchmal zusammenpassen."

Mit zusammengezogenen Augenbrauen murmelt Tobias diese Worte in seinen zumindest schattenhaft vorhandenen Bart, dabei irrt sein Blick weiterhin hin und her, jedoch bisher erfolglos, Timo bleibt verschwunden. Tobias wechselt die Straßenseite und schaut flüchtig in jedes der kleinen Geschäfte hinein, nur um festzustellen, dass der Gesuchte nirgends zu sehen ist.

„Hmmm, na ja … vielleicht war das mit dem Wegwerfen doch ein bisschen zu heftig. Ja, das hätte ich wohl besser nicht gemacht, bloß … ist doch kein Grund, mich wie einen dummen Jungen stehenzulassen, oder? Ich meine … ach Scheiße …"

Tobias redet nach wie vor mit sich selbst, sodass ihn mancher schräge Blick streift, den er jedoch, völlig in seiner Grummelei gefangen, nicht einmal registriert.

Eine Viertelstunde später zuckt Tobias seufzend die Schultern. Timo bleibt einfach unauffindbar, sein Magen verlangt lautstark nach etwas zu essen und sein Geist nach Koffein. Kurzerhand beschließt er, den Heimweg anzutreten, jedoch vorher die Bäckerei schräg gegenüber seiner Wohnung aufzusuchen, was ihm allerdings bei der Erinnerung an eine Szene von vor ein paar Monaten einen leisen Stich versetzt.

„Ich hätte gern ein Roggenbrötchen mit Salami und einen Becher Kaffee", ordert Tobias bei der Verkäuferin und schaut dabei nachdenklich nach unten. Wieso nur vergrault er immer aufs Neue genau die Menschen, die ihm etwas bedeuten? Vielleicht liegt Frau Kunert ja sogar mit ihrer Aussage gar nicht so falsch, dass er unausstehlich ist und es niemand lange bei ihm aushält. Nicht nur Pascal hat er in die Arme eines anderen Mannes getrieben - Timo hat ebenfalls zum wiederholten Male schlichtweg das Weite gesucht.

„Entschuldigung? Ihre Bestellung, Herr Andresen!", reißt die Dame hinter dem Tresen ihn aus seinen Grübeleien und holt ihn zurück in die schnöde Realität dieses Samstagmorgens.

„Danke!", nuschelt Tobias, legt einen Fünf-Euro-Schein auf den Zahlteller, murmelt ein fast nicht verständliches „stimmt so" vor sich hin und verschwindet mit seinem Frühstück in die letzte Ecke der Bäckerei.

Der Kaffee will ihm jedoch nicht wirklich schmecken. Tobias verzieht nach jedem Schluck angewidert das Gesicht, lässt den Becher halbvoll stehen und verlässt nach wenigen Minuten, mit einer Brötchenhälfte in der Hand, das Geschäft.

Kaum ist er aus der Bäckerei auf die Straße getreten, kann er auch schon die Stimme der Kunert vernehmen. Kopfschüttelnd und mit schweren Schritten nähert er sich langsam seiner Wohnung, die wenigen Meter kommen ihm vor, als wären sie eine Fernreise.

„Was hat sie denn nun schon wieder zu meckern? Kann die denn nicht einmal ihren vorlauten Mund halten?", murmelt er resigniert.

Einen Augenblick später kann er jedoch erkennen, dass sie vom Fenster aus mit keinem Geringeren spricht als mit Timo. Aus welcher Versenkung ist der denn plötzlich wieder aufgetaucht? Ist der irgendwie für einen Moment in einer Art Parallelwelt verschwunden und nun zurück ins Hier und Jetzt geschleudert worden? Tobias ist gespannt, worüber die zwei sich unterhalten und zieht sich rasch hinter die Hausecke zurück, um zu lauschen.

„Und, Frau Kunert, eines sollten Sie sich merken", kommt es energisch aus Timos Mund. „Ihren Fernseher könnten Sie ruhig mal ein wenig leiser stellen und ihrem Mann könnten Sie vielleicht mal einen Gummipfropfen unter seinen Stock basteln, damit das nicht derart laut auf dem Laminat klockert! Das ist nämlich genauso nervig für uns, so wie es Ihnen auf den Geist geht, wenn wir grillen. Ein gegenseitiges Geben und Nehmen sollte in einer kleinen Gemeinschaft doch möglich sein, dann könnte man auch miteinander auskommen!"

Tobias registriert nicht, was seine Nachbarin Timo antwortet. Wichtig ist für ihn nur, dass dieser wieder zurückgekommen ist und von einem „Miteinander" gesprochen hat.

„Sicherlich ist er zur Einsicht gekommen, dass wir beide nicht fehlerfrei sind", flüstert Tobias und bewegt sich vorsichtig mit einem breiten Lächeln auf Timo zu, der noch immer blinzelnd zu Frau Kunert nach oben schaut und ihn aus eben diesem Grund bisher nicht bemerkt hat.

Überraschend blickt Timo plötzlich genau in Tobias' Richtung und erkennt, dass dieser ihm zuzwinkert, sich einen Finger auf die Lippen legt und mit der Hand nach oben deutet, wo die nervige Nachbarin nach wie vor steht und sichtlich um eine Antwort ringt. Dass dieser Schnösel ihr nun auch noch Paroli bietet, statt sich zu freuen, dass sie eigentlich doch auf seiner Seite steht, hat ihr derart die Sprache verschlagen, dass sie mit einem Empörungsseufzer erneut ihren Platz verlässt und zum zweiten Mal an diesem Morgen das Fenster mit einem mehr als deutlich hörbaren Knall geschlossen wird.

Erleichtert geht Tobias die paar Schritte auf Timo zu, der ihm abwartend, allerdings mit einem Lächeln auf den Lippen entgegenblickt.

Tobias streckt bittend eine Hand aus. Timo überlegt kurz, ergreift sie dann aber und lässt sich an Tobias' Brust ziehen. Einen Augenblick stehen sie schweigend einfach da, hören den Herzschlag des jeweils anderen und spüren, dass sie trotz aller Querelen einander doch haben wollen – und vielleicht sogar brauchen. Reden können sie später, sich im Bett mit einem heißen Fick versöhnen ebenso, wichtig ist in diesem Moment lediglich, dass sie sich fühlen können – tief in ihrem Inneren, im Herzen, selbst wenn es keiner bisher jemals geschafft hat, die berühmten drei Worte auszusprechen.

„Lass uns reingehen!", flüstert Tobias Timo irgendwann ins Ohr, nachdem sie ungefähr eine Viertelstunde eng umschlungen und ohne ein Wort zu sagen dagestanden haben.

Timo lächelt ihn an.

„Die Hose war mir wichtig! Das ist nämlich ein ganz besonderes Stück."

Mit leichter Verständnislosigkeit im Blick schaut Tobias Timo fragend an.

„Was ist an dem Fetzen denn besonders? Sie ist völlig zerlöchert und ganz taufrisch ist das Ding ebenfalls nicht mehr. Eigentlich nicht schade drum."

„Doch!", erwidert Timo harsch. „Ich hätte dich eben erwürgen können, als du die Frechheit besessen und das Teil in den Müll geworfen hast. Mal abgesehen davon, dass niemand von uns sich das Recht herausnehmen sollte, vom anderen etwas wegzuschmeißen, ohne ihn gefragt zu haben, hat mich diese Hose an einen ganz besonderen Tag erinnert."

„Und der wäre?", fragt Tobias leicht genervt, jedoch gleichermaßen neugierig.

„Ich habe diese Hose an dem Tag getragen, an dem wir uns zum allerersten Mal begegnet sind, und zwar vor dem Haus, in dem mein Ex damals wohnte. Und als du das Teil vorhin einfach genommen hast und entsorgen wolltest, hat mir das einen Stich ins Herz gegeben. Es war, als ob du uns weggeworfen hättest. Deshalb sind bei mir die Sicherungen durchgebrannt und musste erst mal weg. Ich wollte raus aus der Situation, habe dann jedoch festgestellt, dass es falsch ist, einfach mir nichts dir nichts wieder abzuhauen, ohne sich verständigt zu haben. Außerdem wohne ich schließlich jetzt hier und möchte nicht so ohne Weiteres zurück in irgendeine WG oder zu meinen Eltern."

„Ich bin ein absolut bescheuerter Depp!", brüllt Tobias lautstark durch den Flur, nachdem er die Wohnungstür hinter sich geschlossen hat. „Ich werde die Hose sofort aus dem Müll fischen und waschen. Sie wird sicher zu retten sein. Du wirst nichts mehr von irgendwelchen Flecken sehen und sie von mir aus weiter tragen können, so oft und wann du willst."

Auf direktem Weg öffnet Tobias den Mülleimer in der Küche und holt das durchlöcherte Beinkleid, das tatsächlich den einen oder anderen Ketchup- oder Senffleck aufweist, heraus, um dieses einer sofortigen Behandlung zu unterziehen. Timo betrachtet das ganze Procedere lächelnd. Er hätte an Vieles geglaubt, daran jedoch nicht.

„Ich denke oft an den Tag zurück", bekräftigt Timo.

Tobias, der soeben auf dem Weg zur Waschmaschine ist, bleibt abrupt stehen.

„Ehrlich? Wir haben uns gezofft. Ich wollte, dass du mir was erzählst und du hast dich geweigert. Dann bin ich dir hinterhergefahren und habe sofort festgestellt, dass du einen ziemlich geilen Arsch hast. Deinen Hintern in der Hose kann ich mir noch genau vor mein geistiges Auge holen", entgegnet Tobias und stellt das Waschprogramm mit Vorwäsche an. „Und ja", fährt er fort, „jetzt, wo du es sagst, muss es wirklich diese Hose gewesen sein, denn ich habe mich bereits damals über die blöden Löcher geärgert. Doch ich habe auch gedacht, dass ich dich unbedingt ficken will, denn du hast mich schon extrem angemacht, obwohl ich dich für einen blöden, vorlauten Schnösel hielt."

„Und als ich dieses bekloppte Türschild gesehen habe, wo du deine Berufsbezeichnung mit draufgeschrieben hast, hätte ich mich am liebsten übergeben. Dennoch war es zweitrangig, denn ich wollte deinen Schwanz!", gibt Timo zu und packt Tobias von hinten, umschlingt ihn mit den Armen und zerrt ihn ins Schlafzimmer. „Und jetzt machen wir genau dort weiter, wo wir gestern aufgehört haben, Herr Jeanswaschfachkraft!"

„Und wo war das?"

Tobias wartet Timos Antwort jedoch gar nicht erst ab, sondern schubst ihn mit einer schnellen Handbewegung aufs Bett, greift ohne Umstände nach dessen Hose und entfernt diese mit einem kleinen Ruck.

„Hier vielleicht oder da oder doch eher dort?", raunt er halblaut, während er abwechselnd seine Finger gekonnt an Timos Schwanz, zwischen dessen Hinterbacken oder über die Brust gleiten lässt, was bei Timo umgehend eine harte Erektion hervorruft und seiner Kehle erste wollüstige Laute entlockt. „Ja, komm! Stöhne und keuche für mich."

Timo benötigt diese Aufforderung nicht wirklich, tut Tobias jedoch gern den Gefallen und wird von Minute zu Minute lauter, wobei seine Hände allerdings ebenfalls nicht untätig bleiben. Geübt entkleidet er Tobias, streift sein eigenes Shirt ab und ergibt sich gleich darauf komplett seiner Lust. Beide Männer schenken sich nichts, aus der anfangs eher sanften Nummer wird rasch ein harter Fick, der Tobias und Timo schneller als sonst in eine derartige Geilheit versetzt, dass sie bereits wenige Minuten später zur fast selben Zeit abspritzen. Ihre Lustschreie sind dabei nicht zu überhören – sicher auch im oberen Stockwerk nicht, doch das interessiert die beiden in diesem Moment herzlich wenig.

Zwei Stunden und drei heiße Nummern später stützt Tobias schweißüberströmt seinen Kopf auf den Arm und schaut Timo an, der ihn frech angrinst.

„Na, kannst du noch?", fragt er Tobias augenzwinkernd, was diesen zu einem deutlichen Nicken veranlasst.

„Sicher, aber ehrlich gesagt habe ich mittlerweile ein Loch im Magen und könnte etwas zwischen die Zähne vertragen. Wie sieht es bei dir aus?"

„Essen klingt gut, aber was? Ich hätte Appetit auf ne echt dick belegte Pizza, und du?"

„Mafiatorte? Ehrlich? Wir haben eigentlich genug Zeugs zum Grillen im Kühlschrank. Na okay, morgen ist schließlich auch noch ein Tag. Such was für dich aus und bestell, ich zahle. Ich nehme eine Pizza mit Salami und Schinken und bis die da ist, hüpfe ich mal eben rasch unter die Dusche. Irgendwie klebe ich und stinke aus jeder Pore anders. Bis gleich. Ach ja, mein Portemonnaie steckt hinten in meiner Jeans, falls der Lieferservice schneller sein sollte als ich."

Damit verschwindet Tobias im Bad und Timo verharrt einen Augenblick wie vom Donner gerührt. Tobias lässt ihn an sein Geld gehen? Das sieht ja beinahe so aus, als würde er ihm wirklich vertrauen. Timo schüttelt seine kleine Schockstarre ab und wählt die Nummer des Pizzadienstes, um die Bestellung aufzugeben.

Tobias scheint das mit „rasch" nicht wirklich umsetzen zu wollen, denn das Wasser hört gar nicht auf zu rauschen. Das ist definitiv ungewöhnlich, Tobias steht sonst eher auf Wassersparen und solche Dinge. Nach einer Viertelstunde kommt er endlich mit tropfenden Haaren und einem Handtuch um die Hüften ins Schlafzimmer zurück.

„Wann soll die Pizza da sein? Nächstes Jahr?"

„Eigentlich noch vor Silvester, genauer gesagt in knapp fünfzehn Minuten, bloß ich hoffe, es geht schneller, ich bin inzwischen auch am Verhungern."

Als würde er das deutlich untermalen wollen, lässt sich Timos Magen in diesem Augenblick lautstark knurrend vernehmen.

„Ich bringe mal eben Teller nach draußen. Wir können bei dem strahlenden Sonnenschein doch gut auf der Terrasse essen, oder?"

„Klar, nur ... willst du so raus? Was, wenn Frau Kunert einen Herzinfarkt bekommt?"

Beide Männer grinsen verschwörerisch, dann kneift Tobias ein Auge zu und sieht Timo an.

„Mir wurscht, solange es dich nicht stört, dass ich darunter nackt bin."

„Es würde mich auch absolut nicht stören, wenn du ganz nackt wärst, ich fürchte allerdings, das würde Frau Kunert dann wirklich nicht verkraften und sie infolgedessen vor Schreck aus dem Fenster fallen. Ich schlüpfe nur rasch in meine Jeans und dann helfe ich dir."

Timo setzt sein Vorhaben gerade eben in die Tat um, als es klingelt.

„Das wird die Pizza sein, würdest du das bitte annehmen und bezahlen? Ich kämpfe gerade mit dem Sonnenschirm."

Timo ist erneut leicht verwundert. Tobias scheint wirklich Frieden haben zu wollen, was ja ab und zu auch ganz nett sein kann. Und er beweist echtes Vertrauen, etwas, das Timo in der Form nicht von ihm erwartet hätte.

Wenig später kommt Timo mit zwei Kartons auf die Terrasse und vermag seinen Augen nicht zu trauen. Der Tisch war selten zuvor so liebevoll gedeckt, wenn er sich recht an die bisherige gemeinsame Zeit mit Tobias erinnert, eher gar nicht. Noch vor ein paar Wochen hätte es das Essen allerhöchstens direkt aus der Verpackung gegeben, doch nun steht nicht nur das gute Geschirr bereit, nein, daneben liegt erstaunlicherweise sogar das edle Besteck. Zwei Gläser, die mit einem Rotwein gefüllt sind, den Tobias seinen Erzählungen nach vor Ewigkeiten mal auf einer Weinprobe erstanden und bisher wie ein rohes Ei behandelt hat, vervollständigen das Bild, das irgendwie einen heimeligen Eindruck macht und Timo zunächst verblüfft schlucken lässt.

„Wow, das ist ja nahezu romantisch", kommt es anschließend leicht irritiert aus seinem Mund, doch Tobias bleibt stumm und reagiert lediglich mit einem schmalen Lächeln. „Wie kommt's? Haben wir irgendwas zu feiern?"

Tobias verneint mit einem leichten Kopfschütteln.

„Setz dich einfach und quatsch nicht. Und wag es jetzt bloß nicht, mit irgendwelchem Herzschmerzgeplänkel anzufangen. Ich dachte einfach, dass wir es verdient haben, es uns mal ein wenig gut gehen zu lassen. Außerdem möchte ich etwas bereden."

Voller Erwartung, was nun kommen mag, setzt sich Timo auf seinen Platz, verteilt die Pizzen auf die bereitgestellten Teller und schaut Tobias neugierig an.

„Und was gibt's? Ist etwa Gesprächsbedarf wegen meines Deckenfluters im Büro? Weil ich ihn zurück an den Platz gestellt habe, den ich für ihn vorgesehen hatte?"

„Hast du? Ist mir bisher gar nicht aufgefallen", entgegnet Tobias überrascht, gibt sich jedoch desinteressiert. „Nein, das ist es nicht, ich wollte mit dir besprechen, wann und wohin wir in Urlaub fahren. Wie unschwer zu erkennen ist, brauche ich dringend eine

Auszeit und du könntest es auch vertragen, mal rauszukommen."

„Ja, gern! Aber du solltest wissen, dass ich wirklich kein Geld dafür …"

„Jetzt hör endlich mal auf mit diesem blöden Rumgelaber. Ich hatte dir bereits mehrfach gesagt, dass ich das zahle. Muss man dir eigentlich manche Informationen mit dem Presslufthammer ins Gehirn pusten? Was hältst du von der Algarve – oder Südfrankreich? Dachte ich so!"

„Auf Mallorca war ich noch nie!", kommt es grinsend von Timo.

„So mein lieber Herr StudentimewigenSemester! Du bekommst mich überall hin, aber nicht auf diese Chaoteninsel. Never! Außerdem habe ich keine Lust, dass mir ständig irgendwelche Leute über den Weg laufen, deren Bauprojekte ich noch vor Kurzem bearbeitet habe. Ich werde mich jedoch jetzt nicht mit dir darüber streiten. Falls du nicht einlenkst und wir keinen Kompromiss finden, gehen wir erst eine weitere Runde vögeln. Vielleicht geht's danach besser!"

„Nein, es muss nicht unbedingt Mallorca sein", lenkt Timo ein. „Algarve ist wirklich nett, vielleicht auch Tunesien oder Costa del Sol."

Tobias verdreht die Augen.

„Nach Spanien fliegen alle. Und Tunesien ist nicht so wirklich mein Ding. Das können wir besser. Warte mal, ich bin gleich zurück."

Tobias nimmt einen großen Bissen Pizza zu sich, legt anschließend das Besteck beiseite und verschwindet rasch in seinem Arbeitszimmer. Dort druckt er einige vorbereitete Reiseangebote aus, wirft einen leicht argwöhnischen Blick auf Timos Lampe, stellt diese klammheimlich wieder in die äußerste Ecke und kommt mit ein paar Zetteln zurück auf die Terrasse.

„Schau mal! Eine Ferienwohnung in Arcachon. Das liegt an der Atlantikküste im Südwesten Frankreichs etwa sechzig Kilometer von Bordeaux entfernt. Das Bassin d'Arcachon ist ein berühmter Badeort mit klasse Stränden, und falls du Bock haben solltest, nackig zu baden, ist das genauso erlaubt wie mit Badehose, zumal wir auch mal in die Stadt fahren und die französische Schwulenszene aufmischen könnten."

Timo beginnt sich zu wundern. Tobias will in die Szene! Sein Tobias! Hat er tatsächlich „sein Tobias" gedacht? Ja, er hat.

„Okay, ich bin einverstanden, wir können buchen, sofern du magst", kommt es leise von Timo, dabei schaut er verstohlen in Tobias' Augen.

„Na, so schnell geht es auch wieder nicht. Erst einmal muss ich einen Urlaubsantrag stellen und du musst deinen Kinderausweis beantragen", feixt ihm Tobias entgegen und nimmt einen großen Schluck aus seinem Weinglas.

„Quatsch, ich habe doch einen Personal…", setzt Timo an, dann erst registriert er, was Tobias genau gesagt hat und ebenso, dass der sich gerade köstlich zu amüsieren scheint. „Moment, wieso Kinderausweis? Jetzt ist aber eine Erklärung fällig, Herr Urlaubsfachberater."

„Na ist doch so, Kinder werden entweder im Pass der Eltern mit eingetragen, was in diesem Fall wohl eher weniger in Betracht zu ziehen ist, es sei denn, wir wollen zu viert in den Urlaub fahren, oder aber man beantragt für den Nachwuchs einen Kinderausweis."

Tobias bemüht sich um ein todernstes Gesicht, während er diese Erklärung hervorbringt. Timos Blick ist einfach nur göttlich, man kann förmlich sehen, wie es hinter seiner Stirn rattert.

„Sag mal, was denkst du eigentlich, wie alt ich bin, Herr Oberwichtig? Siebzehn und 'n Keks?"

Wirklich schlau sieht er bei seiner Antwort nicht aus, was Tobias nun endgültig dazu veranlasst, in lautes Lachen auszubrechen, dann jedoch sofort auf Timos Verständnislosigkeit zu reagieren.

„Ernsthaft Timo, ich habe einfach keinen blassen Schimmer, wie alt du tatsächlich bist. Das sollte jetzt mein Wink mit dem Gartenzaun sein, mir zu verraten, wann wir denn deinen Geburtstag feiern dürfen."

Timo schaut Tobias an, fixiert sich auf ihn und erhebt sich langsam. Mit zwei Schritten ist er bei ihm, lässt sich breitbeinig auf den Schoß seines Freundes fallen und greift mit einer schnellen Bewegung nach dessen Händen, drückt sie hoch und anschließend hinter dessen Nacken. Noch immer hält er Tobias' Blick mit dem seinem fest.

„So so, und da kannst du nicht einfach fragen, wie jeder Normalsterbliche es tun würde. Nun gut, ich sage es dir, aber ..."

„Aber?", haucht Tobias, der spürt, wie sich die erotische Spannung erneut aufzubauen beginnt. In seinen Lenden zuckt es und er kann fühlen, dass auch Timos Schwanz bereits hart gegen sein Becken drückt. Von einer Sekunde auf die andere wird sein Atem flacher und sein Blut beginnt zu kochen. Wie macht dieser verdammte, kleine, geile Mistkerl das bloß, dass er schon wieder spitz wie Nachbars Lumpi ist?

„Du wirst es büßen, mein Lieber, so was von büßen. Auf den Knien wirst du mich anflehen, dass ich dich ficken soll, du wirst mir einen blasen, dass ich die Engel singen höre und letztendlich wirst du mir das Hirn rausvögeln, bis wir beide nicht mehr können."

„Soll das eine Strafe sein? Das klingt für mich eher nach Vergnügen."

„Wart's ab. Außerdem, wer sagt denn, dass eine Strafe kein Vergnügen sein darf? Ich werde fordern und du wirst erfüllen. Hast du das verstanden, Herr Blödmann?"

„Verstanden", haucht Tobias, weiterhin mit zur Untätigkeit verdammten Händen. Stattdessen reibt Timo permanent seinen Schwanz an der steinharten Beule, die sich deutlich unter Tobias' Badehandtuch zeigt, was beiden Männern mittlerweile einen feinen Schweißfilm auf die Stirn treibt. „Und wie alt bist du nun?"

„Ich werde am zehnten August vierundzwanzig, zufrieden?", murmelt Timo dicht an Tobias' Ohr. „Und jetzt komm, lass uns reingehen, sonst ficken wir aus Versehen hier draußen und ob Frau Kunert das wirklich mitbekommen möchte, wage ich zu bezweifeln."

WENN ZWEI JUNGS EINE REISE TUN …

„Timo! Tiiiiiimo! Wo steckst du denn schon wieder? Du musst mir mal eben helfen", ruft Tobias durch seine Wohnung und hält Ausschau nach seinem Freund, der im ersten Moment jedoch nicht aufzufinden ist. „Timo, sag mal, was machst du denn im Vorgarten? Hast du dich etwa erneut am Klingelschild zu schaffen gemacht und irgendwelche Klebestreifen daran befestigt?"

„Nein! Das ist jetzt nicht mehr notwendig, da wir ja endlich ein neues Exemplar erworben haben, auf dem sich ganz klar und deutlich beide Nachnamen ohne irgendeinen Rotz von Zusatz befinden. Du wirst es mir übrigens garantiert nicht abkaufen, wo ich war. Willst du es wirklich wissen?"

„Klar, nun sag schon! Wir haben nicht ewig Zeit, unser Taxi kommt in einer halben Stunde", entgegnet Tobias genervt über Timos leicht spöttisch wirkende Antwort.

„Ich war bei Frau Kunert. Als ich eben vom Bäcker kam, habe ich sie getroffen – mit einer schweren Einkaufstasche in der Hand. Anscheinend war sie ein wenig überfordert und da habe ich ihr das Teil nach oben getragen."

„Sag mal, bist du von allen guten Geistern verlassen, der ollen Schneppe zu helfen? Wie ein Gutjunge, der durch angebotene Sympathie Pluspunkte bei Frau Nachbarin sammeln will? Außerdem was machst du beim Bäcker? Wir haben doch gefrühstückt."

Tobias' Augenbrauen haben sich inzwischen zu einer Art Gewitterwolke zusammengezogen, das geschieht ständig, wenn er kurz davor ist, wie eine Bombe zu explodieren.

„Mir kam es urplötzlich in den Sinn, ein bisschen Gebäck für die Reise zu besorgen. So als Nervennahrung und deshalb habe ich für einen Moment die Wohnung verlass…"

„Timo! Ist gut jetzt. Über Frau Kunert ist jedoch noch nicht das letzte Wort gesprochen. Wir haben allerdings ein anderes Problem. Mein Koffer geht nicht zu. Kannst du bitte einmal dagegenhalten, damit ich den Reißverschluss … Mist, geht auch nicht!"

„Tobi?"

„Was denn?", entgegnet dieser völlig abgenervt.

„Das Teil ist viel zu schwer. Was hast du denn da drin? Dein halbes Vermögen?"

„Na, mein Gott, alles, was man eben braucht. Shorts, T-Shirts, Anzüge, Hemden, Jeans, Unterwäsche, Badeklamotten, fünf Paar Schuhe …"

„Fünf Paar?", sichert sich Timo leicht verwundert ab, Tobias auch richtig verstanden zu haben.

Dieser nickt daraufhin lächelnd.

„Ja, was denkst du denn? Meinst du etwa, ich laufe jeden Tag mit demselben Outfit herum? Nee, mein Lieber, das geht gar nicht!"

„Lass uns den Koffer bitte einmal wiegen", kommt es von Timo, woraufhin Tobias die Personenwaage aus dem Bad holt, diese auf eine freie Stelle im Flur platziert und das noch immer nicht geschlossene Gepäckstück darauflegt. Timo schaut unterdessen durch die halb geöffnete Tür ins Arbeitszimmer, entdeckt seine Stehleuchte am falschen Platz, grinst, linst anschließend auf die Gewichtsanzeige und fährt mit einem leisen „viel zu schwer!" fort.

„Was soll ich denn tun? Nur Badeklamotten mitnehmen? Oder gar ohne Sachen fahren?"

„Nun regen Sie sich mal nicht gleich auf, Herr Obergepäcksoffizier! Drei Paar Schuhe bleiben hier, die Anzüge kannst du bis auf einen reduzieren und sechs verschiedene Jeans brauchst du ebenfalls nicht. Komm pack schnell aus, bevor das Taxi kommt", rät ihm Timo und zieht seinen Mund unterdessen so breit, dass die Lippen fast seine Ohren berühren.

Während Tobias meckernd Dinge aus seinem Koffer zurück in den Schrank legt, sich mit einem leisen „verdammte Scheiße!" mehrerer Schuhpaare für die Dauer des Urlaubs entledigt und letztendlich seinen Trolley verschließen kann, nutzt Timo die Zeit, um heimlich im Arbeitszimmer ein ganz bestimmtes Leuchtelement auf den von ihm vorgesehenen Platz zurückzustellen, wohlwollend zu nicken und dem Ganzen ein kaum hörbares „da gehörst du hin!" hinzuzufügen.

„Und wo steckst du jetzt wieder? Der Taxifahrer hat eben gehupt. Schnapp dir deine Tasche oder was immer du gepackt hast und beeil dich, sonst geht der Flieger noch ohne uns in die Luft."

Hektisch sucht Tobias seinen Schlüssel, der natürlich auf der Tür steckt, greift nach seinem Gepäck und trommelt mit den Fingern nervös gegen den Türrahmen, während sich Timo ganz gemütlich seine Reisetasche sowie das Bordcase umhängt und dabei mit vollen Backen kaut. Wie es aussieht, führt er gerade eine Verkostung der kürzlich erstandenen Gebäckstücke durch.

„Nun los, rein ins Auto", scheucht ihn Tobias Sekunden später, nachdem er sich mehrfach versichert hat, dass die Tür auch garantiert zweimal abgeschlossen ist. „Zum Flughafen, und zwar ohne Umwege. Nicht, dass Sie die längere Route fahren, dann ziehe ich Ihnen was vom Fahrpreis ab", weist er den Fahrer an, wirft seinen Trolley kurzerhand neben Timo auf die Rückbank und lässt sich selbst auf den Beifahrersitz fallen.

„Wie jetzt, du setzt dich nicht neben mich?"

Leichte Enttäuschung klingt aus Timos Stimme, während er diese Feststellung trifft.

„Für den winzigen Augenblick wird es sicher gehen, oder? Immerhin sind wir ab sofort eine ganze Woche rund um die Uhr zusammen, da werden diese paar Minuten jetzt wohl keine große Rolle spielen, denke ich mal."

„Wie Sie meinen, Herr ... ach scheiß drauf, was du bist. Ich finde es eben doof von dir, das ist alles. Aber klar, du musst natürlich vorn sitzen, damit du bloß alles im Blick hast. Sagst du dem Fahrer jetzt eigentlich auch, dass er gleich blinken muss, so wie du es bei mir so gerne tust? Und dass er nicht überholen darf? Oh Mann, du kannst manchmal sooo blöd sein."

Timo ist seine Verstimmung deutlich anzumerken, selbst dem Taxifahrer scheint Tobias' Verhalten unangenehm zu sein, zumindest schickt er Timo ein aufbauendes Lächeln über den Innenspiegel, was dieser dankbar erwidert. Anschließend atmet Timo tief durch. Nein, er wird sich den Urlaub nicht durch die Launen einen Herrn Andresen vermiesen lassen. Es heißt doch schließlich, der Klügere gäbe nach, also ...

Der Rest der Fahrt verläuft relativ schweigend, von der raschen Nachfrage des Fahrers, zu welchem Terminal er sie bringen soll, mal abgesehen. Am Ziel angekommen, bezahlt Tobias, rundet sogar auf und zerrt gleich darauf sein Gepäck vom Rücksitz, während Timo bereits auf der anderen Wagenseite aussteigt. Durch den harten, fast schon ruppigen Griff verkantet der Trolley jedoch, verzieht sich ein wenig und ... platzt an einer Stelle ein Stückchen auf, was Tobias jedoch erst bemerkt, als Timo ihm leicht schadenfroh grinsend ein gerolltes Paar Socken unter die Nase hält, das der unschwer als seins identifiziert.

„Heilige Scheiße, was ist denn das nun wieder?"

Mit zornigem Blick besieht sich Tobias den kleinen Schaden an seinem Rollkoffer. Der Reißverschluss hat an einer Stelle nachgegeben. Die Verzahnung ist offensichtlich verbogen, deswegen aufgeplatzt und der Ärmel eines T-Shirts hängt ebenfalls heraus.

„Das kann ja wohl nicht wahr sein. Dieses Mistding war sauteuer, das kann doch nicht einfach so kaputtgehen. Was zum Henker soll ich denn jetzt machen? Diese Drecksfirma werde ich vor Gericht zerren, die können sich auf eine saftige Schadenersatzklage gefasst machen, ich werde ..."

„... dich jetzt erst einmal beruhigen", versucht Timo, den inzwischen wie Rumpelstilzchen aufstampfenden Tobias zu besänftigen. „Lass mich mal sehen. Na los, nun rück schon ein wenig zur Seite."

Forsch drückt Timo Tobi ein Stück weg und begutachtet den kleinen Schaden. Rasch greift er in sein Bordcase, holt etwas heraus und fummelt anschließend einen Moment lang herum.

„Voilà, das sollte jetzt erst mal gehen. Nicht schön, aber selten."

Stolz präsentiert er Tobias den geflickten Trolley. Über der offenen Stelle klebt deutlich sichtbar breites Leukoplast, darunter kann man die Umrisse einer großen Sicherheitsnadel erkennen.

„Denkst du, ich werde ...", beginnt Tobias mit der nächsten Meckerarie. Man spürt sofort, dass es ihm nicht recht ist, mit einem derart notdürftig instandgesetzten Gepäckstück einzuchecken, ein warnender Blick aus Timos Augen lässt ihn jedoch verstummen. Mit gesenktem Kopf schnappt er sich das Unglücksteil und begibt sich in die Abfertigungshalle, Timo folgt ihm, dabei spielt ein amüsiertes Lächeln um seinen Mund.

Rasch geben sie ihre Koffer auf, beobachten, wie Trolley und Reisetasche mit den umgehängten Flugaufklebern „BOD" vom Gepäckband in die Untiefen des Flughafens eingesaugt werden, nehmen ihre Bordkarten in Empfang und gönnen sich im Anschluss daran einen Kaffee im Schnellrestaurant.

Nach einer Weile, in der kein einziges Wort gewechselt wird, räuspert sich Tobias, seinen Blick abermals zu Boden gerichtet.

„Ähmmm, ich ... also ... na ja ... danke fürs Reparieren", stößt er schließlich hervor. Seinem Tonfall kann man deutlich entnehmen, wie schwer ihm dieser Satz fällt.

„Und?"

„Was und?"

„Na, überleg mal", kommt es vollkommen ruhig von Timo, der genüsslich sein Getränk schlürft und Tobias dabei nicht aus den Augen lässt.

Es vergeht mindestens eine Minute, bevor Tobias hochguckt.

„Es tut mir leid, okay? Ich bin manchmal eben ein Idiot. Ein stieseliger Vollpfosten! Bist du jetzt endlich zufrieden, Herr Obergepäckstückreparaturmeister?"

„Fürs Erste geht's. Nun komm, lach mal wieder, wir haben immerhin Urlaub, Herr Miesepeter."

Mit einem leicht gequält wirkenden Grinsen sieht Tobias Timo an.

„Na siehste, geht doch. Und nun komm schon, unser Flug geht gleich."

Auffordernd hält Timo seinem Freund eine Hand hin, die dieser nach einem Moment des Zögerns ergreift und mit ihm anschließend den Weg zum Gate zurücklegt.

... GEHT HÄUFIG WAS DANEBEN!

Am frühen Nachmittag erreichen Tobias und Timo den Flughafen in Bordeaux und stehen kurz darauf gelangweilt an der Gepäckabfertigung.

„Wie lange soll das denn noch dauern? Sind wir hier im Ferienpark für Flugbegeisterte oder auf einem französischen Airport, an dem zumindest ab und zu mal gearbeitet wird?", beginnt Tobias ungeduldig zu meckern, rollt mehrfach die Augen und läuft nervös hin und her.

„Nun bleib mal locker, Monsieur Ichwillschnellweg! Wer weiß, wo das Problem liegt. Guck mal, du musst das so sehen: Wir stehen in einem trockenen, warmen Raum, sind sicher gelandet und haben uns. Da ist es doch ganz egal, wo wir sind. Hauptsache nicht nass und nicht durchgefroren, keine kalten Füße, nicht unterzuckert, nicht ..."

„Timo, falls du nicht gleich mit deinem blöden Gesabbel aufhörst, vergesse ich mich. Hast du irgendwelche Medikamente zu dir genommen oder weshalb quatscht du eine solch verquirlte Scheiße?"

„Ich wollte nur ...", versucht sich Timo grinsend und mit Schalk im Nacken zu rechtfertigen, wird jedoch abermals von Tobias unterbrochen.

„Halt einfach die Backen dicht. Das kann ja kein normaler Mensch ertragen! Außerdem zerrt das an meinem Nervenkostüm und das ist nicht unbedingt förderlich für unser Beisammensein."

„Siehst du ...", fährt Timo trotz Tobias' Forderung fort, „... wer geduldig wartet, kommt zum guten Schluss an sein Ziel. Dort drüben trudeln die ersten Koffer ein. Jetzt wird es sicherlich nicht mehr allzu lange dauern, bis wir unsere Sachen haben und den Mietwagen holen können."

„Na, das wurde aber auch Zeit. Sofern die nicht langsam in die Puschen gekommen wären, hätte ich selbst damit angefangen, das Flugzeug leerzuräumen. Wir sind schließlich nicht hierher geflogen, um unseren Urlaub in der Gepäckabfertigung zu verbringen", mosert Tobias weiter und schaut mit Argusaugen auf das Laufband.

„Guck mal", grinst Timo seinen Freund an. „Da kommt meine Tasche."

„Wie schön für dich", keift Tobias gereizter denn je und nimmt seinen Blick weiterhin nicht von den ankommenden Gepäckstücken.

Timo greift sich unterdessen sein Reiseutensil und schaut leicht irritiert zu Tobias.

„Was ist los? Ist dein Kopf am Laufband festgewachsen?"

„Lass mich in Ruhe. Ich warte auf meinen Trolley."

„Ist ja schon gut", lässt sich Timo vernehmen, „ich wollte nur lieb und nett sein."

„Das kann nun wirklich nicht angehen. Nahezu alle Passagiere haben ihre Sachen, nur ich muss noch warten. Gleich gehe ich zur Abfertigung und beschwere mich. Außerdem werde ich vom Reiseveranstalter eine Rückvergütung für die lange Wartezeit verlangen. Das ist ein absolutes No Go!"

Timo kann sich ein weiteres Grinsen kaum verkneifen. Er spürt, dass Tobias vor Wut fast platzt und das animiert ihn noch mehr dazu, ihn durch einen weiteren dummen Spruch auf den Boden der Tatsachen zurückzuholen oder noch mehr zu reizen.

„Nun überleg nur mal, was wäre, wenn dein Koffer durch die kleine Beschädigung im Flugzeug aufgegangen ist und deine Sachen jetzt überall herumliegen und er deshalb nicht auf das Laufband kommt. Oh, oh! Hoffentlich hat mein Klebeband gehalten."

„Timo!", beginnt Tobias fast zu brüllen. „Denk nicht mal daran, diesen Alptraum weiterzuspinnen. Halt einfach den Mund, ich will solche Dinge nicht hören, klar?"

„Alles gut, Herr OberernstundabsolutohneHumor! Der Herr Mayer näht sich jetzt die Lippen zu. Vielleicht verklebe ich sie aber auch mit einem Streifen Leukoplast"

„Das ist auch besser für deine Gesundheit. Aber mal abgesehen davon glaube ich, dass mein Koffer wirklich nicht mehr kommt. Alle Leute haben ihr Gepäck und das Laufband dreht sich ebenfalls nicht mehr. Somit ist mein Koffer verschwunden. Klar, dass das mir wieder passiert. Dafür wird der Veranstalter haften. Ich werde die Verantwortlichen jetzt mal mächtig aufmischen."

Kopfschüttelnd schaut Timo seinem leicht aggressiven Wirbelwind hinterher, wie dieser sich schnellen Schrittes davonbewegt, um den Verlust seines ach so wertvollen Gepäckstücks zu melden.

Kaum eine Minute später stehen Tobias und Timo am „Lost Baggage"-Schalter und versuchen, der Bediensteten hinter dem Tresen in einer Mischung aus Deutsch, Englisch und Französisch zu erklären, wie Tobias' Gepäckstück aussieht. Vor allem die auffällige Klebestelle führt Timo grinsend als besonderes Merkmal an, was ihm einen strafenden Blick von Tobias einbringt. In sich hineinkichernd verfolgt Timo die weitere Diskussion, die durch wilde Gesten und Handzeichen vervollständigt wird, bis endlich alles notiert ist und die nette Dame versichert, dass der Koffer, sobald er irgendwo auftaucht, umgehend per Boten in die gebuchte Unterkunft geliefert wird.

Knurrend wendet sich Tobias ab.

„Na los, lass uns den Wagen holen und dann erst mal raus aus diesem Chaosladen. In meinem Magen klafft mittlerweile ein riesiges Loch, der kleine Keks, den die Airline zu diesem Gesöff, das die Kaffee nennen, gereicht hat, war nun definitiv bloß etwas für den hohlen Zahn. Hoffen wir mal, dass wenigstens die Autovermietung einen besseren Service bietet."

Allein diese Hoffnung zerplatzt, als man Tobias und Timo den für sie reservierten fahrbaren Untersatz präsentiert – ein ziemlich verschmutztes Auto, noch dazu in einer kleineren Klasse als gebucht. Tobias holt tief Luft und will sich gerade erneut aufregen, da schnappt sich Timo den Autoschlüssel, schiebt seinen schlecht gelaunten Freund mit einem kleinen Schubser auf den Beifahrersitz, wirft sein Gepäck nach hinten, ruft dem Vermietassistenten ein freundliches „au revoir" zu und entert den Platz hinter dem Lenkrad.

„Hey, was soll denn das jetzt? Ich bin doch der Fahrer", brummelt Tobias los, wird jedoch sofort von Timo gestoppt.

„Mag sein, dass du das so geplant hast, jetzt habe jedoch ich das Steuer in der Hand. Du erinnerst dich? Wir sind beide als Fahrer eingetragen, meinen Führerschein habe ich genauso vorgezeigt wie du und ich bin wesentlich weniger aufgeregt als der gewisse Herr neben mir. Morgen darfst du wieder, heute bin ich dran. Erzähl lieber mal dem Navi, wo es uns hinleiten soll, Bordeaux ist nicht unbedingt meine Ecke."

Weiter in sich hineingrummelnd tippt Tobias an der Navigiereinrichtung herum, das elektronische Helferlein beginnt seine Anweisungen von sich zu geben und Timo lenkt den Wagen auf die Straße.

Nach einer knappen Stunde parkt Timo den Kleinwagen auf dem dafür vorgesehenen Platz in der Ferienwohnungsanlage und stellt den Motor ab.

„Nun, großer Meister, wir sind da. Und du hast es tatsächlich überlebt, oder?"

Mit einem schrägen Seitenblick mustert Tobias seinen Freund. Insgeheim zollt er ihm sogar leichte Bewunderung. Timo hat sich immerhin durch den dichten, etwas unübersichtlichen französischen Verkehr in keiner Weise beeindrucken lassen und sie ruhig und sicher zur Unterkunft gebracht.

„Na ja, war ganz okay" gibt er jedoch lediglich knurrend zu, was Timo wiederum grinsen lässt. Er kennt seinen Tobi einfach zu gut, der würde sich eher die Zunge abbeißen, bevor er ein Lob ausspricht, vor allem, wenn es ums Autofahren geht.

An der Rezeption werden die beiden von einer überaus eifrigen Dame in stark akzentuiertem, allerdings beinahe fehlerfreiem Deutsch begrüßt, sie füllen die notwendigen Formulare aus und erhalten ihre Schlüssel. Im fünften Stock angekommen, verschlägt es ihnen die Sprache, kaum dass sie die Tür geöffnet haben. Ein breites Panoramafenster eröffnet ihnen einen wunderbaren Blick auf den Atlantik, dessen Schaumkronen sanft an den Strand rollen und dessen Oberfläche in der Sonne glitzert, als hätte jemand flüssiges Silber darauf verteilt.

„Wow, das ist der Hammer. Tobi, nun guck doch bloß. Was für ein Traum."

Timos Augen leuchten förmlich und selbst über Tobias' heute ziemlich oft verkniffen wirkende Züge fliegt ein Lächeln.

„Gefällt es dir?"

„Was ist denn das für eine Frage? Natürlich! Es ist der absolute Wahnsinn. Tobias, ich bin dir unglaublich dankbar, dass du uns das ermöglicht hast."

„Quatsch keine Opern und jetzt nur nicht sentimental werden, alles gut. Eigentlich würde ich jetzt wirklich gern etwas essen gehen, bloß ich bin derart verschwitzt, dass ich am liebsten vorher duschen würde."

„Na, dann mach doch, ich bin sicher, dass es warmes Wasser gibt."

Timos Blick drückt seine ganze Verständnislosigkeit aus, sein Schulterzucken ebenfalls.

„Hast du vergessen, dass mein Koffer weg ist? Wer weiß, wann ich meine Sachen wiederbekomme, wenn überhaupt. Ich habe nicht einmal mehr eine Unterhose oder Socken, glücklicherweise gibt es wenigstens Shampoo und Duschgel ... zumindest in den meisten Unterkünften."

„Nicht verzagen, Timo fragen!"

Kichernd öffnet Timo sein Bordcase und zieht Shampoo, Duschgel und Zahncreme in Reisegrößen heraus, dazu zwei Zahnbürsten, gefolgt von Unterwäsche, T-Shirts und Socken.

„Ich will deine Sachen nicht. Lieb von dir, aber du hast eine kleinere Größe, da würde ich mir nur die Eier abklemmen."

„Nun guck mal genau hin, Herr Pingelig. Da ist auch deine Unterwäsche dabei. Ich habe es mir zur Angewohnheit gemacht, aus Prinzip immer mindestens einmal Wechselklamotten im Handgepäck zu haben, eben für solche Notfälle wie heute. Natürlich keine dicken Jeans. Ebenso wie Reisewaschmittel, Wäscheklammern und -leine, Kopfschmerztabletten, Pflaster und anderen Kleinkram. Vorsorge ist besser als Rumheulen."

„Mein kleiner Student ist tatsächlich eine Mutter Vernünftig."

„Es kann schon sein, dass ich hin und wieder ein kleiner Herr Ichdenkeanalles bin, ab und zu möchte ich jedoch gern mal ein ungezähmter und wollüstiger Mister IchpackdichjetztundwerfdichaufsBett sein – und glaub mir, gegen den wirst du dich nicht wehren können", raunt Timo seinem Freund plötzlich zu, drückt Tobias im selben Augenblick mit den Händen gegen die Brust und schubst ihn mit voller Kraft auf die Matratzen.

„Was soll das jetzt werden?", flüstert Tobias erregt. „Ich wollte eigentlich duschen, doch wenn das so ist, dann ..."

„Was dann?", unterbricht ihn Timo, während er mit den Fingern an die Ränder von Tobias' Shirt greift und ihm dieses mit einem Ruck vom Körper reißt.

„... ich wollte sagen, dass ich das Duschen sicherlich auf später verschieben kann", vervollständigt Tobias seinen Satz und zieht Timos Kopf an seine Lippen, um ihn zunächst zärtlich, wenige Sekunden später jedoch sinnlich und hart zugleich zu küssen.

Timo fummelt unterdessen forsch an Tobias' Jeans, öffnet Knopf und Reißverschluss und lässt wenig später seine rechte Hand darin verschwinden, was Tobias mit einem leisen, jedoch wilden Keuchen sowie einem geflüsterten „Ja!" quittiert.

„Doch glaub nicht, dass auf diesem Bett jetzt Endstation ist", keucht Timo Tobias ins Ohr, während seine Finger den Schwanz seines Freundes fest umschließen. „Du möchtest duschen, also tun wir das. Na los! Runter mit der Hose und mitkommen!", fährt er in leisem, jedoch deutlichem Befehlston fort.

Mit lüsternem Blick entledigt sich Tobias seiner restlichen Klamotten und nestelt gleichzeitig an Timos Sachen herum, bis sich beide im Adamskostüm wild knutschend vom Bett erheben und ähnlich dem Bild eines Tango tanzenden Paares im Bad verschwinden.

Timos Erregung lässt sich ebenfalls nicht verleugnen, so steht sein Schwanz wie eine Eins, als er den Duschknopf betätigt und beide vor Geilheit glühenden Körper mit warmem Wasser benetzt werden. Tobias streicht sich mit geschlossenen Augen durch die Haare, da ihm einige nasse Strähnen ins Gesicht gefallen sind, Timo küsst derweil halsabwärts Tobias' Schultern, leckt fordernd über dessen Brust und knabbert an den kleinen Nippeln, die sich ihm hart aufgerichtet entgegenstrecken.

„Ich wollte dich schon immer mal unter der Dusche ficken!", flüstert Timo wenig später und lässt gleichzeitig einen Finger in Tobias' Hintereingang verschwinden, was diesen wollüstig aufschreien lässt.

„Du scheinst es ja kaum erwarten zu können? Na, möchtest du meinen Schwanz in dir spüren oder soll ich erst meine heiße Zunge in dir versenken? Willst du von mir unter prasselndem Wasser heftig genommen werden? Wünschst du dir, dass ich mich im Stehen an Ort und Stelle mit dir vereinige? So antworte mit ‚Ja, gib's mir'!"

Tobias antwortet natürlich nicht auf Timos Aufforderung, sondern presst seinen Körper lediglich etwas näher an Timo, sodass sie nun eng umschlungen unter dem prickelnden Nass stehen und sich abermals tief und innig küssen, bis beiden fast der Atem wegbleibt.

„Und nun sag es!", fordert Timo ihn wenig später erneut auf. „Bettel darum, von mir gefickt zu werden! Los!"

„Fick mich!", raunt Tobias zunächst leise.

„Sag es lauter! Schrei mich an und ruf es von mir aus durch die ganze Wohnung."

„Fick mich!", wiederholt Tobias.

„Lauter!"

„FICK MICH!!!", schreit Tobias zu guter Letzt, woraufhin Timo Tobias umdreht, dessen Rücken nach vorn beugt, Tobias' Beine ein wenig auseinanderstellt und sich, nachdem er zunächst seine Zunge Tobias' Hintereingang hat erkunden lassen, wenig später heftig mit ihm vereinigt, was nicht nur Tobias, sondern auch Timo lustvoll aufstöhnen lässt.

„Soll ich weitermachen oder aufhören? Was willst du?"

„Mach weiter, bitte!", krächzt Tobias und drückt ihm seinen Hintern noch stärker entgegen.

„Dann sag es noch mal!"

„FICK MICH WEITER!", brüllt Tobias derart lüstern, dass Timo seine Stöße nochmals intensiviert und dabei Hand an Tobias' Schwanz legt, bis dieser wild eine volle Ladung seines Saftes gegen die Fliesen in der Dusche spritzt und Timo sich voller Hingabe in Tobias ergießt.

Völlig verausgabt stehen beide Männer knutschend unter der Brause und genießen jeden einzelnen Tropfen Wasser, der ihre Haut benetzt. Ohne dass ihre Lippen voneinander ablassen, seifen sie sich gegenseitig ein und waschen sich den Schweiß des Sex aus ihren Poren, bis sie feststellen, dass niemand von ihnen daran gedacht hat, ob sich ein Handtuch in der Nähe befindet.

„Warum hängt denn hier keines?", will Tobias soeben zu meckern beginnen, wird jedoch von Timo mit einem lächelnden „Schscht" davon abgehalten.

Triefend holt er eins der bereitgestellten Trockentücher aus dem Regal neben der Badezimmertür und kehrt weiterhin grinsend zurück, um Tobias im selben Moment damit abzutrocknen.

„Die lagen lediglich zwei Meter von der Dusche entfernt. Und ein paar Tropfen Wasser auf den Fliesen sind wohl kein Drama. Komm einfach schnell zu mir her, Monsieur Trockengerubbeltwerdenwill, ich kümmere mich um dich. Und hinterher gehen wir an den Strand und suchen uns dort ein nettes Lokal, in dem wir Fisch essen können. Ich lade dich ein. So als Überraschung!"

Kopfschüttelnd dementiert Tobias Timos letzten Satz.

„Du musst mich nicht einla..."

„Tobias, halt einfach den Mund. Ich werde dich jetzt zum Essen entführen, und zwar auf meine Kosten. Ich kann mir das wirklich leisten, selbst wenn ich bloß der kleine, arme Student bin, der nur eine abgefuckte Stehlampe besitzt, die übrigens wieder dort steht, wo ich es will."

Entgegen Timos Erwartungen leistet Tobias keinen weiteren Widerstand und lässt sich auf das angekündigte Vorhaben ein. Komischerweise scheint es ihn nicht sonderlich zu stören, dass sie Hand in Hand in Richtung Meer gehen und sogar für eine Weile dem Rauschen des Atlantiks zuhören.

Rasch finden sie ein nettes Lokal, in dem es ein reichliches Fischangebot gibt.

„Nimm, was du willst!", bietet Timo an. „Ich möchte, dass es uns gut geht und wir eine tolle Zeit haben. Außerdem will ich, dass wir das, was eben unter der Dusche geschah, in diesem Land noch einige Male wiederholen. Von mir aus auch am Strand, in den Dünen oder Gott weiß wo."

„Okay, überredet. Mein Student verwöhnt mich heute. Und ja, einem Erlebnis in den Dünen bin ich nicht abgeneigt. Wie auch immer, wir werden sehen. Ich werde mich für den Hummer entscheiden. Hab ich schon Ewigkeiten nicht gegessen."

„Gute Wahl. Darauf hatte ich ebenfalls spekuliert! Wow, toll, dass wir hier sind. Endlich mal Zeit für uns", grinst Timo Tobias breit an.

„Ja, das hat sicherlich was", stimmt Tobias zu. „Aber nicht, dass du gleich auf die Knie gehst und mir einen Antrag oder so was machst."

„Nun mal ehrlich, Herr Oberschlau, denkst du tatsächlich, dass ich einem solchen Stiesel wie dir einen Heiratsantrag mache?"

Völlig entspannt und mit einem leicht spöttischen, aber dennoch liebevollen Lächeln in den Mundwinkeln schaut Timo Tobias an. Dieser schüttelt fast unmerklich den Kopf.

„Nein, sicher nicht, bloß …"

„Bloß?", kommt es gespannt von Timo, dem man ansieht, dass er längst nicht mehr so ruhig ist, wie er vorgibt.

„Vielleicht könnte ich das ja übernehmen."

Tobias lächelt sanft und weidet sich an Timos überraschtem Gesichtsausdruck.

„So, so", kontert der, „meinst du nicht, dass dazu etwas mehr gehört, als dass man unter einem Dach lebt und sich dauernd in die Plünnen bekommt? Dir ist hoffentlich klar, dass wir garantiert den Weltrekord im Streiten brechen könnten, weit sind wir vom Titel sicher nicht entfernt. Und das wird sich hier in Frankreich wahrscheinlich auch nicht ändern."

Timo lehnt sich auf seinem Stuhl zurück und verschränkt abwartend die Arme vor seinem Körper.

„Und was ist mit unserem grandiosen Sex? Ich meine das, was vorhin passiert ist, war schon mehr als genial, oder siehst du das anders?"

Tobias lauert förmlich auf Timos Antwort, die auch umgehend kommt.

„Da stimme ich dir völlig zu, aber etwas fehlt dennoch."

„Und das wäre?"

Tobias ist in diesem Moment die Ruhe in Person und das Lächeln auf seinem Gesicht verstärkt sich noch um einiges.

„Nun, ich dachte da an dieses merkwürdige Ding, das die meisten Menschen Liebe nennen. Du weißt schon ... ein ziemlich albernes Gefühl, nicht ganz klar definiert und eine Liste zum Abhaken, damit man weiß, wann es Liebe ist, gibt es ebenfalls nicht. Bloß fast alle Ehepaare, die ich kenne, haben aus eben diesem Gefühl heraus geheiratet. Zumindest kann ich mich nicht erinnern, dass du mir jemals gesagt hättest, dass du mich liebst."

„Du mir bislang auch nicht, Herr Meisterstudent, oder irre ich mich da?"

Jetzt ist es Timo, der den Kopf verneinend bewegt, Tobias' Blick festhält und ihn näher zu sich zieht, bis sich ihre Nasenspitzen fast berühren. Etwas in Tobias' Augen fesselt Timo in diesem Moment besonders, er holt tief Luft und Bruchteile von Sekunden später erklingt ein leises „Ich liebe dich" aus zwei Mündern gleichzeitig.

Beide Männer lachen laut los und lösen damit die Spannung, die bis eben in der Luft gelegen hat, auf.

Tobias nimmt die Hand seines Freundes und hält diese mehr als fest.

„Ich liebe dich, du Nervensäge, weißt du das nicht?"

Timos Gesicht wird von einem Strahlen überzogen, seine Augen leuchten und schimmern leicht feucht, als er antwortet.

„Und ich liebe dich, Herr Unbeugsam und Unbezwingbar. Fast vom ersten Treffen an, aber ich dachte, du machst dir nichts aus solchem Schmonzes, bist viel zu abgeklärt dafür. Zudem spielt für dich Sex die Hauptrolle, oder?"

„Nein, tut er nicht. Sex ist wichtig und unsere Aktivitäten sind oberaffengeil, sofern ich das mal so salopp ausdrücken darf, doch ich möchte jemanden an meiner Seite, einen Menschen, dem ich vertrauen kann, der mich liebt, so, wie ich nun mal bin und zu dem ich gerne nach Hause kommen mag. Glaub mir, Timo, ich kann lieben."

„Wenn ich dich nicht schon lieben würde, spätestens jetzt hättest du mich. Doch egal, ob und wann du fragen wirst, eins möchte ich trotzdem sagen."

„Und was ist das?"

„Versprich mir, dass wir uns nach jedem Streit versöhnen, dafür gelobe ich, nicht mehr wegzurennen, okay? Verdammt, ich will nie wieder Angst haben, dich zu verlieren."

„Alles was du willst, du Nervbolzen. Und nun küss mich rasch noch einmal, bevor der Ober kommt und wir bestellen müssen. Ich denke, wir sollten unsere Liebe jetzt mal standesgemäß besiegeln, was meinst du?"

„Keine Einwände, Herr Oberbauamtsrat", raunt Timo heiser, danach wird er am Weitersprechen gehindert, denn ein hungriger Mund legt sich auf den seinen und lässt jedes weitere Wort auf seiner Zunge verstummen. In seinem Inneren jedoch jubelt irgendetwas ... er ist angekommen.

BAUANTRAGSKAPRIOLEN

Mit zusammengekniffenen Augen und sichtlich schlechter Laune lenkt Tobias sein Fahrzeug auf den Parkplatz, steigt aus und knallt die Fahrertür dermaßen laut zu, dass Timo dieses Geräusch sogar im Bad und trotz des laufenden Radiogerätes vernehmen kann.

Leicht amüsiert öffnet Timo daraufhin die Tür der gemeinsamen Wohnung und möchte Tobias soeben mit einem Begrüßungsküsschen in Empfang nehmen, als er feststellen muss, dass selbiger eben dieses abwehrt.

„Oh, dem Herrn MeisterallerBaukünste ist eine Laus über die Leber gelaufen, oder weshalb drangsalierst du sogar dein Lieblingsstück von Auto derart laut, dass ich im Bad fast einen Gehörsturz erleide?", stellt Timo seinen Freund aufgrund dessen Verhaltens zur Rede und verschränkt gespielt ernst die Arme vor dem Oberkörper.

„Ach, hör bloß auf. Jetzt arbeite ich seit unserem Urlaub bereits zwei Wochen wieder bei diesen bekloppten Sesselfurzern und bin einfach völlig fertig. Es gibt so viele idiotische Antragsteller, die ständig exquisite Sonderwünsche haben, die aufgrund der Gesetzeslage jedoch in der Form nicht genehmigt werden dürfen, sondern für die zunächst ein statisches Gutachten vorgelegt werden muss. Genau das habe ich solch einem neureichen Vollidioten zu erklären versucht, doch der wollte alles besser wissen."

Timo zögert zunächst mit einer Antwort, kann sich eine kleine Stichelei allerdings nicht verkneifen.

„Und sobald jemand etwas besser weiß als Herr Tobias Unbelehrbar, ist dieser natürlich gleich sauer wie eine überreife Zitrone und lässt sich sogar seinen Feierabend dadurch vermiesen."

„Jetzt fang du auch noch an", kontert Tobias augenblicklich und schiebt seine Augenbrauen zu einem fast durchgehenden Haarstrang zusammen, sodass Timo nicht anders kann, als loszuprusten.

„Was ist denn nun los? Machst du dich etwa jetzt über mich lustig?"

„Nein!", ruft Timo grinsend aus. „Das ist es nicht, nur, sobald du so dreinschaust, siehst du aus wie dieser Politiker, na du weißt schon, wer, ach, mir fällt der Name jetzt nicht ein."

„Sehr witzig, Herr von und zu Lachminister. Obwohl mein Vorname auch mit T anfängt."

„Na, wie heißt er denn nun?"

„Ist doch ganz egal. Rate doch! Vielleicht sollte ich mir die Augenbrauen genauso kürzen wie dieser Vogel, der mich auf dem Bauamt mit seinen Floskeln belehren wollte, und mir so eine stoppschildförmige Brille anschaffen wie er, dann darfst du mich Herr Allwissend nennen und ich kippe alle Baugesetze dieser Welt", tobt Tobias kopfschüttelnd und legt sein Sakko ab.

„Moment mal, was für eine Brille? So eine getönte, unförmige? Und hat der schulterlange, dunkelblonde Haare und ist circa einen Kopf größer als ich?", hakt Timo interessiert nach.

„Ja, wieso? Kennst du den Vollpfosten etwa? Dann kannst du ihm gerne ausrichten, dass ich seinen Antrag ohne statisches Gutachten nicht genehmigen werde."

„Tja, mein lieber Herr Antragsverweigerer! Das ist Marko von Sonnenwald, stimmt's?"

Tobias verdreht genervt die Augen.

„Oh, mein Gott, ich kann den Namen schon nicht mehr hören. Was hat der mit dir zu tun? Ist der etwa mit dir verwandt? Das wäre definitiv ein Grund für eine Trennung!"

„Nun mach mal halblang, das ist mein Dozent. Mein Prof! Er hält Vorlesungen über Baustatik. Und er kennt sich gut aus, unabhängig von seiner Überheblichkeit."

„Moment mal, willst du mir jetzt etwa in den Rücken fallen? Meine fachliche Kompetenz untergraben? Gesetze infrage stellen? Ich glaube, Herr Möchtegernstudent, du hast ein Ei am Wandern."

Timo schaut mit einer gespielten Schippe auf den Lippen an sich hinunter, fasst sich kurz in den Schritt und fügt seiner Gestik ein gelächeltes „nö, sind beide da, wo sie hingehören" hinzu.

„Willst du mich verarschen, oder was? Und sofern du deinen ach so schlauen Superprofessor in Schutz nehmen möchtest, tu das gefälligst an einem anderen Ort als in dieser Wohnung. Ich werde ihm ohne ein statisches Gutachten nicht mehr weiterhelfen, selbst wenn er tausend Fachbegriffe benutzt und zu erklären versucht, dass er selbst gerechnet hätte. Gesetze werden eingehalten und damit basta!", meckert Tobias weiter, wobei er unbewusst mehrfach den Kühlschrank öffnet, ohne etwas dabei herauszunehmen.

„Hast du Durst, oder weshalb machst du dich ständig aufs Neue an dem Teil dort zu schaffen? Ich könnte dir sonst gern ein Foto vom Inhalt des Gerätes machen, damit du dich in Ruhe entscheiden kannst. Und überhaupt, dort drüben auf der Anrichte steht gekühlter Eistee, den könntest du gern ..."

„TIMO! SAG MAL, WILLST DU MICH VÖLLIG FERTIGMACHEN?", brüllt Tobias unverhofft ohrenbetäubend laut durch die Küche, reißt sich dabei die Krawatte vom Hals und wirft sie mit Wucht auf den Boden im Flur.

„Ich wollte nur nett ...", reagiert Timo, wird jedoch von Tobias abermals unterbrochen.

„Nett? Ich habe heute von Niemandem auch nur ein nettes Wort gehört, weder von deinem ach so tollen Professor noch von dir. Stattdessen reizt du mich mit deinem Eistee, obwohl du weißt, dass ich ein solches Gesöff nicht ausstehen kann und eigentlich gar nicht in dieser Wohnung dulde."

„Als ob du ganz allein zu entscheiden hättest, welche Getränke hier getrunken werden und welche nicht", wirft Timo zwischendurch ein, während Tobias, ohne auch nur ansatzweise Luft zu holen, weitermosert.

„Zum Teufel, du und dein widerlicher Tee. Ich hab dir, bevor du hier eingezogen bist, gesagt, dass ich das eigentlich nicht mag, also dulde ich es lediglich. Und wenn du mir dann diesen süßen Zuckerscheiß andrehen willst, brauchst du dich nicht zu wundern, dass ich sauer werde."

„So so, Zuckerscheiß. Sag mal, Herr Oberstatikberechner, wann hast du zuletzt Eistee probiert? Bist du da noch zur Schule gegangen oder woher stammt dein fundiertes Wissen über den Zuckergehalt des Eistees, zumindest über den selbst frisch produzierten Trunk, der in unserer Küche steht?"

„Na, das weiß nun wirklich jeder, der aufmerksam ab und zu die Nachrichten verfolgt und nicht nur mit dem Handy herumspielt. Es gibt jede Menge Statistiken darüber, wie viel Zucker da drin ist, wie viele unnütze Stoffe, wie ..."

„Schau an, jetzt sind wir plötzlich von den Statiken zu den Statistiken abgewandert. Und woher kennst du die nun alle so genau? Aus dem öffentlich-rechtlichen Fernsehen oder den privaten Sendern? Oder doch eher selbst jahrelang Statistik gewesen?", kommt es mit inzwischen ziemlich ironischem Unterton von Timo, der sich zudem mit stoischer Ruhe ein Glas des Getränks, das Tobias' Zorn hervorgerufen hat, einschenkt und genüsslich durch seine Kehle laufen lässt. „Du weißt ja, statistisch gesehen sterben die meisten Bauamtsmitarbeiter an zu hohem Blutdruck, weil sie sich zu oft über antragstellende Professoren aufregen."

„Willst du mich eigentlich verkackeiern, du kleiner Studentenfuzzi? Dieser Idiot hat sich definitiv an die Vorschriften zu halten, so wahr ich Tobias Andresen heiße und …"

„… Diplomfachwirt bin. Mensch, Tobi, komm runter von dieser Scheißpalme, du bekommst sonst tatsächlich noch einen Herzkasper oder erstickst an deinen Worten. Und in dem Fall habe ich niemanden zum Kabbeln mehr."

„Warum kommt es mir eigentlich so vor, als ob du mich manchmal ganz und gar nicht ernst nimmst? Ich rege mich darüber auf, dass es Menschen gibt, die denken, sie wären allwissend, und du nimmst sie sogar in Schutz, nur weil es Leute sind, die du zufällig kennst."

„So ganz zufällig ist das nicht, immerhin laufe ich Professor von Sonnenwald beinahe täglich über den Weg. Allerdings in einem Punkt muss ich dir recht geben, Herr IchsetzejedeVorschriftdurch."

„Und in welchem genau, wenn ich fragen darf?", blubbert Tobias immer noch miesepetrig zwischen seinen vor Wut zusammengepressten Zähnen hervor.

„Dass es wirklich diese widerlichen Typen gibt, die man Neudeutsch seit einiger Zeit gern mal „Mister Wise Guy" nennt, weil sie absolut alles besser wissen."

„Ha, jetzt haben wir es, du regst dich also auch darüber auf", schießt Tobias Timo triumphierend entgegen. „Dann weißt du sicher, dass es einen kirre machen kann und man sie am liebsten per Fußtritt dahin befördern würde, wo der Pfeffer wächst."

„Nicht ganz, Mister Wise Guy, man kann lernen, mit ihnen zu leben und ihre Ausbrüche nicht jedes Mal ganz ernst zu nehmen."

Das Grinsen auf Timos Gesicht wird immer breiter, als er feststellt, wie Tobias langsam dämmert, was Timo da gerade von sich gegeben hat. Eine Zornesfalte bildet sich über Tobias' Nasenwurzel und er kommt ein paar Schritte auf Timo zu, der mit dem Rücken an der Anrichte lehnt, auf der er eben sein Glas abgestellt hat.

„Meinst du etwa mich?" In Tobias' Augen beginnt es zu funkeln, als er erkennt, dass Timo nickt, wobei in dessen Blick eine unverkennbare Aufforderung liegt. „Das wirst du mir büßen! Erst auslachen, dann foppen und zu guter Letzt auch noch beleidigen."

„Ah ja, und hast du den passenden Antrag dafür eigentlich schon gestellt? Das entsprechende Formular bekommst du …"

Timo kann seinen Satz nicht ganz zu Ende bringen, da ihm Tobias' Mund derart hart die Lippen verschließt, dass es fast schon einem Biss nahekommt. Keuchend verschmelzen ihre Zungen miteinander, bis sich Tobias etwas nach hinten beugt, mit seiner Hand beherzt in Timos Mitte greift und ausstößt: „Dachte ich es mir doch, ein Ständer der Extraklasse. Warum nur macht es dich immer so geil, wenn wir uns zoffen, du kleine Sau? Was bist du bloß für ein missratenes Miststück?!"

„Magst du es nicht, dass ich dich lieber ficken will, als mit dir zu streiten?"

„Willst du das denn jetzt? Ficken? Richtig hart und fest ficken? Soll ich dir deinen kleinen, festen Arsch so richtig durchvögeln, bis dir Hören und Sehen vergeht?"

„Muss ich dafür jetzt etwa vorher einen Antrag stellen oder dürfen wir einfach so ins Schlafzimmer abwandern, damit wir testen können, ob das Bett hoffentlich noch allen Anforderungen an die Statik standhält?"

„Na warte, das wirst du alles so was von bereuen", murmelt Tobias noch, bevor er Timo kurzerhand in Richtung des genannten Raumes schiebt, wobei er seine Hand nicht eine Sekunde aus Timos Mitte löst.

STUDENTENPARTY

„Tobias? Wo steckst du denn schon wieder?"

Hektisch rast Timo durch die gemeinsame Wohnung und schaut von Zimmer zu Zimmer, kann seinen Freund jedoch nirgendwo ausmachen, bis sich schließlich eine Stimme aus dem Keller meldet.

„Hier unten! Ich habe dir doch gesagt, dass ich endlich mal ausmisten wollte. Immerhin haben wir heute nichts vor, und da dachte ich, es könnte nicht schaden, dass ich zumindest das Wichtige vom Unwichtigen trenne, damit es nicht mehr ganz so chaotisch wirkt."

„Aber du weißt schon, dass heute Abend unsere Semesterparty auf dem Campus stattfindet?", ruft Timo ihm zu, während er die Treppen hinuntereilt und letztendlich an der Kellertür stehen bleibt.

„Oh, das habe ich offensichtlich erfolgreich verdrängt. Schließlich kenne ich da niemanden und habe auch ehrlich gesagt keine große Lust, mitzukommen."

Mit empörtem Blick und leicht enttäuschtem Gesichtsausdruck setzt Timo zu einer Antwort an.

„Ich habe dir bereits vor mehreren Wochen von diesem Tag erzählt und dir mitgeteilt, dass es ausdrücklich erwünscht ist, dass wir unsere Partner mitbringen. Sofern ich es recht in Erinnerung habe, hast du sogar genickt."

„Ja! Das habe ich", wirft Tobias ein, während er ein paar Kisten von einer Ecke in die andere stellt, dabei ächzende Laute ausstößt und sich daraufhin mit dem linken Ärmel den Schweiß von der Stirn wischt. „Aber nur weil ich nicke, heißt das nicht, dass ich dich begleite, sondern lediglich, dass ich vernommen habe, dass du mir die Information gegeben hast."

„Und was genau soll mir das sagen?"

„Das bedeutet, dass ich hier im Keller weiterhin Ordnung schaffe und du mir entweder hilfst oder dir deine durchlöcherte Jeans über deine wohlgeformten Beine schiebst und allein dorthin gehst."

Kopfschüttelnd dreht sich Timo um und geht mit langsamen Schritten in die Wohnung zurück. Wortlos schaut Tobias ihm hinterher und entscheidet sich kurz darauf, Timo auf dem Fuße zu folgen.

„Was ist denn nun los? Habe ich in deinen Augen wieder einmal irgendetwas falsch gemacht?"

„Weißt du was, Herr Aufräumwütig? Ich ärgere mich jetzt schon darüber, dass ich dir überhaupt erzählt habe, dass wir eine Party geplant haben. Schließlich hätte ich es wissen müssen, dass du, wie schon des Öfteren, nicht dabei sein möchtest. Deshalb könnte ich mir selbst in den Hintern beißen. Geh doch einfach zurück in deinen ach so geliebten Keller und sortiere Sachen, die sowieso niemanden interessieren. Ich weiß zumindest für mich, dass ich gleich auf den Campus fahre und Spaß haben werde."

Wütend rennt Timo über den Flur, um das Bad zu entern. Tobias will ihn zurückhalten, da er sich weiter erklären möchte, doch als Tobias Timo am Arm packt, reißt dieser sich augenblicklich von ihm los und verschwindet in der Nasszelle.

„Ich habe halt keinen Bock auf diese Feier. Was soll ich unter einer Masse von Studenten, die mir allesamt völlig fremd sind? Außer dir und diesem blöden Dozenten werden mir keine bekannten Gesichter über den Weg laufen. Und glaub mir, dieser von Sonnenwald würde nicht unbedingt für gute Laune bei mir sorgen", ruft Tobias ihm vom Flur aus zu, woraufhin Timo, der zwischendurch sogar die Tür zum Bad verschlossen hat, diese einen spaltbreit öffnet und den Kopf hindurchsteckt.

„Dozenten sind doch gar nicht da. Es geht mir einfach nur darum, mit dir etwas zu teilen, dazu bist du jedoch anscheinend nicht in der Lage. Also grüß mir die Spinnen zwischen all dem Sperrmüll, ich mache mich jetzt fertig, wir treffen uns schließlich in einer Stunde für die Vorbereitungen", schnauzt er missmutig auf den Flur, bevor er ein weiteres Mal mit Nachdruck das Türblatt zudrückt und deutlich hörbar und energisch den Schlüssel umdreht.

Achselzuckend wendet sich Tobias ab, nachdem er erkennen muss, dass Timo nicht erneut zu öffnen gedenkt, sondern stattdessen die Brause rauscht und Musik erklingt, die ganz offensichtlich von Timos Handy abgespielt wird, da das Radio im Badezimmer seinen einigen Tagen seinen Dienst verweigert. Sofern Timo auf diese Party gehen möchte, soll er das tun, er wird ihn nicht bitten zu bleiben, warum auch? Immerhin ist er alt genug, um zu wissen, was er tun möchte.

Tobias betritt die Küche, nimmt sich eine Flasche Selter aus dem Kühlschrank und während er durstig den ersten Schluck durch seine staubige Kehle laufen lässt, kommt er ins Grübeln. Hat er Timo allen Ernstes versprochen, mitzugehen? Nein, definitiv nicht, dessen ist er sich sicher. Vielmehr ist es tatsächlich so, wie er es eben gesagt hat: Er hat die Information gehört und verarbeitet, allerdings nicht als explizite Einladung aufgefasst. Timo hätte ihn allerdings wenigstens gestern noch einmal darauf ansprechen können, wenn es für ihn dermaßen wichtig ist, dass er in Begleitung dort erscheinen will. Woher soll Tobias denn wissen, dass es für seinen kleinen Studenten beinahe einem Weltuntergang gleichkommt, dass er nicht mit seinem Freund knutschend und Händchen haltend dort ankommt?

Kopfschüttelnd lauscht Tobias einen Augenblick, ob Timo eventuell doch endlich Anstalten macht, aus der Nasszelle zu kommen, entscheidet sich jedoch nach weiteren fünf Minuten dafür, seine unterbrochene Arbeit im Keller fortzusetzen und zu warten, ob Timo sich wenigstens verabschiedet.

Diese Hoffnung zerschlägt sich allerdings eine knappe halbe Stunde später mit dem Knall, den Timo durch das Zuschlagen der Haustür verursacht. Tobias zuckt sogar ein wenig zusammen und schreckt kurz aus der Sichtung von alten Unterlagen hoch. Aha, Timo hat also ernst gemacht und ist zur Party gegangen. So weit, so gut, nur wenigstens einen Gruß hätte er in den Keller rufen können, aber okay. Soll Timo sich amüsieren, vielleicht wird er selbst im Anschluss an die hoffentlich erfolgreiche Aufräumaktion ebenfalls noch etwas trinken gehen, selbst falls es nur eine Apfelschorle sein sollte. Er wird garantiert nicht zu Hause sitzen, wie ein schmollender Teenager mit dem ersten Liebeskummer auf der Couch ausharren und auf den verschollenen Lover warten. *So nicht, mein Freund, so haben wir nicht gewettet',* schießt es durch Tobias' Kopf. *'Ich bin doch nicht dein Hampelmann, den du deinen Kumpels vorführen kannst. Ich entscheide immer noch selbst, wann ich wohin gehe und damit basta!'*

*

Etwa eine Viertelstunde nach Verlassen der Wohnung erreicht Timo den Campus, wo er von seinen Kommilitonen herzlich empfangen wird. Nach einem kleinen Begrüßungsschnäpschen machen sich die Studenten an die Arbeit, denn es gilt, Pavillons, Holzbänke und Tische aufzustellen und den Grillplatz vorzubereiten. Da sich bisher noch nicht alle Teilnehmer eingefunden haben, gibt es eine Menge zu schleppen, was Timo relativ schnell außer Atem kommen lässt. Außerdem ist es an diesem späten Samstagnachmittag sehr heiß und Timo läuft der Schweiß nur so von der Stirn. Umso mehr lechzt seine trockene Kehle nach einem eisgekühlten Getränk.

„Nun komm!", ruft einer seiner Studienkollegen ihm zu. „Noch fünf Bänke aufstellen und die zwei kleinen Zelte, dann haben wir es geschafft. Um den Grill kümmern sich Maik und Christian, das ist sowieso deren Steckenpferd."

Wortlos nickt Timo und würde dabei am liebsten wie ein Hund die Zunge aus dem Hals hängen lassen, derart warm ist ihm.

„Sag mal, Timo, hast du dich nach dem Duschen nicht abgetrocknet oder weshalb bist du so nass?", kommt es frotzelnd von einem anderen Mitstudenten, der soeben lächelnd das Gelände betreten hat und sich lässig eine Kippe zwischen die Lippen steckt.

„Sehr witzig!", hechelt Timo zurück. „Aber das Wasser auf meiner Haut ist eine Spezialanfertigung, speziell aus dem Hause Mayer. Eigenproduktion sozusagen. Mittlerweile verdiene ich mit dem Verkauf dieser Flüssigkeit eine Menge Geld. Falls du eine Probe haben möchtest, fülle ich dir gern eine ab."

Wortkarg und mit leicht indigniertem Gesichtsausdruck zieht der Typ an seiner Zigarette, während Timo die letzten Holzbänke ausklappt, bevor er sich endlich mit einem Papiertuch die Stirn trocken wischt.

„Komm, Timo! Ich glaube, wir könnten jetzt etwas zu trinken gebrauchen. Das haben wir uns absolut verdient", fordert ihn sein Kollege auf und gibt dem Typen, der sich anfangs leicht über Timo amüsiert hat, im Vorbeigehen eine kleine Kopfschelle, untermalt mit den Worten: „Ey, Digga, Rauchen ist ungesund."

„Möchtest du auch ein Bier?", fragt der Studienkollege Timo, nachdem beide den Getränkestand erreicht haben.

Timo wägt ab, indem er seinen Kopf hin und herbewegt, und entscheidet sich letztendlich tatsächlich für das angebotene Getränk.

„Ja, eines geht! Ich bin eigentlich kein Biertrinker und vertrage deswegen nicht sonderlich viel davon."

„Ist doch egal", entgegnet sein Mitstreiter. „Morgen bist du garantiert wieder nüchtern. Warum nicht mal ein bisschen feiern?"

„Klar!", erwidert Timo und setzt durstig die Flasche an. Ein tolles Gefühl überfällt ihn, als er spürt, wie sich der Gerstensaft in seinem ausgedorrten Körper verteilt und ihm die Befriedigung der Flüssigkeitsaufnahme verschafft.

„Das zischt, oder?"

Timo nickt und überlegt. *'Verdammt noch mal, ich werde alt. Wie heißt der Typ denn noch gleich? Zwar habe ich viele Vorlesungen mit ihm gemeinsam, doch sein Name ist bisher irgendwie Schall und Rauch für mich gewesen. Ob ich ihn fragen sollte? Wäre peinlich! Mal sehen, wie ich es herausbekomme.'*

„Hey, Manuel!", kommt es plötzlich von einem Dritten, der seinen Kollegen, mit dem er mittlerweile zum zweiten Mal lächelnd angestoßen hat, mit diesen Worten im Vorbeigehen begrüßt.

'Manuel also! Klar! Warum konnte ich mir das bloß nicht merken? Egal, jetzt sollte ich den Namen nur behalten, sonst wird es wirklich peinlich. Ob Tobias es sich wohl doch noch anders überlegt und vorbeikommt? Keine Ahnung. Wie ich ihn kenne, eher nicht.'

„Timo, du siehst so nachdenklich aus. Alles in Ordnung mit dir?", reißt Manuel ihn aus seinen Gedanken.

„Nein, nein. Alles bestens. Mir ist halt nur sehr warm, mehr nicht."

„Vielleicht könnte ein weiteres Bierchen für Abkühlung sorgen. Was denkst du?"

Timo überlegt für eine Sekunde, in der ihm mehr als tausend Dinge durch den Kopf gehen. Die Wut auf Tobias, die Hitze, die seinen Körper fast aufzufressen scheint, der Ärger über die Namensvergesslichkeit, die fast zu einer Peinlichkeit geführt hätte, und zu guter Letzt sein Blut, das peu à peu zu kochen beginnt, je mehr Gerstensaft er in sich hineinkippt. Jedoch „nein" zu sagen wäre eher die Antwort einer Memme, von daher entscheidet er sich für ein Nicken, das er mit den Worten „gute Idee" unterstützt.

*

Mit nicht eben bester Laune steht Tobias zwei Stunden später nach wie vor in seinem Keller und sichtet die Berge an Altpapier und Sperrmüll, die er neben der Tür aufgeschichtet hat. Wie zum Henker soll er das bloß jetzt alles entsorgen? Die sperrigen Teile werden tatsächlich erst in knapp zwei Monaten abgeholt, den letzten Abfuhrtermin hat er dämlicherweise um knapp zwei Wochen verpasst. Und die Papiermassen kann er heute ebenfalls nicht mehr loswerden, samstags nach achtzehn Uhr ist der Einwurf in den Container untersagt. Grummelnd sieht Tobias ein letztes Mal auf sein Werk, zuckt die Schultern und verlässt den Keller, wobei sein Blick nach wie vor nicht sonderlich freundlich wirkt.

„Und nun?", nuschelt er vor sich hin, „soll ich jetzt hier etwa Däumchen drehen und darauf warten, bis der Herr Student genug gefeiert hat und zu seinem Freund nach Hause zu kommen gedenkt? Das könnte ihm so passen. Nix da, der Diplomfachwirt Tobias Andresen wird ebenfalls ausgehen. Im Kino am Park gibt es heute eine Open-Air-Vorstellung, und wenn ich das Auto stehen lasse, kann ich sogar ein oder zwei Bierchen genießen. Oder einen Wein. Ja, das ist es, ich werde mir etwas gönnen, was ich sonst nicht tue, da kann mich der werte Herr Feierwütig doch glatt mal kreuzweise. Der und seine Kommilitonen. Was soll ich wohl in dem Kindergarten da? Da lachen sie höchstens über mich, weil ich in deren Augen garantiert mindestens ein Gruftie bin. Nö, ich werde mir jetzt eine schöne, erfrischende Dusche gönnen und mich anschließend schick machen, nur für mich selbst. Was du kannst, Timo Mayer, kann ich schon lange."

Wenige Minuten später steht Tobias unter dem prickelnden Nass, wo seine Gedanken erneut zu Timo wandern. Und nicht nur das, seine Finger treten gleichfalls eine kurze Reise an und ehe sich Tobias versieht, umfasst er mit der Rechten seinen hammerharten Schwanz, denn völlig ohne seinen Willen schiebt sich das Bild Timos vor sein inneres Auge. Er stellt sich vor, wie der ihn sanft massiert, ihm mit viel Schaum den Rücken wäscht und sich anschließend hingebungsvoll seiner Vorderseite widmet. Stöhnend verwöhnt sich Tobias weiter, bis er sich unwillkürlich in hohem Bogen gegen die Fliesenwand der Dusche ergießt. Keuchend steht er einen Augenblick da, schnappt heftig nach Luft und verschluckt sich dabei ein wenig am herunterprasselnden Wasser. Hustend kommt er wieder zu Atem und schüttelt unwirsch den Kopf.

„Das kann einfach nicht normal sein. Meine Güte, wieso bekomme ich jedes Mal einen Ständer, sobald ich bloß an Timo denke? Warum ist dieser kleine, manchmal sogar ziemlich nervige, aber dennoch süße Mistkerl nur derart präsent, dass ich mich ohne ihn überhaupt nicht mehr wirklich wohl fühle? Eigentlich, wenn ich ganz und gar ehrlich bin, fehlt er mir sogar ein bisschen, gerade wenn er, so wie jetzt, einfach abgehauen ist. Sicher, ich hätte natürlich mitgehen können, bloß … irgendwie hatte ich insgeheim wohl erwartet, dass er bei mir bleibt und nicht dort hingeht. Eigentlich ziemlich blöd, ich kann und will ihn immerhin nicht anbinden. Aber warum stört mich das dann? Er ist immerhin nicht mein Besitz, oder? Wir sind schließlich nicht aneinandergekettet. Und überhaupt, wovor habe ich denn Angst? Dass er spät wiederkommt? Gar nicht mehr erscheint? Einen jüngeren Kerl findet? Blödsinn, das kann er theoretisch jeden Tag haben, dafür muss er nun definitiv nicht auf einer Party erscheinen. Ich glaube, dieser Mensch hat mich irgendwie umgekrempelt. Ich habe keine Ahnung, wie er das gemacht hat, aber es ist tatsächlich passiert. Timo Mayer, ich liebe dich und … du fehlst mir, wenn du nicht in meiner Nähe bist. Bloß gut, dass er das gerade nicht hört, sonst würde er sicher wieder kichern oder sich sonst was darauf einbilden, dass ich solche Sachen sage. Immerhin hat das nicht einmal mein Verflossener zu hören bekommen. Nein, mit Timo ist das ganz etwas anderes als mit Pascal. Timo will ich wirklich, irgendwie und ganz bestimmt für immer."

Leise weiter vor sich hin erzählend macht sich Tobias ausgehfein, schnappt sich kurz darauf seinen Schlüssel, lässt die Haustür ins Schloss schnappen und schlägt den Weg in Richtung Park ein.

*

„Timo, ich hole mir von den Jungs drüben eine Bratwurst, soll ich dir eine mitbringen?"

Mit fragendem Blick schaut Manuel in Timos Richtung, was dieser jedoch nur beiläufig mitbekommt, da die noch immer sengende Hitze und der ungewohnte Bierkonsum dafür Sorge getragen haben, dass Timos

Hirn nicht mehr ganz aufnahmefähig ist und er sich nur mit Mühe artikulieren kann.

„Willst du nun oder nicht?"

Mit geschlossenen Augen nickt Timo ganz leicht, überlegt eine Weile, um nach den passenden Worten zu suchen, und lallt Manuel schließlich ein „warte, ich komme mit!" entgegen.

„Du kannst wirklich nicht viel vertragen, oder?"

Wortlos schaut Timo Manuel an. Hatte er ihm nicht bereits gesagt, dass er nicht der große Biertrinker ist und er sich sein Alkoholkonsum auf das berühmte Glas Wein zum Essen beschränkt?

„Bier und heiße Temperaturen, das haut mich eben um", keucht Timo und versucht, sich am Grillstand zu platzieren sowie an irgendeiner Stelle den passenden Halt zu finden.

„Ist dir nicht gut, Timo?", kommt es besorgt von Manuel, dabei legt er seine rechte Hand auf Timos linke Schulter.

Dieser schüttelt den Kopf und beugt sich leicht nach vorn.

„Ich glaube, ich brauche mal einen Moment lang Ruhe. Weg von diesen ganzen Menschen, mir ist das bloß hier ein bisschen zu voll. Am besten gehe ich einfach ein paar Meter, damit ich wieder einen klaren Kopf bekomme."

Augenblicklich legt Manuel seine Bratwurst beiseite und stützt Timo, da sich dieser mittlerweile immer weiter nach vorn beugt.

„Sei vorsichtig!", bittet ihn Manuel. „Ich lasse dich jetzt in diesem Zustand besser nicht allein. Hinterher passiert dir noch was und ich mache mir Vorwürfe."

„Nein, das brauchst du nicht", winkt Timo ab. „Lass mich einfach nur ..."

„Kommt gar nicht infrage", dementiert Manuel. „Ich begleite dich!"

Kaum hat Manuel seinen Satz ausgesprochen, hakt er Timo ein und zieht ihn aus dem Trubel auf die Straße.

„Und wo möchtest du nun hin?"

Auf diese Frage hin zuckt Timo lediglich mit den Schultern.

„Weiß nicht so recht, vielleicht ans Wasser. Habe Bock, mich einfach ein bisschen ins Gras zu legen und für einen Moment zu chillen."

„Bis zum Rhein sind es aber ein paar Meter!", lenkt Manuel ein, was Timo jedoch nur mit einem „egal" kommentiert.

Ungefähr eine halbe Stunde später haben sie ein verlassenes Plätzchen an den Rheinauen erreicht und Timo lässt sich augenblicklich auf den Boden fallen. Mit einem Arm auf der Stirn und angewinkelten Beinen liegt er einfach so da.

„Und nun ist mir schon gar nicht mehr so schlecht", flüstert er und zieht dabei die Oberlippe hoch, als würde er dadurch mehr Luft bekommen.

„Du bist völlig durchnässt. Zieh doch einfach dein T-Shirt aus und genieße noch ein bisschen die wärmenden Sonnenstrahlen. Dann bist du gleich wieder fit, wir gehen zurück und haben noch ein bisschen Spaß mit den anderen Jungs", fordert Manuel ihn auf, worauf Timo nur ein leichtes „kann ich nicht" in die abendfeuchte, aufgeheizte Luft zischt.

„Warte, ich helfe dir! Nimm mal deine Arme hoch", lässt Manuel einfließen, woraufhin Timo der Aufforderung sofort Folge leistet.

'Wie schön er doch aussieht, dieser absolut perfekte Oberkörper, dazu das gut trainierte Sixpack – vom Bizeps mal ganz abgesehen. Ein absolut toller Mann. Wie gern würde ich diese Haut jetzt berühren, sie streicheln und verwöhnen. Shit, was geschieht da mit mir? Dabei stehe ich eigentlich gar nicht auf Männer. Doch bei diesem Exemplar durchflutet mich eine Erregung, die ich nicht mehr steuern kann. Ob er sich wohl wehren würde, wenn ich einfach das mit ihm anstelle, wonach mir gerade ist? Falls ja, lasse ich es eben wieder sein und entschuldige mich, und sofern er es ebenfalls für gut befindet, fahre ich einfach fort!'

Die Gedanken, die in diesem Moment durch Manuels Kopf schwirren, lassen ihn handeln. Vorsichtig nähern sich seine Hände Timos Brust, seine Fingerkuppen gleiten über dessen Bauch hinab und öffnen letztendlich den Knopf der Jeans. Schweißkügelchen haben sich im Bereich von Timos Nabel gebildet, mit steifen Nippeln liegt er dort – wehrlos, schwer atmend. Dieser Augenblick der Nähe sorgt dafür, dass nicht nur Manuel höchsterregt im halbhohen Gras liegt, sondern dass auch Timo eine nicht zu verbergende Beule in seiner Hose trägt. Als Manuels Hand Timos steifen Schwanz umschließt und zart zu bewegen beginnt, kann dieser lediglich vor Lust stöhnen. Die enge, fremde Zweisamkeit ist verantwortlich für die plötzliche übermäßige Wollust unter freiem Himmel, die letztendlich dafür sorgt, dass sich Timo keuchend in Manuels Hände ergießt und im nächsten Moment sämtlicher Alkohol aus seinem Körper verschwunden zu sein scheint, so kristallklar sind seine Gedanken nur eine Sekunde später.

'Meine Güte! Was habe ich getan?'

AUFRUHR DER GEFÜHLE

Völlig außer Atem kommt Timo zu Hause an. Sich über das Geschehene klar werden, aufspringen und blindlings losrennen ist sozusagen eins gewesen. Nicht eine Sekunde länger hatte er neben seinem Quasi-Seitensprung verweilen wollen. Völlig entgeistert hatte Manuel ihm hinterhergesehen, doch das hatte Timo ebenso erfolgreich ignoriert wie dessen leises Rufen. Was hätte er ihm denn antworten sollen? Vielleicht: „Entschuldige, aber eigentlich bist du nicht mein Typ" oder „Sorry, ich war wohl betrunken"? Beides wäre definitiv nicht sehr nett herübergekommen, wenngleich es vollkommen der Wahrheit entsprochen hätte. Dass er sich gegen Manuels Liebkosungen nicht gewehrt hatte und unter dessen Hand förmlich zerschmolzen war, hatte definitiv nichts mit Begehren, Leidenschaft oder gar Verliebtheit zu tun, sondern war lediglich dem Alkohol und dem vorangegangenen kleinen Zwist mit Tobias geschuldet. Nicht mehr, allerdings leider auch nicht weniger.

Erst jetzt merkt er, dass ihm tatsächlich Tränen über die Wangen laufen. Das erklärt die erstaunten Blicke der Passanten, die ihn wohl aufgrund derselben unterwegs ein wenig irritiert angesehen haben, was er allerdings nur am Rande wahrgenommen hat. Mit einem schnellen Blick nach oben vergewissert sich Timo, dass die neugierige Frau Kunert ihn nicht gesehen hat, denn was er jetzt am wenigsten gebrauchen kann, ist diese redselige Dame, die sich, seit er ihr einmal mit ihren Einkaufstaschen behilflich gewesen ist, geradezu auffällig freundlich verhält und ihn nur zu gern in Gespräche verwickelt. Hastig schließt er die Haustür auf und schleicht sich förmlich ins Innere.

„Tobi?"

Da er auf seine leise Frage keine Antwort erhält, ruft Timo erneut, dieses Mal etwas lauter.

„Tobias, wo steckst du? Bist du noch im Keller?"

Wiederum bleibt alles still, was Timo zum Anlass nimmt, sich auf die Suche nach seinem Freund zu machen, um kurz darauf festzustellen, dass dieser ganz offensichtlich ausgeflogen ist, zumal Tobias' Lieblingsschuhe und das leichte Sakko fehlen. Einerseits ist er ein wenig irritiert, da doch gerade Tobias derjenige gewesen war, der zu Hause bleiben wollte, andererseits hat er auf diese Weise noch eine kleine Galgenfrist, bis Tobi wieder heimkommt und er selbst sich darüber klar werden muss, ob und wie er seinem Freund das Geschehene beichtet. Muss oder soll er das überhaupt?

Timo schleicht sich ins Bad, streift seine Klamotten ab und lässt sie achtlos auf dem Fußboden liegen. Er will duschen, sich diese unselige Begebenheit vom Körper waschen, sich nicht mehr schmutzig fühlen. Genau das ist es nämlich – er fühlt sich dreckig, als hätte er sich oder besser gesagt, ihre Beziehung besudelt, indem er sich von einem fast völlig Fremden, dessen Name ihm kurz vorher nicht einmal präsent war, hat anfassen lassen.

Das Wasser der Dusche prasselt auf Timos Kopf. Fast regungslos steht er mehrere Minuten still, bevor er anfängt, beinahe grob seinen ganzen Körper zu schrubben, als ob er im Bergwerk gearbeitet hätte und den Schmutz der letzten drei Wochen auf der Haut trüge. Beinahe schmerzhaft bearbeitet er seinen Bauch und die Beine, bis alles rot gerubbelt ist und förmlich glüht. Zögerlich dreht er die Brause ab.

„Wie zum Henker sage ich es Tobias bloß?", murmelt er vor sich hin, während er beginnt, sich abzutrocknen. „Ich meine, was mache ich, wenn er mich nun deswegen rausschmeißt? Immerhin kann ich mich erinnern, dass er bereits ganz am Anfang unserer Beziehung mal gesagt hat, dass er auf Treue steht. Er konnte es eigentlich kaum verstehen, dass ich damals Oliver relativ schnell betrogen hatte. Obwohl ich doch fair war und es Oliver ziemlich zeitnah gesagt habe, oder? Okay, der Weg war wohl nicht ganz fair, aber was soll's? Nur, was mache ich jetzt? Habe ich mein Glück verspielt, werde ich ihn verlieren, diesen manchmal durchweg verrückten, hin und wieder dämlichen, aber dennoch für mich liebenswertesten Spinner, dem ich je begegnet bin? Wie bringe ich ihm das bloß bei?"

„Wie bringst du mir was bei und mit wem redest du da eigentlich dauernd?"

Wie von der Tarantel gestochen zuckt Timo herum und sieht Tobias im Türrahmen stehen. Aufgrund seines Selbstgesprächs hat er ihn nicht kommen hören und nun steht Tobias einfach so da und grinst ihn an.

„Tobi! Du bist schon wieder da?", kommt es verwirrt und ebenso zögerlich von Timo, während er sich das Handtuch um die Lenden bindet und sich aus dem Bad schleichen will, was Tobias jedoch verhindert, indem er ihm den Weg mit dem Arm versperrt.

„Du siehst aus, als wärst du soeben aus der Hölle geflohen. Dein Oberkörper ist komplett rot und dein Gesicht gleicht einer überreifen Tomate. Was ist mit dir los? Leidest du jetzt unter Waschzwang? Außerdem könnte ich dir dieselbe Frage ebenfalls stellen. Immerhin warst du derjenige, der unbedingt Party machen wollte, ich hingegen war nur auf ein Gläschen Wein aus und habe eine Kleinigkeit gegessen."

„Es wäre, glaube ich zumindest, besser gewesen, wenn ich heute mit dir den Keller aufgeräumt hätte, anstatt auf diese blöde Feier zu gehen, bei der sich lediglich alles ums Saufen gedreht hat. Ein paar Bier habe ich leider auch gekippt und mir ging es danach total dreckig."

„Und deshalb rubbelst du dir jetzt die Haut ab? Wie abgefahren bist du denn? Obwohl, wenn ich dich jetzt hier so völlig erhitzt sehe, könnte ich dir das Handtuch vom Leib reißen und dich derart heftig vernaschen, dass dir Hören und Sehen vergeht. Anschließend wirst du nichts mehr von den paar Bierchen spüren, weil ich dir sämtlichen Alkohol aus dem Hirn gevögelt habe."

Tobias macht Anstalten, seinen Worten Taten folgen zu lassen, doch Timo wehrt dieses augenblicklich ab.

„Lass mal gut sein! Ich gehe am besten ins Bett und ziehe mir die Decke über den Kopf", wirft er jedoch entgegen Tobias' Erwartungen kaum hörbar ein und versucht abermals, sich an seinem Freund vorbeizudrängeln, was dieser wiederum erneut zu verhindern weiß.

„Hey, hey, hey, Mister Rothaut. Kneifen ist nicht. Meinst du etwa, ich merke nicht, dass etwas nicht stimmt? Hattest du mit irgendwem Ärger?"

Timo schüttelt resigniert den Kopf, stützt sich mit den Arm an den Fliesen ab und schaut im selben Moment mit ernstem Blick in Tobias' Gesicht.

„Ich bin einfach bloß ein Arschloch und habe es verdient, dass du mich rausschmeißt. Am besten ist es, du tust es gleich."

„Sag mal, hast du irgendwelche Pillen geschluckt? Wieso sollte ich das tun? Eigentlich sind wir diesem Status in unserer Beziehung mittlerweile entwachsen, oder? Nun sag mir endlich, was Phase ist und sprich nicht dauernd in Rätseln."

„Ach, Scheiße, da war dieser Blödmann, dieser Manuel, ein Kommilitone. Der hat mich abgefüllt."

„Und weiter?", hakt Tobias nach und klopft, wohl um seiner neugierigen Ungeduld Ausdruck zu verleihen, mit den Fingern auf dem Türrahmen herum.

„Mir war übel und ich wollte zu den Rheinauen. Keine Ahnung warum. Er meinte, er müsste mich begleiten, damit mir nichts passiert. Ich habe mich einen Moment lang dort hingelegt und er hat mich befummelt. Fuck, es tut mir absolut leid, er hat mir einen Handjob gegeben. Irgendwie war ich gar nicht in der Lage, mich zu wehren. Es war überhaupt nicht geil oder so, es hat sich einfach ergeben. Sorry, doch das habe ich nicht gewollt."

Von jetzt auf gleich entgleiten Tobias sämtliche Gesichtszüge.

„Einen Handjob! Da kommt irgend so ein Möchtegerntyp an, flößt dir ein paar Bierchen ein, verpisst sich mit dir an die Rheinauen und gibt dir einen Handjob? Sag mal, bist du von allen guten Geistern verlassen? Und du hast nichts Besseres zu tun, als es dir gefallen zu lassen und mir einfach so zwischen Tür und Angel zu beichten, dass sich ein völlig fremder Typ ohne Vorwarnung an dir zu schaffen gemacht hat? Ich fasse es nicht! Timo, geh mir einfach aus den Augen!"

„Tobias, bitte! Ich fühle mich absolut schmutzig. Mir ist sofort klar gewesen, dass ich einen riesigen Fehler begangen habe und es wahrscheinlich niemals wiedergutmachen kann. Falls du mich jetzt doch rausschmeißen willst, kann ich das vollkommen verstehen. Ich werde gehen. Zuvor solltest du jedoch wissen, dass ich dich liebe, wie ich nie zuvor jemanden geliebt habe. Und nun gehe ich mal packen."

„Aha! Packen will der Herr jetzt! Wo möchte Herr Rheinauenwichs denn nun hin? Etwa zu deinem Studienkollegen um ihm nochmals deinen Schwanz zu präsentieren? Oder vielleicht zu deinen Eltern? Nee, Freundchen. Einfach mir nichts dir nichts abhauen ist jetzt nicht. Wir diskutieren das auf der Stelle aus. Du sagst, du liebst mich, also beweise es. Was hast du gefühlt, als er deinen Ständer in der Hand hatte?"

„Es war gar nichts. Nur das Übliche eben. Man wird berührt, bekommt einen Steifen, spritzt ab und bemerkt, dass es falsch war. Der Typ gab und gibt mir überhaupt nichts."

Tobias nickt, zieht seine Lippen zusammen und wedelt mit den Armen.

„Er gibt dir nichts! Gut zu wissen. Aber dennoch kriegst du ne Latte und lässt dir von ihm einen von der Palme wedeln. Du bist ja leichter zu haben als eine Bordsteinschwalbe. So etwas habe ich noch nie zuvor gehört. Eine Frechheit sondergleichen ist das. Warum müssen schwule Männer eigentlich ständig nur mit der Hose denken?"

Erneut fließen Timo Tränen übers Gesicht.

„Ich weiß, dass ich mich völlig danebenbenommen habe. Doch er hat mich einfach überrumpelt, ich wollte das nicht, du musst mir bitte glauben. Mehr kann ich nicht dazu sagen. Nun liegt es an dir. Doch egal, wie du dich entscheidest – einer Sache kannst du dir sicher sein, das würde ich beim Leben meiner Mutter schwören. Ich liebe dich, und zwar mehr, als du dir vorstellen kannst."

„Und weshalb lässt du dir dann einen runterholen?"

„Das war nicht ich in dem Moment, Tobi! Aber ich liebe dich wirklich. Glaub mir doch bitte!"

Einen Augenblick lang sucht Tobias nach den richtigen Worten, bevor er zu einer Antwort ansetzt.

„Okay! Du sagst, dass du mich liebst. Beweise es!", fordert er ihn auf.

„Was soll ich tun? Sofern du willst, schreie ich es durch die ganze Stadt."

„Nein! Das brauchst du nicht!", entgegnet Tobias in äußerst ruhigem Ton. „Falls du mich wirklich liebst, gibt es nur einen einzigen Beweis, Herr Student!"

„Und der wäre?"

„Heirate mich!"

„Wie ... äh ... was ... ich meine ... ist das dein Ernst? Ich habe dir gerade gebeichtet, dass ich das Dämlichste gemacht habe, was ich nur tun konnte, und du bittest mich daraufhin, dein Mann zu werden?"

„Nun, du sagst, nein, du schwörst sogar, dass du mich liebst. Also?"

„Dann meinst du es ernst? Ich liebe dich ehrlich und aufrichtig, Tobias, das darfst du mir wirklich glauben, bloß deswegen müssen wir definitiv nicht gleich heiraten. Wenn du mich noch haben willst und mir verzeihen kannst, bleibe ich gern einfach so an deiner Seite. Ohne Ring und Tamtam, ohne diesen ganzen Firlefanz. Ich liebe dich, Herr Diplomfachwirt Tobias Andresen und ich wünschte, ich könnte das, was heute am frühen Abend geschehen ist, rückgängig machen. Warum nur gibt es im Leben keine Löschtaste, so wie beim Computer? Bitte verzeih mir, Tobi, ich ..."

„Hallo, Herr Baustudent, ich habe dir gerade angeboten, mich zu ehelichen. Was ich allerdings bislang nur zu hören bekommen habe, sind Ausflüchte. Willst du mich nicht heiraten? Bin ich dir zu alt? Oder ist deine Liebe doch nicht so groß, wie du sagst?", unterbricht Tobias seinen Freund und hebt dessen inzwischen gesenkten Kopf mit zwei Fingern an, damit er ihm in die Augen sehen kann. „Bekomme ich nun dein „okay, mache ich" oder ein „ja klar", meinetwegen auch ein „hab gerade nichts Besseres vor", aber bitte sag etwas, was mich glauben lässt, dass du mich ebenso liebst wie ich dich."

Tobias' Stimme ist mit jedem Wort leiser geworden, zuletzt ist es lediglich ein Flüstern. Man kann ein sogar leichtes Kratzen hören, das seine Angst vor einer Ablehnung verrät, dennoch ist sein Blick unverwandt auf Timo gerichtet und saugt sich an dessen Augen fest, die ihn fassungslos, aber voller Liebe ansehen.

Timo erhebt seine Hand, streicht Tobias zärtlich über das Gesicht, verharrt einen Moment auf dessen Lippen und verkrallt sich schließlich in Tobis Hemdkragen, sodass er ihn ein Stückchen näher zu sich ziehen kann.

„Machen wir es ganz offiziell. Tobias Andresen, es ist mir eine Ehre, deinen Antrag anzunehmen und dir mein Ja-Wort zu geben. Bist du dir da aber wirklich ganz sicher, weil ich manchmal doch ziemlich dämlich bin?"

Tobias schluckt, nickt, lehnt seinen Kopf an Timos Stirn und räuspert sich mehrfach, bevor er einen klaren Ton hervorbringen kann.

„Timo Mayer, es ist mir ein absolutes Vergnügen, dich zum Mann zu nehmen, selbst wenn du manchmal völlig dämlich bist."

Erneut versinken Tobias und Timo in den Blicken des jeweils anderen, bis sich ihre Lippen immer weiter annähern und sich endlich unglaublich zart aufeinanderlegen, um ihr soeben gegebenes Versprechen zu besiegeln. Minutenlang verschmelzen die zwei ein ums andere Mal miteinander, bis sie sich schließlich schwer atmend voneinander lösen und sich lächelnd ansehen. Tobias' Wut und Timos Zerrissenheit scheinen sich in Luft aufgelöst zu haben, stattdessen ergreift eine Welle der Zärtlichkeit von beiden Männern Besitz.

„Können wir unsere unvorhergesehene Verlobung nicht wenigstens in der Stube weiterfeiern oder am besten gleich im Schlafzimmer?", raunt Tobias heiser und Timo stimmt nickend zu.

„Gute Idee, aber eine Frage habe ich zuvor noch."

„Die da wäre?"

„Warum hast du mich nicht rausgeschmissen, nachdem ich dir so etwas angetan habe, sondern hast stattdessen energisch eine Antwort auf deinen Antrag gefordert?"

„Weil du regelrecht beteuert hast, dass du mich liebst. Und weil ich gespürt habe, dass du deinen Fehler wirklich bereust. Glaub mir, sofern ich nur ansatzweise den Verdacht gehegt hätte, dass bei deiner Beichte irgendetwas nicht mit rechten Dingen zugegangen wäre, hätte ich mich in einen Tornado verwandelt. Aber es gibt noch einen Grund. Ich musste interessanterweise heute Nachmittag feststellen, dass ich dich will, und zwar für alle Zeit. Sobald du nicht da bist, fehlst du mir, irgendwie kann ich mir ein Leben ohne dich nicht mehr vorstellen."

„Dann hättest du mich irgendwann auch ohne meinen Fehler und die Beichte gefragt, ob ich dich heiraten würde?"

„Sicher, ziemlich bald wahrscheinlich. Nun ist es eben noch etwas schneller gegangen, aber der Zeitpunkt passt einfach."

„Erinnerst du dich an den Urlaub? Vor wenigen Wochen hätte ich nicht wirklich zu hoffen gewagt, dass du mich jemals bitten würdest, aber ich finde es einfach nur schön. Und dennoch möchte ich gern wissen, warum dir ein amtliches Siegel eigentlich wichtig ist, denn ob mit oder ohne, wir ficken auch so gut, oder? Und egal wie heftig wir uns auch kabbeln – wir raufen uns immer wieder zusammen."

„Klar, mein Meisterstudent, aber mal ehrlich, kannst du dir vorstellen, dass ein Beamter auf Lebenszeit, wie ich einer bin, auf Dauer in einer unschicklichen, wilden Ehe lebt? Von daher ... lass uns den Termin festlegen, doch erst stoßen wir darauf an und hinterher stoße ich dich."

Bei den letzten drei Worten überzieht ein Grinsen Tobias' Gesicht, was sich Timos Zügen ebenfalls umgehend widerspiegelt.

„Sicherheitshalber schicke ich wohl besser ein paar Stoßgebete gen Himmel, dass du meiner nie überdrüssig wirst und dass ich bloß niemals wieder auf die falschen Menschen stoße."

HEISSES BLUT

„Sofern du jetzt nicht bald dieses dämliche Handtuch von deinen Hüften entfernst und in die nächste Ecke wirfst, werde ich mir das mit der Hochzeit noch mal scharf überlegen. Ich werde jetzt in die Küche gehen und uns zwei Gläser Champagner besorgen. Du legst dich derzeit aufs Bett und wartest auf mich, und zwar nackt. Ich möchte nicht mehr einen Fetzen Stoff an dir sehen. Abmarsch!"

Tobias' Blick zeigt eine leichte Ernsthaftigkeit, seine Augen verströmen jedoch auch hemmungslose Lust. Mit einem leichten Klaps auf Timos Hintern gibt er ihm den Weg frei und verschwindet in Richtung Kühlschrank, um eine Flasche des edlen Tropfens zu öffnen und den prickelnden Inhalt in Kelche zu füllen. Als Tobias das Schlafzimmer betritt, rekelt sich Timo in einer äußerst aufreizenden Pose, die Tobi augenblicklich schlucken lässt, auf der Matratze. Timos Schwanz steht mittlerweile wie eine Eins, auf den Unterarmen abgestützt und den linken Unterschenkel auf das rechte Schienbein gelegt, erwartet er seinen frisch Verlobten zunächst mit einem erotisch wirkenden Lächeln.

„Hast du mir eben etwa den Hintern versohlt?", haucht er Tobias zu, was dieser grinsend bestätigt und ihm zunächst ein Glas reicht, um mit ihm anzustoßen.

„Dann scheine ich das ja wohl verdient zu haben, oder?"

„Böse Studenten brauchen eben manchmal was auf den Arsch!", raunt Tobias Timo entgegen.

„Denkst du, ich müsste noch mehr bestraft werden?"

Tobias ahnt genau, worauf Timo anspielt, überlegt zunächst einen winzigen Augenblick, ob er denn in diesem Moment tatsächlich in der Stimmung ist, auf Timos Vorhaben einzugehen, und entscheidet sich zu guter Letzt für folgende Antwort:

„Wenn ich es mir recht überlege, warst du heute wirklich ziemlich unartig und dafür solltest du gezüchtigt werden. Deshalb stellst du jetzt dein Glas an die Seite und legst dich auf den Bauch. Na los! Mach schon, du Rotzbengel!"

„Mir wird wohl nichts anderes übrigbleiben. Schließlich möchte ich, dass du mir alles verz..."

„Halt den Mund!", unterbricht Tobias die Ausschweifungen seines Sträflings. Kurz darauf nimmt er die flache Hand und klatscht leicht seitlich auf Timos linke Pobacke.

Timo gibt einen leisen Schmerzlaut von sich, gefolgt von einem gleich lauten Stöhnen und der Aufforderung an Tobias, weiterzumachen.

„So, du bist also weiterhin ein bitterböser Junge und musst deinen Arsch versohlt bekommen? Hat dir das bisher noch nicht gereicht?"

„Tu's!", fordert Timo ihn auf, was Tobias abermals mit einem Klatscher auf den Hintern beantwortet – dieses Mal entscheidet er sich für die rechte Seite.

„Ja!", stöhnt Timo. „Genau das habe ich verdient!"

„Hast du!", wispert Tobias und wiederholt sein Treiben mehrfach, worauf Timo jedes Mal kurz aufschreit.

„Hast du genug?"

„Ich hoffe, dass ich gerade zur Einsicht gekommen bin, nicht mehr böse sein zu dürfen."

Zeitgleich mit diesem Satz dreht sich Timo wieder auf den Rücken und bietet Tobias erneut einen direkten

Blick auf seinen hammerharten Schwanz, der durch die kleine Züchtigung ganz offensichtlich noch steifer geworden ist als zuvor.

„Zieh dich aus und fick mich. Ich möchte dein geiles Becken genau vor meinem roten Arsch spüren. Ich will, dass du in mir steckst, damit ich weiß, dass du zu mir gehörst und es wirklich kein Traum ist, dass du mich heiraten willst."

Mit einem leisen Laut, der einem heiseren Knurren nicht ganz unähnlich ist, wirft Tobias in Sekundenschnelle seine Klamotten ab und lässt sie, für ihn eher ungewöhnlich, einfach auf den Boden fallen.

„Jetzt dreh dich um, du verdorbenes kleines Miststück, damit ich dir deine verbotenen Gelüste, die sich auf fremde Männer beziehen, aus dem Körper und für immer aus deinem Gehirn rausvögeln kann. Ich werde dir zeigen, dass es beileibe kein Traum ist und wie hart und heftig die Realität in Form meines Schwanzes sein kann."

Kaum hat Timo Tobias' Befehl Folge geleistet, erklingt bereits der nächste.

„Auf die Knie, du Luder. Arsch hoch und wehe, ich höre ein Jammern oder quieken, wenn ich dich so richtig hart rannehmen werde."

„Jawohl, Sir", kommt die gespielt unterwürfige Antwort von Timo, der sich beeilt, Tobias' Aufforderung umgehend nachzukommen, da er es schließlich kaum erwarten kann, seinen zukünftigen Ehemann tief in sich zu spüren.

Tobias kniet derweil hinter Timo und starrt auf die ziemlich stark geröteten Hinterbacken seines Freundes. Sein Schwanz zuckt und wippt ungeduldig auf und ab, so sehr erregt ihn der Anblick seines leicht gezüchtigten und demütigen Freundes. Ohne große Umschweife setzt er seinen Schwanz an und versenkt sich in Timo, was dieser, trotz eines leisen Aufstöhnens, zu genießen scheint.

„Ja, fick mich durch, so hart du kannst. Ich liebe dich", kommt es keuchend über Timos Lippen, während er Stoß um Stoß verspürt und sich so eng wie möglich gegen Tobias drückt.

„Wehe, du kommst jetzt schon. Ich sage, wann du abspritzen darfst, damit das mal klar ist. Verstanden?"

Tobias' Stimme klingt inzwischen dermaßen rau, als hätte er mit Whiskey gegurgelt und anschließend eine Packung Reißnägel gegessen. Seine Geilheit scheint sekündlich zu wachsen und sein Schwanz ist mittlerweile hammerhart.

„Ver ... stan ... den", kommt es stoßweise aus Timos Mund, der Mühe hat, auf der Matratze die Balance zu halten, derart heftig prallt Tobias ständig aufs Neue gegen seinen Hintern.

Plötzlich zieht Tobias seinen Lustprügel jedoch zurück, was Timo mit einem unwirschen Laut zur Kenntnis nimmt, von Tobias jedoch umgehend angeherrscht wird.

„Still, du böser Bengel. Los, umdrehen. Lutsch ihn! Ich will, dass du mich bläst, wie du es noch nie getan hast. Und wenn du das zu meiner Zufriedenheit machst, ziehe ich in Erwägung, dich eventuell ein zweites Mal zu ficken."

Timo, der sich inzwischen auf den Rücken gelegt hat, erkennt die pure Geilheit in Tobias' Augen, sieht, dass dieser die ganze Sache vollkommen genießt und ist plötzlich unendlich glücklich. Nie wieder wird er Tobias betrügen. Was sind alle anderen Typen gegen diesen Mann, mit dem er sämtliche Träume und Vorstellungen ausleben kann und der dazu auch selbst Spaß an allem hat?

„Na los, wird's bald?", unterbricht Tobias seine Gedanken, „ich warte."

Timo zögert nicht einen Augenblick, sondern umschließt Tobias' Härte zunächst mit seinen Lippen, spielt kurz darauf mit der Zungenspitze an dessen Eichel, leckt anschließend immer wieder am Schaft auf und ab, bis er den vor Lust triefenden Schwanz zur Gänze in seinem Rachen verschwinden lässt. Tobias schließt derweil die Augen, stöhnt mehrfach heftig auf und raunt ihm ein „genauso ist es gut" zu. Timos Hände kneten unterdessen Tobias' Hoden und tasten sich ab und zu gleichzeitig zu dessen engem Hintereingang vor, was seinem Verlobten wiederum kehlige Laute entlockt.

„Wichs dich dabei", raunt Tobias irgendwann und beginnt, Timos Mund mit zunächst leichten Stößen zu ficken.

„Nun mach endlich! Ich will sehen, wie du an dir herumspielst!", befiehlt Tobias weiter und erhöht nach und nach sein Tempo.

Wollüstig umfasst Timo seinen harten Riemen und bewegt diesen hin und her, während er Tobias' Schwanz hingebungsvoll lutscht und dessen Stöße durch intensives Lecken mit seiner flinken Zunge zu einem Lustrausch untermalt.

„Und nun spritz dir auf den Bauch!", haucht Tobias irgendwann heiser. „Ich möchte sehen, wie du kommst!"

Timo nickt leicht und erhöht die Geschwindigkeit seiner Bewegungen, bis letztendlich eine volle Ladung Lustsaft aus seinem Riemen sprüht und sich gleichmäßig auf dem Körper verteilt. Tobias zieht seinen Schwanz unterdessen aus Timos Mund, hebt dessen Beine kurz darauf noch einmal an und versenkt sich abermals in Timos

Hintern, bis auch er über den Gipfel der Lust fällt. In letzter Sekunde zieht er sich aus seinem Verlobten zurück, spritzt sein Sperma auf dessen Pobacken und verschmiert es mit seiner Eichel gleichmäßig auf der erhitzten und geröteten Haut.

Noch immer laut stöhnend liegen die zwei Männer schwer atmend aufeinander, bis sich schließlich ihre Lippen berühren und zu einem heftigen, fordernden Kuss miteinander verschmelzen. Timos Atemzüge werden irgendwann flacher, er wirkt ein wenig müde und droht einzuschlafen, was Tobias jedoch zu verhindern weiß.

„Falls du denkst, dass diese Verlobungsnacht jetzt einfach so mit Pennen endet, hast du dich geschnitten. Immerhin haben wir unseren Schampus noch nicht ausgetrunken, also stoßen wir jetzt noch einmal an und danach werde ich dich ein zweites Mal vernaschen. Erst den bösen Buben spielen und kurz darauf das schlafende Baby markieren, das lasse ich nicht durchgehen."

Lächelnd sieht Timo Tobias ins Gesicht. In seinem Blick kann man erneut aufkommende Geilheit erkennen.

„Einverstanden, Herr Amtsrat! Doch du solltest mich allerdings davon überzeugen, wach zu bleiben. Vielleicht könntest du mich ja einfach im Schlaf nehmen. Dabei ist jedoch große Vorsicht geboten. Ich wehre mich!"

„Du hast sowieso keine Chance gegen mich", warnt Tobias, während sich Timo spielerisch zur Seite dreht, die Augen wieder schließt und Schnarchgeräusche imitiert.

„Na warte, du Rotzlöffel. Dir zeige ich, wo es langgeht."

WENN ICH DEINEN NAMEN TRAGE

„Guten Morgen, mein holder Verlobter. Ich hoffe, du hast wohl geruht und es gelüstet dich jetzt nach einem opulenten Mahl, das ich dir gern im Bett kredenzen würde. Oder hast du etwas dagegen?"

Grinsend beugt sich Timo über den gerade erwachenden Tobias und drückt ihm einen sanften Kuss auf die Lippen.

Überrascht schlägt Tobias die Augen auf. Sein Blick fällt zunächst auf Timo, anschließend auf die geleerte und auf dem Boden liegende Champagnerflasche, die sie gestern noch komplett ausgetrunken haben. Sein Kopf ist demzufolge ein bisschen schwer und ein leichtes Pochen hinter seinen Schläfen kann er ebenfalls registrieren.

„Was zum Henker ist denn jetzt los? Wieso Frühstück im Bett? Ich muss doch zur Arbeit", murmelt er ein wenig schlaftrunken und schließt noch einmal die Lider.

„Blödsinn, Herr Frischverlobt, heute ist Sonntag. Ich habe bereits geduscht, einen Wachmachertee genossen und bin zum Bäcker gelaufen, um uns mit allerlei frischem, knusprigem Backwerk zu versorgen. Nun, was ist? Kaffee, Tee, Brötchen, Marmelade?"

„Wieso bist du so entsetzlich fit und ich dermaßen kaputt?", kommt es leise und schwer über Tobias' Lippen, die er kaum auseinanderbringt.

„Na ist doch klar. Ich habe ein Glas Schampus getrunken, du den ganzen Rest. Der Alkoholgehalt des Nachmittags war bei mir ja schon vorher so gut wie verflogen, und den Rest hast du mir schließlich gestern aus dem Hintern geklatscht. Zudem hat bei dir die Hitze wohl ein Übriges dazu beigetragen, dass du irgendwann nach der dritten Nummer prompt eingeschlafen bist und weder durch Geld noch gute Worte wieder wachzubekommen warst."

„Okay, okay, sofern du mir versprichst, dass du mich wenigstens erst komplett wach werden lässt, können wir ausnahmsweise im Bett frühstücken, obwohl ich das eigentlich nicht mag. Und wehe, du schleppst hier irgendwelchen Tee an."

„Wer nie sein Brot im Bette aß, weiß nicht, wie Krümel pieksen", kichert Timo los. „Ja, ja ich weiß, der olle Goethe hat das anders gesagt, aber der Volksmund hat eigentlich nicht ganz unrecht, oder? Nun rutsch mal ein wenig rüber, ich hole das Tablett."

„Einverstanden, aber nur, wenn du dich schnellstens ausziehst, du hast definitiv zu viel an. Außerdem möchte ich deinen roten Hintern sehen."

„Ay, ay, Sir."

Kaum eine Minute später stellt Timo ein Tablett mit allen möglichen Leckereien nebst Kaffee und Geschirr auf die breite Matratze, schält sich rasch aus seinen Klamotten und setzt sich im Schneidersitz Tobias gegenüber. Während er die Kaffeebecher füllt, plappert er bereits aufs Neue los.

„Wir sollten uns dann definitiv mal ein paar Gedanken machen, wann die Hochzeit stattfinden soll. Oder hast du irgendein Datum im Kopf, das da passen würde? Ich meine ja nur, weil ich jetzt die nächsten sechs Wochen vorlesungsfrei habe, diese dämliche Fete war immerhin sozusagen der Semesterabschluss."

„Müssen wir das sofort klären? Können wir nicht erst einmal morgen deinen Geburtstag hinter uns bringen und anschließend ...?"

„Eigentlich würde ich es ziemlich toll finden, wenn wir uns jetzt ein schönes Datum aussuchen."

„Na denn, suchen wir also. Ich denke, wir sollten es nicht auf die lange Bank schieben, nicht, dass du es dir anders überlegst ... oder ich."

Der letzte Satz kommt dermaßen trocken, dass Timo einen Augenblick stutzt und dann erst begreift, dass Tobias langsam wach ist und ihn ein wenig necken will.

„Mein Reden, Hochwürden. Ich würde vorschlagen, warum nicht Montag in drei Wochen? Das wäre der Einunddreißigste, wir hätten genug Zeit, alle Papiere zu besorgen, Ringe auszusuchen und die Kleidung ebenfalls, es sei denn, du möchtest in Badebüx und Flip-Flops vor dem Standesbeamten erscheinen. Übrigens hätte ich damit kein Problem, zumindest wäre das mal ein außergewöhnliches Outfit. Möchtest du denn vor Ort heiraten und wo wollen wir feiern, wer wird eingeladen?"

„Also nun mal Stück für Stück", wirft Tobias ein, während er sich genüsslich das zweite Brötchen schmiert. „Das Datum könnte passen, dann nehme ich in der Woche Urlaub, das sollte klappen. Was allerdings deine Vorstellung von feierlicher Kleidung angeht, da driften wir anscheinend doch ein wenig auseinander. Auf gar keinen Fall ziehst du deine löchrigen Jeans an, das ist von vornherein schon mal klar. Ansonsten versohle ich dir so oft den Hintern, bis du das kapiert hast."

In Timos Augen beginnt es zu funkeln.

„Soll das ein Angebot sein? In dem Fall müsste ich doch glatt mal überlegen, ob ich ..."

„Untersteh dich, du freches Balg", pariert Tobias und man kann unschwer erkennen, dass ihn ebenso wie Timo Erregung ergriffen hat. Ihrer beider Schwänze stehen wie Soldaten in Habachtstellung und signalisieren Bereitschaft.

„Was hältst du davon, dass du ihn hier vernascht, nachdem du dein Brötchen gegessen hast?", kommt es hauchend von Timo, während er mit lustvollem Blick auf seinen Schwanz deutet.

„Als Nachtisch sozusagen?", reagiert Tobias. „Das könnte ich mir durchaus überlegen, doch zunächst lasse ich dich ein wenig schmoren. Immerhin möchtest du mit mir besprechen, wo wir heiraten und wen wir einladen. Also eins nach dem anderen."

Grinsend und leicht kopfschüttelnd schaut Timo seinen Verlobten an.

„Dann sitze ich hier eben mit einer Latte. Mal sehen, wie lange du das aushältst."

„Du bist und bleibst eben ein Frechdachs sondergleichen. Aber egal, genau das mag ich ja. Doch jetzt bringen wir endlich die Planungen hinter uns. Zunächst sollten wir vernünftige Anzüge kaufen, ansonsten möchte ich kein großes Brimborium davon machen und auf keinen Fall werde ich in irgendeinem Landhaus heiraten. Ich will etwas Originelles, doch ich bin heute früh irgendwie nicht so fit im Nachdenken. Außerdem werde ich meine Familie nicht einladen, soviel steht fest", plappert Tobias in rasendem Tempo, sodass Timo Mühe hat, ihm zu folgen, geschweige denn nur ansatzweise dazwischenzukommen.

„Also Flip-Flops und Badeanzüge sind durchaus originell, oder sehe ich das falsch?", kommt es von Timo letztendlich frotzelnd, was Tobias die Augen verdrehen lässt.

„Timo Mayer! Never! Weder Latschen noch Badekleidung! Was hast du an dem Wort Anzüge nicht verstanden?"

„Aber Badeanzüge sind doch auch welche", grinst Timo und geht zeitgleich mit dem Oberkörper leicht zurück, als würde er sich ducken wollen, damit Tobias' kleine Knuffer ihn nicht treffen.

„Hör auf jetzt", nuschelt Tobias. „Mein Kopf kann das heute wirklich nicht vertragen. Wir kaufen Anzüge und schicke Hemden, Krawatten und anständige Schuhe. Nach der Trauung könnten wir uns ein nettes Lokal suchen und fein essen gehen. Von mir aus können deine Eltern kommen, doch ansonsten brauche ich keine Leute um mich herum."

„Und wenn ich das anders will? Ich könnte mir nämlich gut vorstellen, wie all unsere Freunde heimlich dein Auto schmücken, während wir auf dem Standesamt die Urkunde unterzeichnen, heimlich den Lack mit Feuchtigkeitscreme einschmieren und Wattebäuschchen draufsetzen, und zum guten Schluss ein Band mit unzählig vielen klappernden Dosen ans Fahrzeug binden. An der Antenne hängt ein Bettlaken, auf dem „Just married" mit Sprühfarbe geschrieben wur..."

„Tiiiiiiiiiiiiimo!", ruft Tobias so laut, wie es ihm sein pochender Schädel erlaubt, dazwischen, dass sich dieser sofort die Hand vor den Mund schlägt und abrupt still ist.

„Willst du denn nicht wenigstens ein bisschen Romantik?", kommt es kurz darauf flüsternd von Timo.

Tobias schiebt das Frühstückstablett beiseite, legt sich in seine Kissen zurück, schlägt die Arme nach oben und verdreht die Augen.

„Was hat denn die Verunstaltung meines Autos mit Romantik zu tun? An meinem Fahrzeug vergreift sich niemand."

„Oh, Herr BenzinimBlut hat gesprochen", lacht Timo. „Ein Auto ist für mich ein Gebrauchsgegenstand und ich würde das toll finden, wenn zumindest ein paar Leute kämen und sich etwas für uns einfallen ließen. Vielleicht könnten wir einen Kompromiss finden?"

Tobias rutscht im Bett wieder leicht hoch.

„Was hat sich denn der Herr Ja-Wort persönlich bei einem Kompromiss gedacht?"

Timo zuckt die Schultern und schaut auf die Schampusflasche, die noch immer auf dem Boden liegt und an die letzte Nacht erinnert.

„Wirst du jetzt einfallslos?", fährt Tobias wenig später fort.

„Nein, ich überlege!"

„Ach, Mister Weddingplaner geht in sich. Mal sehen, was dabei herauskommt."

„Also, ich fange mal an", gibt Timo kurz darauf von sich.

„Ich höre", kontert Tobias mit geschlossenen Augen.

„Also, sobald wir den Namen Mayer tragen, empfangen uns unsere besten Freunde, die wir haben. Hast du überhaupt welche? Ich meine, ich habe kaum irgendeinen von deiner Seite kennengelernt."

Tobias' Augen werden schlagartig wach, sein Blick wirkt starr. Was hat er soeben vernommen? Mayer? Niemals wird das geschehen.

„Moment!", lenkt Tobias ein. „Wieso Mayer? Darüber haben wir bisher nicht gesprochen, oder habe ich etwas verpasst? Ich werde definitiv keinen Namen annehmen, der eher einem Sammelbegriff gleicht. Nein, mein Freund, so haben wir nicht gewettet."

„Aber mein Nachname wird mit AY geschrieben, das ist selten", grinst Timo und macht darauf Anstalten, Tobias zu küssen, was dieser jedoch sofort zu verhindern weiß.

„Du kannst mich mit deinem AY. Andresen wird mit A geschrieben und das wird unser beider Name. Nix da Mayer. Von mir aus kannst du diesen Sammelbegriff vor oder hinter Andresen stellen, aber ich werde doch nicht meine Diplome für MAYER umschreiben lassen. Nee, nee!"

Tobias verschränkt die Arme, nachdem er sich die Bettdecke wieder über den Körper gezogen hat und schaut ernst in den Raum.

„Spielen wir jetzt die beleidigte Leberwurst? Wir könnten auch unsere Namen einfach behalten, ich würde es jedoch besser finden, wenn wir beide gleich heißen, doch das klären wir später."

„Vielleicht sollten wir erst eine Runde vögeln. Deine Latte ist ja wirklich noch da. Außerdem sind wir danach beide entspannter und können uns auf das Wesentliche konzentrieren", raunt Tobias und zieht Timo zu sich heran.

„Und auf was? Auf Mayer mit AY?"

„Du Scheusal, warte ab. Das zieht eine Strafe nach sich."

„Na endlich!"

*

Eine knappe halbe Stunde später sacken Tobias und Timo stöhnend auf dem Bett zusammen. Völlig verausgabt schnappen beide nach Luft und grinsen sich an wie zwei Lausbuben, denen ein genialer Streich gelungen ist.

„Nun", beginnt Tobias leicht hechelnd, „kannst du jetzt wieder klar denken oder brauchen wir noch eine weitere Runde?"

„Du bist ja heute kaum zu bändigen, du kleiner Maso", kontert Timo, der ebenfalls ziemlich schwer atmet. „Das nächste Mal wird dann DIR Hören und Sehen vergehen, worauf du dich verlassen kannst."

„Gott sei Dank, ich dachte schon, ich müsste jetzt für den Rest unseres Lebens immer so weitermachen, schließlich mag ich es andersrum auch ganz gern, ich erinnere mich da an gewisse Spielchen mit Handschellen und so weiter."

Das Grinsen auf Tobias' Gesicht spricht Bände und ohne, dass es einer von ihnen darauf direkt angelegt hätte, regen sich ihre dauergeilen Schwänze erneut, was sie jedoch dieses Mal mit einem Achselzucken ignorieren.

„Später kümmere ich mich gern um deine Latte, doch zunächst würde ich lieber mit der Planung vorankommen. Also noch mal, hast du nicht wenigstens ein paar Freunde, die du gern dabeihättest?"

Timo setzt sich derweil auf und angelt sich vom auf dem Boden stehenden Tablett eines der übriggebliebenen Brötchen, das er fast kopfüber hängend aufschneidet und dick mit Schokocreme bestreicht.

„Nicht nur ein Nimmersatt im Bett, nee, auch sonst ein Vielfraß", kichert Tobias, bevor er ernster weiterspricht. „Doch, einen guten Freund gibt es. Den hast du bloß noch nicht kennengelernt, weil der etwa vierhundert Kilometer von hier entfernt wohnt, aber den könnte ich einladen."

„Na siehst du, geht doch. Dazu kommen meine Eltern, die sich garantiert riesig freuen werden, zumal du meine Mutter ja enorm beeindruckt hast, wenn ich an das Weihnachtsessen zurückdenke. Was übrigens den Namen angeht, habe ich soeben eine Entscheidung getroffen."

„Und die lautet wie?"

„Ich denke, Timo Mayer-Andresen klingt ganz gut, oder? Selbst wenn da später mal ein Doktortitel dazukommt oder ein anderer Zusatz. Was meinst du?"

„Du willst deinen Doktor machen? Davon hast du nie gesprochen."

„Wollen ist der falsche Begriff, ich schließe es jedoch nicht aus. Aber hört sich eigentlich recht nett an, oder? Herr Tobias Andresen und Herr Timo Mayer-Andresen geben sich die Ehre ... auf Einladungen zum Beispiel."

„Okay, ein paar Tage hast du ja noch Zeit. Wir müssen das zumindest erst einmal anmelden. Vielleicht sollte ich gleich mal nachsehen, wo ich meine Geburtsurkunde gelassen habe."

„Das ist völlig wurscht, wo die steckt, zur Anmeldung einer Eheschließung braucht man ohnehin eine Abstammungsurkunde", lässt sich Timo mit einem leichten Feixen vernehmen.

„Ach, und woher weiß mein Mister Wise Guy das nun wieder?"

„Ein Kommilitone hat letztes Jahr geheiratet, deswegen, ganz einfach. Kommen wir noch mal zum Ort des Geschehens. Wo sollen Trauung und Feier denn nun stattfinden?"

„Also ich möchte das im kleinen Rahmen abhandeln. So wie ich eben bereits angedeutet habe. Bin eben halt nicht der intergalaktische Partytyp, doch je länger ich darüber nachdenke, umso eher komme ich zu dem Entschluss, dass ich in unserem blöden Amt garantiert nicht heiraten möchte. Hast du jemals in unseren Trauungssaal geschaut? Den könnten die echt mal renovieren."

„Also ist nicht nur das Bauamt altbacken, sondern auch das Standesamt?", gibt Timo mit einem Lächeln zu verstehen und erntet augenblicklich einen bitterbösen Blick von Tobias.

„Solange du lediglich das Amt als altbacken bezeichnest und nicht die Leute, die hinter den Schreibtischen sitzen, entgehst du einem dreiwöchigen Sexentzug."

Mit einer Riesenportion Schalk im Nacken grinst Timo über das ganze Gesicht.

„Ein Mensch hört stets nur das, was er auch hören will, Herr Oberbaumagistratsrat. Doch nun Spaß beiseite, du willst nicht ins Standesamt, wie heißt die Alternative?"

„Also es gibt eine Menge Möglichkeiten. Einer meiner Kollegen hat damals im Elefantenpark geheiratet", erzählt Tobias, worauf Timo abermals zu grinsen beginnt.

„Was ist denn nun schon wieder?", fügt Tobias augenrollend hinzu.

„Also, nee!", giggelt Timo. „Der Elefantenpark kommt nicht infrage. Hinterher verwechsele ich dich noch mit einem dieser Tiere, weil die ähnlich lange Rüssel haben wie du, und zum guten Schluss heiße ich dann noch Timo Dumbo oder so."

„Oh, mein Gott. Ich glaube, dass dir die viele Vögelei nicht bekommt. Vielleicht sollten wir besser das Schokoladenmuseum wählen, dort kann man auch aus einer Mark fünfzig Pfennig machen."

„Was ist denn das für ein Spruch?", kommt es fragend von Timo. Seinem Blick nach zu urteilen, scheint er tatsächlich nicht verstanden zu haben, was Tobias mit dieser Aussage meint.

„Verstehst du eh nicht, ist zu altbacken, Herr Neumodern. Falls du auch das ablehnen solltest, mein lieber Herr Mayer, gäbe es noch die Rheinseilbahn. Das würde ich sogar vorziehen, denn dort ist man während der Trauung tatsächlich mit dem Standesbeamten ganz allein. So würde ich mir das wünschen."

„Einen flotten Dreier unter Beamten also?"

„Timo! Jetzt bleib doch mal ernst. Hast du heute echt nur Ficken im Kopf?"

„Tschuldigung!", winselt Timo mit einem Blick, der dem seines Teddys aus der Kindheit ähnelt, der jahrelang über sein Kopfkissen gewacht hat. „Und nach dem Ja-Wort, also wenn der Euro nur noch fünfzig Cent wert ist, was passiert dann?"

„Das heißt Mark und Pfennig, Timo. Doch mal abgesehen davon, könnten wir vielleicht danach nett essen gehen. Also deine Eltern, wir und Sven nebst Frau."

„Sven?", hakt Timo nach.

„Ja, mein Freund! Hatte ich doch eben erwähnt", erklärt Tobias genervt, worauf Timo abermals selbigen Blick von zuvor auflegt.

„Einverstanden. Wir bestellen ein nettes Menü in den Ratsstuben und lassen den Tag bei uns im Garten ganz ruhig ausklingen, wie hört sich das für dich an?" schlägt Timo vor und legt seinen rechten Arm auf Tobias' Schulter.

„Das ist das erste vernünftige Wort, was ich heute aus deinem Mund vernommen habe. Und nun komm her, du unersättliches Stück, fick mich, bis ich schreie."

UNVERHOFFT KOMMT OFT

Lächelnd und ausnahmsweise kein bisschen morgenmuffelig deckt Tobias am Samstag vor dem geplanten Ereignis den Frühstückstisch. Nur noch zwei Tage, dann ist es soweit. Timo und er werden heiraten, na gut, eine Lebenspartnerschaft eingehen, doch das ist egal. Das Lächeln auf seinem Gesicht verstärkt sich zusehends um einige Grade. Wer hätte das vor knapp zwölf Monaten vermutet?

Kopfschüttelnd denkt Tobias zurück an die erste Begegnung zwischen ihm und seinem zukünftigen Mann. Nee, dass der einmal die Liebe seines Lebens werden würde, das hätte er sich damals garantiert nicht träumen lassen und Timo sicher ebenfalls nicht. Und dennoch ist es so gekommen. Timo ist allerdings auch ganz anders, als Pascal es jemals gewesen ist. Mit ihm kann er sich sexuell ausleben, ihn muss er nicht dauernd mit Samthandschuhen anfassen und zudem bietet Timo ihm Paroli, etwas, was sich Pascal kaum getraut hat.

Ach ja, Pascal. Warum hatte er sich vor mehr als einem Jahr eigentlich derart widerlich aufgeführt, nur weil er der Überzeugung gewesen war, Pascal hätte ihn mit einem anderen betrogen? Dabei hatte Pascal das garantiert nicht getan, dafür war der viel zu brav, das wäre mit seiner Lebenseinstellung absolut nicht vereinbar gewesen. Und was noch merkwürdiger ist, als Timo ihm neulich seinen Ausrutscher beichten musste, war er zwar ebenfalls nicht sonderlich erfreut gewesen, doch ernsthaft böse hatte er ihm dennoch nicht sein können, weil Timo ihm absolut aufrichtig vorgekommen war, als der ihm schwor, ihn über alles zu lieben. Pascal hatte das damals zwar ebenfalls behauptet, doch er war zu dem Zeitpunkt offensichtlich nicht in der Lage gewesen, ihm das zu glauben, sonst wäre die Situation wohl kaum dermaßen eskaliert. Tobias erinnert sich nur ungern an den Tag, als Pascal seine Sachen holen wollte und er ihm gemeinsam mit seiner Schwester das Leben schwer gemacht hat. Egal, er wünscht Pascal und diesem Oliver, dass die beiden ebenso glücklich sind wie er und Timo. Irgendwie hat sich das Schicksal offensichtlich die Mühe gemacht, die Paare im zweiten Anlauf endlich in der Weise zusammenzuwürfeln, wie sie tatsächlich am besten zueinander passen.

Ein Schatten überzieht plötzlich Tobias' Gesicht. Seine Schwester Sabine! Auch so eine Merkwürdigkeit. Da hat er tatsächlich Zeit seines Lebens geglaubt, wenigstens diese würde seinen Lebensstil und vor allem seine Neigung akzeptieren und plötzlich musste er erfahren, dass sie eindeutig homophob war und es offensichtlich bis heute ist. Na gut, er kann definitiv ganz gut ohne sie.

Seine Gedanken wandern zurück zu Timo. 'Wo bleibt der bloß dermaßen lange? Muss er im Laden erst helfen, die Brötchen zu backen oder warum kommt er nicht zurück?'

„Ich bin tierisch gespannt, was der sagt, wenn ich ihm nach der Trauung mein kleines Geschenk überreiche. Wie hat es dieser kleine Studentenschnösel bloß fertiggebracht, dass ich dauernd an ihn denke, sobald er weg ist? Ich will ihn tatsächlich jederzeit um mich haben, er gehört zu mir und eigentlich darf er mittlerweile fast alles. Sogar in der Küche Tee trinken, allerdings nur dort oder draußen. Bloß seine schäbige Lampe, die habe ich natürlich zurück in die Ecke geschoben, in die sie gehört, da werde ich niemals nachgeben. Nö. Aber nun könnte er wirklich langsam mal erscheinen, ich habe Hunger."

An dieser Stelle wird Tobias' Selbstgespräch durch die Klingel unterbrochen.

„Mensch Timo, wann endlich wirst du daran denken, deinen bescheuerten Schlüssel mitzunehmen? Ich habe es dir schon mindestens tausendmal gesagt", murmelt Tobias seufzend vor sich hin, fest gewillt, sich die gute Laune heute auf gar keinen Fall vermiesen zu lassen.

Mit wenigen Schritten ist er an der Tür, reißt diese auf und erstarrt mitten in der Bewegung. Sein Unterkiefer klappt herunter und es dauert eine Weile, bis er fassungslos hervorstößt: „Mutter! Was treibt dich hierher?"

Lächelnd steht die leicht ergraute Dame, deren Ähnlichkeit mit Tobias auf den ersten Blick zu erkennen ist, vor ihm, schaut ihren Sohn von oben bis unten an und antwortet mit den Worten: „Möchtest du deine liebe Mama nicht hereinbitten und ihr einen Kaffee anbieten?"

„Es wird sich wohl kaum verhindern lassen", kontert Tobias und deutet mit einer Handbewegung in die Wohnung, woraufhin sie sich forsch an ihm vorbeidrängelt und ohne zu zögern die Küche entert.

„Wir haben uns schließlich eine halbe Ewigkeit nicht gesehen", fährt sie fort, schaut sich neugierig um, erblickt Timos Teesammlung in der Ecke der Arbeitsplatte und blickt Tobias daraufhin ungläubig an.

„Du trinkst doch nicht etwa jetzt dieses Zeug, oder?"

„Nein!", stößt Tobias genervt aus. „Dieses Zeug, wie du es so schön nennst, steht lediglich zu Dekozwecken dort. Doch ich glaube nicht, dass du zu früher Morgenstunde hier bei mir auftauchst, um mit mir über Tee zu diskutieren. Also, Mutter! Was ist dein Anliegen?"

Timo holt einen Kaffeepott aus dem Schrank, gießt diesen für seinen unerwarteten Gast voll und stellt ihn mit einem kleinen Knall auf den Tisch.

„Weißt du, mir ist da etwas zu Ohren gekommen. Erst konnte ich das zunächst gar nicht glauben, deshalb habe ich mich selbst davon überzeugt und ich muss sagen, ich bin ein wenig enttäuscht."

„So, so! Und was hast du so Wichtiges gehört?"

Tobias' Laune geht von Wort zu Wort mehr in den Keller. Jedes Mal, wenn eines seiner Familienmitglieder bei ihm auftaucht, geht es ständig darum, ihm irgendwelche Vorwürfe zu machen.

„Meine Freundin Beate hat mir beim letzten Kegelabend mitgeteilt, dass ein Aufgebot aushängt, auf dem dein Name steht. Sie hat das nur durch Zufall gesehen, als sie ihren Personalausweis abholen wollte. Mein Sohn heiratet also. Und du hältst es nicht einmal für nötig, uns darüber zu informieren. Zumal ich dachte, dass du endlich mal vernünftig würdest. So sehr hatte ich damals gehofft, dass du uns irgendwann mal eine Schwiegertochter schenkst, als du dich von diesem Blumenhändler getrennt hast. Aber jetzt musste ich sehen, dass neben deinem Namen leider ein männlicher steht. Tobias Andresen, du bringst Schande über unsere Familie. Was ist nur mit dir los? Könnten wir nicht noch einmal darüber sprechen?"

Innerlich platzt Tobias bereits vor Wut, als ihm diese Worte von seiner eigenen Mutter in die Ohren schießen. Am liebsten würde er sie achtkantig rauswerfen, das verkneift er sich jedoch nur aus dem Grund, weil er im selben Moment hört, dass Timo soeben den Schlüssel in die Haustür gesteckt hat und die Wohnung betritt.

Pfeifend legt Timo seinen Blouson ab und lässt dabei fast eine der vollen Brötchentüten fallen, kann dieses jedoch im letzten Moment verhindern. Aus den Augenwinkeln bekommt er jedoch mit, dass Tobias nicht allein in der Küche ist, sondern vielmehr mit wütend funkelnden Augen vor einer Frau steht und soeben zu einem Satz ansetzen will.

„Oh, wir haben Besuch?", lacht Timo der Dame entgegen, wobei er sofort die Ähnlichkeit zu seinem baldigen Ehemann entdeckt. „Schatz, möchtest du uns nicht vorstellen?"

Fast vor Wut schnaubend, atmet Tobias kurz durch, schaut zwischen beiden Personen hin und her und entscheidet sich im letzten Moment dafür, ruhig zu bleiben.

„Das, mein lieber Timo, ist meine werte Mutter, doch sie ist soeben im Begriff, wieder zu gehen", rutscht es ihm dann jedoch über die Lippen und deutet dabei auf den Ausgang der Wohnung.

„Aber wieso denn?", kommt es von Timo beinahe flüsternd. „Sie könnte doch mit uns frühstücken."

„Ich glaube nicht, dass sie das möchte, denn sie hat mir soeben zu verstehen gegeben, dass ich Schande über die Familie bringe, weil ich dich heirate. Somit hat sie sich gerade einen Freiflug auf den Gehweg verschafft."

„Moment!", ruft Tobias' Mutter dazwischen. „Ich werde ja wohl meine Meinung äußern dürfen, dass ich es nicht gutheißen kann, wenn mein eigen Fleisch und Blut dermaßen aus der Reihe tanzt."

„Wir tanzen jetzt, und zwar keinen Wiener Walzer zwischen Mutter und Sohn, sondern eine schnelle Samba direkt aus dieser Wohnung, meine liebe Ursula Agnes Andresen. Und wage es nicht noch einmal, unter diesen Voraussetzungen bei uns aufzutauchen. Wenn hier jemand Schande über die Familie bringt, bist du das mit deinen Äußerungen. Und jetzt geh mir aus den Augen, sonst werde ich ungemütlich. Doch eines möchte ich dir noch mit auf den Weg geben. Denk einfach da-

rüber nach, was du heute Morgen für einen Affenkla-
mauk veranstaltet hast. Und nun raus mit dir."

„Aber Tobias, ich …"

„RAUS!"

Mit einem Satz überwindet Tobias die Entfernung
zur Tür, reißt diese auf und zeigt mit dem Finger nach
draußen.

„Dass du deiner alten Mama so etwas antun musst,
das verstehe ich nicht!", ruft Frau Andresen über den
Flur und läuft hektisch zum Ausgang. „Und Sie müssen
gar nicht so dumm gucken. Sie sind ja noch ein Kind und
können meinem Sohn überhaupt nichts bieten."

„Verschwinde jetzt!", fordert Tobias sie abermals
auf, während Timo der Dame lediglich hinterherlächelt
und sie mit einem „auf ein baldiges Wiedersehen,
Schwiegermama" verabschiedet.

Als Tobias die Wohnungstür hinter seiner Mutter
schließt, pocht ihm das Herz bis zum Hals. Abermals versucht er, seine Fassung wiederzuerlangen und seine
Emotionen zu verbergen, was ihm jedoch nicht ganz gelingt. Schwer atmend bleibt er auf dem Flur stehen. Timo
entgeht das natürlich nicht, er eilt auf seinen Verlobten
zu und nimmt ihn in den Arm.

„Alles in Ordnung?", haucht er ihm ins Ohr.

Tobias nickt.

„Ja, es geht wieder. Von deiner Art, mit solchen Si-
tuationen umzugehen, kann sogar ich noch was lernen.
Doch nun lass uns frühstücken."

HOCHZEIT! WIDER WILLEN?

„Mein Gott, Timo, wo steckst du bloß schon wieder? Hast du etwa vergessen, dass wir in etwa zwei Stunden heiraten?"

Nervös rennt Tobias durch die Wohnung, öffnet Schubladen, schlägt diese mit einem lauten Klappen wieder zu, zieht Klamotten aus dem Schrank, nur um sie gleich darauf aufs Bett zu werfen, und flucht die ganze Zeit halblaut vor sich hin.

„Timo! Verdammte Axt, nun komm gefälligst endlich aus diesem blöden Bad heraus und sag mir, wie ich …"

Tobias verstummt mitten im Satz, denn der Gerufene erscheint in der offenen Badezimmertür, bereits fertig angekleidet. Sein Anblick ist dermaßen ungewohnt für Tobias, dass ihm förmlich der Mund offen stehen bleibt und er Timo lediglich anstarrt, bis ihm schließlich ein gehauchtes „WOW" entfährt.

„Was'n? Nicht gut? Oder gefall ich dir so?"

Grinsend dreht sich Timo, der in einem beigefarbenen Anzug steckt, einmal um die eigene Achse. Seine dunklen Haare sind perfekt frisiert und bilden einen reizvollen Kontrast zu dem blütenweißen, am Kragen offenen Hemd, welches sein Outfit komplettiert.

„Mensch, ich weiß gar nicht … ich meine … du kennst mich, ich … ach Scheiße … Timo, du siehst einfach nur fantastisch aus. Wenn ich nicht sowieso ständig heiß auf dich wäre, in dem Outfit toppst du alles, am liebsten würde ich dich an Ort und Stelle vernaschen."

„Na passt doch, schließlich werden wir hoffentlich später eine tolle Hochzeitsnacht bekommen, oder? Dann könnte ich eventuell sogar einen kleinen Strip hinlegen oder so was, was meinst?"

„Wenn du mich weiter mit Worten anheizt, vergesse ich mich gleich. Normalerweise würde ich dich sofort aufs Bett werfen und mit Haut und Haaren verzehren, so geil bin ich auf dich. Doch leider muss ich damit wohl warten, bis ich ein verheirateter Mann bin. Aber nun hilf mir bitte suchen, ich finde meine graue Krawatte nicht."

Kichernd deutet Timo auf den Stuhl in der Ecke.

„Du solltest überlegen, ob du mich tatsächlich verspeisen möchtest. Ungebraten könnte ich ziemlich zäh sein. Ach übrigens, was deinen Binder angeht, wäre es von Vorteil, wenn du einfach den da drüben nimmst, Herr Obernervös."

„Quatsch, ich bin nicht nervös, ich mag nur nicht auf den letzten Drücker irgendwo ankommen, schon gar nicht zu meiner eigenen Hochzeit. Sag mal, hast du mein Portemonnaie irgendwo gesehen?"

„Herrgott Tobi, wenn du weiter so herumflippst, bekommst du sicher gleich einen Herzkasper. Da drüben liegt es doch, dort, wo es immer ist. Upps, es klingelt, das werden die Blumen sein."

„Blumen?", kommt es fassungslos aus Tobias' Mund.

„Erkläre ich dir gleich, Moment", beeilt sich Timo mit der Antwort und hastet zur Tür, wo Tobias ihn gleich darauf leise sprechen hört. Wenige Sekunden später steht Timo mit zwei kleinen Sträußchen in der Hand erneut vor Tobias und strahlt über das ganze Gesicht.

„Was ist das denn? Davon war definitiv neulich bei der Planung nicht die Rede, Herr Baldnichtmehrledig, oder?"

Timo schüttelt den Kopf und kommt einen Schritt auf Tobias zu, der ungeduldig an seinem Binder herumzuppelt. Mit einem Lächeln steckt Timo eines der kleinen

Blumengebinde in das Knopfloch am Revers des hell-grauen Anzugs, in den sein zukünftiger Ehemann geklei-det ist, bevor er mit einem Griff dessen Krawatte zu-rechtrückt und den Knoten perfekt in der Mitte platziert. Anschließend befestigt er flink das zweite Sträußchen an seinem eigenen Sakko.

„Du bist wunderschön, weißt du das?", haucht er seinem Verlobten ins Ohr und streift mit den Lippen zart über dessen Mund.

„Nein, weiß ich nicht. Du meinst, ich kann so ge-hen?"

„Herr Diplomfachwirt Tobias Andresen, du siehst einfach umwerfend aus und wenn ich mich nicht schon in dich verliebt hätte, so würde es bei diesem Anblick ga-rantiert passieren. Und nun lass uns langsam los, nicht, dass wir irgendwo im Stau stecken bleiben."

„Oh Gott, bloß nicht beschreien. Timo?"

„Ja, Tobi?"

„Bevor wir gleich für den Rest des Tages nicht mehr allein sind und selbst wenn es kitschig klingt und absolut gar nicht nach mir … ich liebe dich, Timo Mayer. Ich wollte nur, dass du das weißt."

„Ich weiß es doch und ich liebe dich ebenso, mehr als mein Leben. Können wir jetzt bitte endlich losfahren und heiraten?"

„Können wir, Papiere hab ich und die Autoschlüssel auch. Aber sag mal, ist der Blumenbote extra für die zwei Ministräußchen gekommen?"

„Nee, nicht wirklich. Und selbst wenn du das eigent-lich sicher nicht richtig toll findest, ich habe mir erlaubt, einen Hauch Romantik in die ganze Sache zu bringen und für das Auto ein kleines Gesteck für die Motorhaube be-stellt. Keine Sorge, deinem Wagen passiert dabei nichts, es ist bloß ein Magnet, das überlebt der Lack ohne Schäden."

„Daran hatte ich tatsächlich nicht einmal gedacht. Gut, dass wenigstens Mutter Vernünftig nichts vergisst", gibt Tobias zu und sorgt damit dafür, dass Timo erleichtert aufatmet. Immerhin hatte der insgeheim befürchtet, mit seiner eigenmächtigen Aktion Tobias' Unmut heraufzubeschwören.

„Dann komm, Herr Baldehemann, lass uns endlich. Ich schließe ab, würdest du die Blumen nehmen und auf die Motorhaube setzen?"

Tobias nickt, greift nach den geschmackvoll arrangierten Blüten, die im Flur darauf warten, dem Auto eine Note von Hochzeit zu geben, und eilt in den Hof, während sich Timo ein letztes Mal umsieht und bemerkt, dass das Kästchen mit den Ringen vereinsamt auf der Anrichte steht. Mit einem breiten Grinsen im Gesicht lässt er es in seiner Anzugtasche verschwinden, vergewissert sich, dass er ebenfalls alles andere dabeihat und schließt zum letzten Mal als unverheirateter Mann die Andresensche Haustür ab.

„Nun guck mal, Timo! Geht das so?"

Fragend und nicht ganz zufrieden mit dem Ergebnis, wie er die Blumen auf der Motorhaube angebracht hat, schaut Tobias Timo mit zusammengezogenen Augenbrauen an und zuckt leicht mit den Schultern.

„Tobi! Meine Güte. Hast du keinen Blick für gerade Linien und Symmetrie? Das Gesteck ist ja völlig schief angebracht. Guck mal, die Gumminippel stehen definitiv auf halb acht, die müssen weiter runtergesetzt werden. Lass mich mal machen. Bist du sicher, dass du fahren kannst, oder soll ich ...?"

Während Timo Tobis gescheiterten Versuch, die Hochzeitsblumen auf der Haube zu platzieren, richtet, schüttelt der vehement den Kopf.

„Der Mann fährt!", nuschelt er sich dabei in seinen nicht vorhandenen Bart, öffnet per Fernbedienung den Wagen und schwingt sich hinters Steuer.

„Na warte!", kontert Timo grinsend. „Sobald wir verheiratet sind und ich dann deine Frau bin, werde ich dich nur noch mit Kopftuch und Kittelschürze in der Küche empfangen und Eintopf servieren, ganz so, wie es sich für eine verheiratete Dame gehört."

„Untersteh dich. Welch unflätig Anwandlung aus deinem Munde", ruft Tobias ihm daraufhin zu. „Und nun komm, steig ein. Ich habe meine Vorliebe für Pünktlichkeit trotz allem nicht verloren."

Timo wirft ein letztes Mal einen kritischen Blick auf die Motorhaube und zupft rasch noch eine Blüte zurecht, um gleich darauf zufrieden auf die Beifahrerseite zu eilen.

„Tobias, ganz locker bleiben. Wir fahren jetzt zu dieser Seilbahn, geben uns in der Gondel mitten über dem Rhein das Ja-Wort und werden anschließend in der Altstadt von meinen Eltern und Sven empfangen. Und tu mir bitte einen Gefallen", fordert Timo seinen Noch-Verlobten auf und schaut ihn schief von der Seite an, während dieser damit beschäftigt ist, vom Parkplatz zu fahren.

„Und der wäre?"

„Spiel nicht dauernd an dem Knopf deines Sakkos herum, sonst hast du ihn gleich in der Hand. Konzentrier dich lieber aufs Autofahren. So nervös habe ich dich wirklich noch nie gesehen."

Tobias grinst mit geschlossenem Mund, als ob er bei etwas Verbotenem ertappt worden wäre, dementiert Timos Hinweis jedoch augenblicklich.

„Ich bin nicht nervös und ich spiele auch nicht mit irgendwelchen Knöpfen. Mit dir würde ich gern spielen, doch wir fahren ja jetzt heiraten."

„Nachher darfst du alles, aber jetzt Gang rein und Gas!"

„Jawoll, Sir!", salutiert Tobias, was Timo ebenfalls ein leises Grinsen entlockt.

Mühsam kämpft sich das Hochzeitsfahrzeug von Ampel zu Ampel, was nicht gerade zur Beruhigung des Fahrers beiträgt. Bei jeder Rotphase tippt Tobias hektisch mit zwei Fingern auf dem Lenkrad herum und dreht abermals an seinen Sakkoknöpfen, was Timo mit einem Schmunzeln sowie einem leichten Kopfschütteln, jedoch wortlos zu Kenntnis nimmt. Tobias scheint wirklich ein Nervenbündel zu sein.

Die Lichtzeichenanlage an einer besonders großen Kreuzung zwingt das Paar erneut zum Anhalten. Verliebt schauen sich die zwei in die Augen, dabei ergreift Timo kurz Tobias' Hand, damit dieser nicht dauernd an sich herumzuppelt oder Geräusche auf dem Lenkrad produziert. Als die Ampel umspringt, lächeln die zwei und Tobias betätigt das Gaspedal. Von einer Sekunde auf die andere ertönt ein lautes Bremsenquietschen – gefolgt von einem dumpfen Aufprall. Ein froschgrüner Kleinwagen ist Tobias in den rechten Kotflügel gefahren, anscheinend hat der Fahrer des Wagens sein rotes Signal übersehen. Tobias' Gesichtszüge entgleisen augenblicklich.

„Bist du okay?", kommt es sofort von Timo, der zwar erschrocken dreinblickt, jedoch versucht, cool zu bleiben.

„Ja, bin ich. Zumindest körperlich. Aber diesem Schnösel reiße ich jetzt gehörig den Hintern auf", ruft Tobias durch den Wagen, wirft die Fahrertür auf und geht auf den sichtlich verwirrten jungen Mann hinter dem Steuer des gegnerischen Fahrzeugs zu.

„Sag mal, hast du keine Augen im Kopf? Selbst wenn dein Auto grün ist, musst du bei Rot halten. Hast du deinen Führerschein beim Bettenmachen gefunden, oder was?", schreit Tobias über die Kreuzung.

„Vielleicht sollten wir den jungen Mann erst mal fragen, ob er verletzt ist?", versucht Timo, seinen Verlobten zu beruhigen.

„Entschuldigung, ich war eine Sekunde lang unaufmerksam, ich wollte wirklich nicht ..."

„Siehst du? Dem Typen geht's gut. Aber meinem Auto nicht. Jetzt guck dir das Desaster an. Ein Haufen Schrott. Meine schöne Alufelge ist hinüber, der Motorraum eingedrückt, die Tür hat was abbekommen und die Blumen hängen auch wieder schief. Deine Versicherung wird bluten, du Unglücksrabe."

Während Timo einen Augenzeugen bittet, die Polizei zu verständigen, tobt Tobias weiter.

„Ich hoffe, du bist gut versichert, Freundchen. Immerhin war mein Fahrzeug teuer und die Schuldfrage ist ja schließlich ganz eindeutig. Den Lappen sollte man dir wegnehmen. Hast du überhaupt einen? Timo, guck dir das an. Mein schönes Auto. Da wird die Werkstatt eine Menge zu tun bekommen."

„Oder ein Schrotthändler?", wirft Timo ein. „Das sieht echt übel aus. Wir werden den Wagen wohl abschleppen lassen müssen."

„Wenn deshalb unsere Hochzeit platzt, mache ich das Jüngelchen dafür verantwortlich. Boah, ich könnte gerade explodieren."

„Nun beruhige dich! Dort drüben kommt bereits der Streifenwagen. Die nehmen das auf und werden sicherlich alles Weitere veranlassen."

Wenige Sekunden später finden sich zwei Beamte an der Unfallstelle ein und nehmen die wichtigsten Dinge auf. Der Verursacher gesteht unter Tränen seine Schuld ein und selbst Tobias wirkt mittlerweile etwas gedämpfter, nachdem er von einem der Polizisten zur Ruhe aufgefordert wurde.

„Wir werden jetzt für Sie einen Abschleppwagen bestellen und das Fahrzeug in eine Werkstatt Ihrer Wahl verbringen lassen. Dort sollte wohl zunächst ein Gutachten gefertigt werden, da es den Anschein erweckt, dass das Auto offensichtlich einen größeren Schaden davongetragen hat", erklärt einer der Schupos und überreicht Tobias seine Papiere sowie den gefertigten Bericht. „Sind Sie auf dem Weg zu einer Hochzeit."

„Ja, zu unserer. Wir heiraten in etwa einer Stunde auf dem Rhein. In der Gondel, wissen Sie?", informiert Timo den uniformierten Herrn, der daraufhin sofort zu seinem Kollegen hinüberschaut.

„Na, wenn das so ist ...", beginnt der zweite Beamte zu erklären „... werden wir mal die Blümchen von Ihrer Motorhaube nehmen und auf den Peterwagen setzen. Sobald die Fahrzeuge auf dem Schleppwagen sind, verfrachten wir Sie beide auf den Rücksitz und bringen Sie zum Startpunkt. Was halten Sie davon? Immerhin wird nicht jedes Pärchen in Polizeibegleitung zur Trauung gebracht."

Tobias' Blick wandert zwischen seinem Fahrzeug und den Beamten hin und her. Timo grinst ihn an und nickt leicht.

„Wir sollten das annehmen", flüstert er Tobias beruhigend zu und ergreift dessen rechte Hand, da diese sich schon wieder an einem der Knöpfe zu schaffen gemacht hat.

„Okay!", wispert Tobias. „Ist ja mal was anderes. Ach, Scheiße!"

„Was denn nu?"

„Die Ringe!"

„Meinst du die hier?"

Timo zeigt ihm sofort das kleine Kästchen, das er aus der Jackentasche zieht, und lächelt, woraufhin Tobias erleichtert aufatmet.

„Du bist eingestellt! Lebenslanger Vertrag ohne Kündigungsrecht."

Timo nickt.

„Ja, den unterschreiben wir gleich!"

*

Knapp sechzig Minuten später erklärt die Standesbeamtin Tobias und Timo für rechtskräftig verpartnert und gratuliert lächelnd.

„Meine allerherzlichsten Glückwünsche an Sie, Herr Andresen und natürlich ebenfalls an Sie, Herr Mayer-Andresen. Passen Sie gut auf sich und Ihre Liebe auf."

Kaum hat sie diese Worte ausgesprochen, da verspürt das soeben vermählte Paar den kleinen Ruck, mit dem die Gondel das Ende der Überfahrt einläutet. Irritiert schrecken Timo und sein frischgebackener Ehemann hoch, viel zu intensiv sind ihre Blicke ineinander versunken gewesen. Sie sind verheiratet. Wie das klingt. Timo, der sonst immer einen flotten Spruch auf den Lippen hat, empfindet in diesem Augenblick ein solches Gefühl der Innigkeit, dass er nicht der Lage ist, auch nur ein kleines Wort über seine Lippen zu bringen. Und selbst

Tobias, der Mensch, der an beinahe allem etwas auszusetzen hat und sogar manchmal etwas rechthaberisch herüberkommt, muss kräftig schlucken, weil ihm tatsächlich die Augen feucht zu werden drohen.

„Sie dürfen sich jetzt übrigens gern küssen", ermuntert die Beamtin die beiden, was sich Timo und Tobias natürlich nicht zweimal sagen lassen und die Aufforderung umgehend in die Tat umsetzen. Für mehr als eine Minute verschmelzen die zwei in einem nicht enden wollenden Kuss, in dem alles an Gefühl liegt, was sie sich sonst nicht unbedingt sagen, einander mittlerweile aber deutlich spüren lassen.

Lächelnd steht die Standesbeamtin an der Tür zur Gondel und öffnet diese.

„Alles aussteigen, bitte, treten Sie ein in Ihr neues Leben. Alles Gute für Sie beide", verabschiedet sie sich von Tobias und Timo und schickt den beiden Männern noch ein warmes Lächeln hinterher, bevor sie sich dem nächsten Brautpaar widmet, das es an diesem Tag in den Hafen der Ehe zu manövrieren gilt.

Tobias und Timo werden, nachdem sie wieder festen Boden unter den Füßen haben, bereits von einer kleinen Gesellschaft erwartet. Etliche fröhlich lachende Gesichter blicken ihnen entgegen, als sie ihren Gästen und Gratulanten Hand in Hand und mit deutlich glücklichen Gesichtsausdrücken näherkommen.

„Was zum Teufel ist das denn bloß?", flüstert Tobias Timo zu, der jedoch lediglich die Achseln zuckt und ebenso leise zurückraunt: „Keine Ahnung, von meiner Seite sind bloß drei Kommilitonen zu sehen, weiß der Geier, woher die wissen, dass wir genau hier geheiratet haben. Offensichtlich kann man alles herausfinden, wenn man denn will. Ist das da drüben dein Freund mit Frau? Da links, neben meinen Eltern?"

„Ja, das ist Sven. Das andere sind Kollegen aus dem Amt, die wirst du sicherlich noch von der Silvesterfeier kennen. Ich schwöre, ich habe nichts Genaues gesagt, die müssen sich die Daten vom Standesamt besorgt haben. Und was nun?", wispert Tobias weiter.

„Mitmachen, egal, was die vorhaben. Komm, wir sind jetzt zu zweit, wir schaffen das, okay?"

Liebevoll schaut Timo seinem Mann in die Augen, was diesen ein weiteres Mal an diesem Tag schlucken und plötzlich ein Strahlen über sein Gesicht gleiten lässt, als wäre soeben die Sonne aufgegangen. Diese Liebe, die ihm aus Timos Augen entgegenleuchtet und aus dessen Herz entgegenströmt, umhüllt ihn wie eine warme Decke im Winter. Glück. Das ist das pure Glück, was er spürt. Einen Moment später zieht er Timo an sich, obwohl die Gäste bereits lautstark auf sich aufmerksam machen und das junge Paar mit gerufenen Glückwünschen sowie Bergen an bunten Locherschnipseln überschütten.

„Timo, du weißt, ich bin absolut nicht der Typ für Liebesgesäusel, aber … ich liebe dich wirklich über alles auf der Welt. Ich möchte dir gern etwas überreichen, anlässlich unseres Tages. Eigentlich wollte ich es mir für heute Nacht aufheben, doch irgendwie bin ich nicht mehr in der Lage, zu warten, denn du hast mir mit deinem Bekenntnis zu mir und unserer Liebe eben das allergrößte Geschenk gemacht, das kein Geld der Welt je aufwiegen könnte, also hoffe ich, du nimmst diese Kleinigkeit an."

Tobias zieht einen weißen Umschlag aus der Innentasche seines Sakkos und hält ihn Timo hin. Dieser sieht Tobias fragend an, nickt, nimmt das Kuvert anschließend in Empfang und öffnet es vorsichtig. Alle umstehenden Personen sind plötzlich leise geworden und schauen gebannt auf das, was sich da gerade abspielt.

Mit vor Staunen immer größer werdenden Augen hat Timo etwas aus dem Umschlag gezogen und den Inhalt studiert. Tränenverschleiert hebt er den Blick und sieht Tobias an, der ihn unsicher beobachtet.

„Das ist das Schönste, was du mir überhaupt hast schenken können. Fünf Tage Venedig. Woher wusstest du, dass …?"

„Ich bin zwar oft ein Stiesel, aber komplett bescheuert bin ich nicht. Deine leuchtenden Augen, sobald das Gespräch auf diesen Ort kommt, habe ich schon mehrfach bemerkt. Und weil unsere Hochzeit nun mal eher schlicht ist, habe ich mir gedacht, es könnte nicht schaden, sie auf diese Weise ein wenig aufzupeppen. Sofern du es aushältst, mir ein paar Tage zu flittern?"

„Was für eine Frage, Herr Oberromantikspezialist. Ich hoffe nur, die haben Betten mit guten Matratzen."

Den letzten Satz raunt Timo dicht an Tobias' Ohr, was zur Folge hat, dass sich auf dessen Gesicht ein breites, erleichtertes Grinsen zeigt.

„Na, das will ich doch mal schwer hoffen, Herr Mayer-Andresen", flüstert er zurück, bevor er seinen Timo fest in die Arme zieht und unter dem Applaus aller Umstehenden innig küsst, bis dieser kaum noch Luft bekommt und um Gnade fleht.

„Jetzt lass uns aber endlich unsere Gäste begrüßen, Herr Frischvermählt. Sonst verschwinden die gleich und wir stehen hier allein", fordert Timo seinen Gatten auf und zieht ihn in Richtung der Leute, die alle darauf warten, den beiden endlich gratulieren zu dürfen.

„Na gut. Die Mutter Vernünftig hat wieder gesprochen. Aber du hast ja recht. Doch eines musst du mir versprechen."

„Und das wäre?"

„Die Sache mit dem Kittel und dem Kopftuch, das solltest du vielleicht doch irgendwann durchziehen. Schließlich würde das unserer Ehe einen besonderen Touch geben. Ich meine damit natürlich, dass du nur diese Sachen trägst."

„Zur Silberhochzeit vielleicht!", flüstert Timo Tobias ins Ohr, lächelt und signalisiert mit seinem Blick, dass er dieses kleine Rollenspiel schon recht bald in die Tat umsetzen wird. „Aber Tobi?"

„Ja?"

„Wo ist dein Knopf?"

„Och nö! Der ist mir bestimmt bei dem Unfall abhandengekommen. Anders kann ich mir das nicht erklären."

„Ja, sicher! Wobei auch sonst? Schließlich hast du ja niemals daran herumgespielt."

... und wenn sie nicht gestorben sind ...

... dann kabbeln und vertragen sie sich noch heute ...

EPILOG

„Am Ende wird alles gut.

Wenn es nicht gut wird, ist es noch nicht das Ende."

-Oscar Wilde-

„Erinnerst du dich noch an den Weihnachtmarkt im letzten Jahr?"

Mit einem leicht genervten Augenrollen nickt Tobias, während er mit Timo den festlich geschmückten Buden entgegenstrebt. Nicht ganz so widerwillig wie vor zwölf Monaten, aber nach wie vor nicht völlig überzeugt von der Notwendigkeit solcher Veranstaltungen, hat er sich von Timo überreden lassen, wenigstens ein einziges Mal mit ihm den nächstgelegenen Markt zu besuchen. Bei dem diesigen Wetter wäre er definitiv weitaus lieber zu Hause und am besten im Bett geblieben, allerdings hat sein Mann dagegen ein deutliches Veto eingelegt und ihm im Gegenzug eine extra heiße Nacht mit besonderen Ideen versprochen. Es ist zwar nicht so, dass sie diese nicht auch sonst haben würden, doch die geilen Dinge, die Timo ihm ins Ohr geflüstert hat, sorgen allein bei dem Gedanken an die kommenden Stunden für eine deutliche Enge in Tobias' Jeans.

„Na, nun guck bloß mal da, siehst du auch, was ich sehe?"

Tobias schreckt aus seinen vorfreudigen Gedanken hoch und schaut in die von Timo angegebene Richtung.

„Ach du Scheiße, dieeeee?"

„Komm, lass es gut sein. Irgendwann muss schließlich mal Gras über eine Sache wachsen, oder? Lass uns zu ihnen gehen und wenigstens ein paar nette Worte wechseln. Sei kein Frosch, immerhin sind doch wohl alle jetzt glücklich, ist das nicht das Wichtigste von allem?"

In Tobias streiten sich die widersprüchlichsten Gefühle. Timo hat ja eigentlich recht. Er hat Pascal doch ohnehin verziehen, dass der ihn für diesen Oliver verlassen hat, woran er sicher selbst zu einem großen Teil die Schuld trug. Und überhaupt, ohne das ganze Schlamassel hätte er Timo nie kennengelernt, also? Er gibt sich einen Ruck.

„Okay, komm."

Tobias zieht Timo an der Hand hinter sich her, bis sie sich ganz in der Nähe der Zielpersonen befinden. Mit einem Finger tippt er dem mit dem Rücken zu ihm stehenden Pascal auf die Schulter, sodass dieser herumfährt, dann jedoch lächelt, als er Tobias erkennt.

„Mensch Tobi, schön dich zu sehen. Gut schaust du aus. Oliver, guck bloß, wer auch da ist. Tobias und sein Freund, oder nicht?"

„Mann, Timo ist seit drei Monaten mein Mann", schafft es Tobias gerade noch einzuwerfen, bevor Oliver aus seiner ersten Starre erwacht und ungläubig den Kopf schüttelt.

„Das ist ja absolut der Hammer. Schatz, weißt du, wer das ist? Timo, mein Ex. Der mit den schwarzen Rosen, dem wir unsere erste Begegnung verdanken."

Oliver kann es nach wie vor nicht fassen und schaut abwechselnd von Tobias zu Timo und zurück.

„Das ist Timo? Der, der damals in Amerika war? Und ihr beide seid ...?"

„Seit etwas über drei Monaten verheiratet, wenn man das mal so salopp ausdrücken darf. Nun mach den Mund zu, Pascal, kommt Kälte rein. Das Leben spielt manchmal seine Karten wohl doch etwas eigenartig aus, oder?"

Tobias hat seine Überlegenheit wiedergefunden, Timo drückt unauffällig Tobias' Hand, Pascal beginnt plötzlich lauthals zu lachen und auch Oliver stimmt in diesen Heiterkeitsausbruch mit ein.

„Ich bin platt, das ist einfach unglaublich. Sag, wann habt ihr euch eigentlich kennengelernt? Oder ist das ein Geheimnis, über das niemals, außer im Beichtstuhl, gesprochen werden darf?"

„Nee, ist es nicht. An dem Tag, als ihr umgezogen seid, du erinnerst ich sicher?"

„Stimmt, Timo war ja kurz bei Oliver in der Wohnung. Aber wirklich gesehen hab ich ihn nicht, von oben aus dem Fenster war zwar zu erkennen, dass jemand neben dir saß, bloß ein Gesicht ist mir nicht in Erinnerung geblieben."

„Nicht wirklich schlimm", mischt sich jetzt Timo ein. „Schnee von gestern. Tatsache ist jedoch, dass wir seit exakt diesem Tag zusammen sind."

„Na komm, nicht ganz seit dem Tag", wirft Tobias ein, was Timo lediglich mit einem Grinsen quittiert und von Pascal mit einem verschwörerischen Augenzwinkern bedacht wird. *Tobias hat sich ganz offensichtlich in einigen Punkten nicht geändert, aber das ist allem Anschein nach für Timo kein größeres Problem'*, schießt es Pascal kurz durch den Kopf. *'Immerhin scheinen die beiden überaus zufrieden und glücklich zu sein.'*

„Übrigens, wir sind auch seit ein paar Monaten verheiratet, seit Mai, um genau zu sein", lässt sich Oliver jetzt vernehmen. „Was haltet ihr davon, wenn wir auf dieses unverhoffte Treffen erst einmal einen Schluck trinken gehen? Ist doch hoffentlich keiner mit dem Auto da?"

„Nee, damit haben wir keine besonders guten Erfahrungen gemacht, Parkplätze sind hier in der Stadt leider sehr teuer. Was hast du damals in der Verwahrstelle bezahlt, Tobi? Dreihundert?", kichert Timo, was ihm einen kleinen Seitenhieb von Tobias einträgt.

„Abgemacht, lasst uns anstoßen. Auf uns, auf euch, auf die Liebe und auf eine tolle Zukunft."

Tobias ist es, der diese Worte in die Runde spricht und alle nicken. Ja, es ist an der Zeit, alte Streitigkeiten ruhen zu lassen, Animositäten zu vergessen und nach vorn zu sehen. In eine helle, glückliche Zukunft für zwei Paare, die wohl tatsächlich füreinander bestimmt zu sein scheinen, sich ergänzen und sich vor allem lieben, so wie sie sind.

41749896R00179

Printed in Poland
by Amazon Fulfillment
Poland Sp. z o.o., Wrocław